DUNGEON MASTER MADARAME

ダンジョンマスター班目

普通にやっても無理そうだからカジノ作ることにした

有山リョウ

ILLUST. Genyaky

TOブックス

CONTENTS

illust：Genyaky
design：Hotal Ohno(musicagographics)

第一章　ようこそ！　ダンジョンマスター様

俺の目の前に、ぼんやりと青白く光る物体があった。

両手を広げたぐらいの大きさで、綺麗な球体をしていた。周囲は暗く、青白く光る球体だけが唯一の光源だった。

俺は二度、三度と瞬きをした。口からは裏返った声が出る。

「え？　え？　なにこれ？　え？　どこ？　ここ？」

俺はわけがわからず周囲を見回した。巨大な球体が置かれた空間は狭く、壁や天井は土がむき出しとなっている。俺の部屋ではないし、これまで見たことがない場所だ。狭い部屋を隅々まで見ても出口らしきものはなく、どうやってここに入ったのかもわからない。

「え？　もしかして生き埋めにされた？　まさか、金貸し共の仕業か？」

土がむき出しの周囲を見て、俺は最悪の状況を考えた。普通の人ならば生き埋めにされることなど、事故や災害にでも遭遇しない限りまずないだろう。しかし俺には、この班目《まだらめ》隆《たかし》には、生き埋めにされる心当たりがあった。というのも俺はギャンブルに目がなく、スリルがあればあるほど燃える質《たち》なのだ。そして俺は少し前に、無謀ともいえる勝負に挑んだ。勝負には勝ったのだが、敵だった金貸し連中に大損をさせた。金貸し達はヤクザとも繋がりがあると言われており、大変危険な奴らだった。

「まさかここまでやるか？　俺を殺しても、一円も返ってこないのに……ってか、これなんだ？」

俺は溜息を吐《つ》きながら、目の前にある球状の物体を見た。

閉じ込められている場所は狭く、六畳もない。そしてその大部分を、この丸い物体が占拠していた。一見すると石のようにも見えるが、ぼんやりと光っている。こいつのおかげで、真っ暗な空間でも何とか視界が確保されていた。しかしこんな風に光る物を俺は見たことがない。中にライトでも入っているのだろうか？

俺は右の人差し指で、一瞬だけ球体に触れた。すると触れた瞬間、光が強くなったかと思うと、球体の上に不思議な文字が並んだ。

見たことがない文字だったが、おかしなことに問題なく読めた。

「ようこそ、ダンジョンマスター様ぁ？」

何故かはわからないが、そう読めた。

どうやら俺は、ダンジョンマスターになったみたいだった。


謎の文字が浮かぶ球体の前で、俺はしばらくフリーズした。意味がわからない。

「どういうことだ？」

俺は問いかけたが、答えてくれる者はいなかった。もう一度球体に触れてみる。すると『ようこそ』と書かれた文字が消え、今度は四行の文字が現れた。

ダンジョンクリエイト
モンスタークリエイト
アイテムクリエイト
オブジェクトクリエイト

球体の表面にそれだけが書かれている。しかし触った瞬間に文字が切り替わるとは、まるでタッチパネルだ。だがこんな球体のタッチパネルなんて見たことがない。それに書かれている文字は見たこともない言語なのに、何故か読めるのもおかしい。さらに書かれている内容も意味不明だ。

「どーいう意味だよ？　クリエイトって、何か作れるのか？」

俺は眉間《みけん》に皺《しわ》を寄せた。しかしモンスターにアイテムなんてまるでゲームだ。それにタッチパネルのような石もあることから、どうやら金貸し連中に生き埋めにされたのではないみたいだ。だとすると、プレイヤー参加型のゲームか何かに紛れ込んでしまったのかもしれない。

「おーい！　誰かいませんか？　俺！　参加者じゃないですよ！」

俺はどこかに監視するカメラがあるのではないかと予想し、両手を頭上で大きく振ってアピールした。しかし何も起きない。

「ある程度ゲームを進めたら、スタッフと連絡が取れるかもな」

少なくともゲームをクリアしたら、ここから出られるはずだと俺は考えた。そして球体を見る。

青白く光る表面には、未だ四行の文字が並んでいた。

「しかしモンスターやアイテムはわかるとして、ダンジョンクリエイトってなんだ？」

俺はダンジョンの文字を指で触れてみた。するとまた文字が消え、今度は図形が現れた。

中央には白線で半球状の図形が描かれている。半球の中心には青い球体が一つあり、球体の横には青い人型のようなものが描かれていた。

「この人型は……もしかして、俺か？」

俺は少し後ろに下がってみた。すると映しだされている青い人型も動いた。どうやら半球状の図形はこの空間。青い球体は目の前にある球体を示しているらしい。

「でもこれでどうしろと？」

俺は球体の前で顔を顰《しか》めた。意味はわかったが、何をすればいいのかわからない。何かさせたいのなら、説明書ぐらい置いてほしい。

「とりあえず、触って使い方を覚えるしかないか」

俺は溜息を吐きながら、球体を眺めた。すると右下に数字が書かれていることに気づいた。アラビア数字の1の後に、0が五個続き最後にポイントとある。十万ポイントだ。この数字に何の意味があるかもわからない。使い切ればいいのか、それとも使い切ってはいけないのか。

手始めに青い球体に触れてみた、しかし何も起きない。多分俺を指す人型にも触れてみたが、これにも反応はなかった。

次に部屋を構成する、半球状の白い線に触れてみると、これは指で引っ張るように動かすことができた。天井部分の一部を上に引っ張り続けると、図形が引っ張った形に変化した。絵の上では天井に穴が開いた形となる。ダンジョンクリエイトと言うのは、この図形をいじるものらしい。

これがどんなゲームかはわからないが、ちょっとだけ使い方がわかった。俺が満足に口元を歪《ゆが》めた直後、突然天井部分で音がした。慌てて見上げると、天井に大きな穴が開いていた。直径一メートル程の穴だ。さっきまであんな穴は絶対になかった。

「え？　ええ？」

俺は天井の穴と、球体の絵を見比べた。天井に開いた穴の場所と、俺が引っ張った絵の位置は一致していた。この絵をいじったから、穴が開いたのだ。そうとしか考えられない。だがもしそうなら、こんなことは現代科学では不可能だ。

「……これは、ゲームじゃねぇな」

俺は遅まきながら、現状の異常さに気がついた。どうやらとんでもないことに巻き込まれているらしい。頭がどうにかなりそうだったが、目の前の現実を受け入れるしかない。

「さっきあった『ようこそダンジョンマスター様』って言葉と、ダンジョンクリエイトってことから考えて、ダンジョンを造れ、ってことか？」

俺はとりあえずわかることだけを推測した。わからないことはたくさんあるが、こういう時は下手にあれこれ考えず、目の前にある事実を積み重ねていくしかない。

俺は右下に書かれていた数字に、変化があることに気づいた。数字が1減っていたのだ。減った理由は、天井に開けた穴の分だろう。つまり、手持ちのポイントを使ってダンジョンを造り、モンスターやらアイテムを配置しろ、と言うことなのだ。

「まるでゲームだな。でもこれを使えば穴は開けられるし、外には出られるな」

俺は安心材料を見つけて、少しだけ落ち着いた。だがすぐに逃げ出すのは得策ではないだろう。この状況を仕組んだ者が何者かは知らないが、人知を超えた力を持つ上位者だ。俺をここに閉じ込めた目的もあるだろうし、逃げられないような仕掛けもあるとみるべきだ。

「ここはひとまずゲームにのるとして、何をどうすればいいんだ？」

俺は呟きながら、球体をいじってみる。すると球体に映っている映像の縮尺を変えることができた。少しいじってみると、携帯のタッチパネルのような操作で、縮図を変えることができた。縮図を変えていくと、俺が今いる場所の上に地上らしきものがあった。簡単な線で描かれているためそれほどリアルではないが、おそらく地上だろう。

俺は縮尺を見比べ、今いる場所と地上までの距離を測定した。

「ええっと、ここの天井が二メートルとして、この縮図でこの大きさだから、ざっと見て地上までは……三十メートル程か」

俺は指でそれぞれの大きさを測る。おおざっぱな計算だが、大体の距離がつかめた。球体に映る映像はスクロールもでき、視点を変えることも可能だった。すると周辺の様子がなんとなくわかる。

「これは山か？　こっちは木だな。となるとここは山の麓《ふもと》あたりになるのか」

俺は低い天井を見上げた。このまま上に空間を造っていけば、山の斜面に出口が顔を出す。山の麓にある洞窟。なんというか、わかりやすいダンジョンの入口という感じだ。少し離れた所には川があった。ここから脱出した時、飲み水に困る心配はなさそうだ。

「ん？　これは道か？」

俺は球体に映る映像に目を凝らした。山から少し離れたところに、道らしきものがある。ただ描かれているのは簡単な線画であるため、確証が持てない。

俺は画面をスクロールして道をたどると、その先には明らかに人工物である壁があった。

壁は大きく、緩やかな弧を描いて左右に伸びている。壁の向こうには民家らしき物があった。街だ。壁に守られた街の内部には、黄色い線で描かれた人型のものが動いている。

球体に映し出される街並みは、中世といった雰囲気だった。街中には人間のほかに馬車らしきものが行き来している。しかし車の姿はないので、文明レベルはそれほど高くなさそうだった。

「取りあえず、人がいるっていうのはありがたいな」

俺以外の人間がいることに安心した。しかし彼らが俺の味方かどうかはまだ不明だ。多分だが、ここは俺が居た世界ではないのだろう。今の状況や目の前の球体の性能を考えれば、かなりファンタジーな世界だ。俺はこの世界にとっては異物であり、異世界の人間だ。この世界の人間が、異世界人に寛容とは限らない。

それに先程球体に書かれていた言葉を信じるのなら、俺はダンジョンマスターということになる。それがこの世界でどういう意味を持つのかはわからないが、好意的に捉えられているとは思えない。なにせモンスターを生み出せるのだから、邪悪な存在と言う可能性もありうる。この世界の人間と接触するのは、慎重になったほうがいいだろう。

「まずは自分ができることを確かめてからだな」

俺は球体の左上を見た。左向きに小さな矢印が描かれている。左手で触れてみると画面が切り替わり、ダンジョン、モンスター、アイテム、オブジェクトのクリエイト画面に戻る。

モンスターは危険な感じがするので、まずアイテムクリエイトを選択してみる。

すると画面がまた切り替わり、いろんな図形のアイコンが現れた。コインや宝石のような物から、剣や鎧、盾や兜《かぶと》といった武具。液体の詰まった瓶のような絵柄が並ぶ。

とりあえず剣を選んでみると、今度は材質の項目が出てきた。

銅に鉄、鋼だけではない。ミスリルにアダマンタイトと言った、ゲームやファンタジー小説に出てくる金属が並んでいた。そのほかにも聞いたこともない金属があった。

「やっぱゲームか。そのノリでやるべきかもな」

俺は地球での常識を投げ捨てた。ここではゲーム脳に切り替えたほうが良さそうだ。

「オリハルコンまでありやがるな」

俺は材質の項目の中に、ファンタジーでおなじみの金属を見つけた。どうやらオリハルコン様はここでも希少な金属らしく、項目の一番下にあった。希少性や強さ順で並んでいるとするなら、オリハルコンは最高の金属と言うことになる。

俺はオリハルコンを選択してみると、赤字でポイントが足りませんと表示された。オリハルコンの剣は、作成に一億ポイントも必要らしい。ほかにも強力そうな金属は総じてポイントが高く、簡単には作れないようになっている。

とりあえず鉄の材質を選んでみると、画面が切り替わった。次の項目では耐久力や切れ味といった、剣の性能がいじれるようだった。ほかにも刀身の形状を変えたり、炎や電撃をまとわせる魔法の剣も作れるらしい。もちろんそれらはポイントを使用するので、俺はなにもいじらずに、デフォルトのままの鉄の剣を作成してみる。消費ポイントはたったの十ポイントだ。

最後に確認画面が現れ、俺は決定ボタンを押した。すると何もない空間から、鞘《さや》に納められた剣が現れた。空中に出現した剣は、そのまま床に落ちて金属音を立てる。

「おお、すげぇ。質量保存の法則はどうなってるんだ？」

俺は半笑いになりながら落ちた剣を拾い上げた。鞘から抜いてみると、球体が放つ淡い光を反射して、銀色の刀身が輝く。

大きな刃物を見ると、こんな状況だというのに心が躍った。軽く振ってみると、思った以上に重い。ちゃんと踏ん張っていないと、体がもっていかれる。俺は何度か剣を振ったあと我に返った。

「って、こんなことやっている場合じゃないな」

俺は咳払いして剣を鞘に戻した。誰が見ているわけでもないが、少し恥ずかしかった。

とりあえず本当にアイテムが生み出せることはわかった。球体の画面をいじり、瓶の絵柄は回復薬をはじめとしたポーション。ほかにも食料やトイレットペーパーといった日用品、筆記用具なども作れた。これは俺が生活するための物だろう。少なくとも衣食住で困る心配はなさそうだった。

アイテムクリエイトを細かく調べていくと、定型の物だけではなく、俺自身がイメージした物も作れるらしい。ただこちらは作成時の消費ポイントが、定型のアイテムより割高となっている。そして一部、作ることが難しい物があることもわかった。

銅や鉄、木材を加工したものなら、少し割高な程度で作れる。しかし石油製品や化学製品となると、途端に消費ポイントが跳ね上がるのだ。試しにポリエステルの服を作ろうとしたが、普通の服の数百倍のポイントが必要となってしまった。

おそらくだが、この世界ではまだ石油製品が作られていないのだろう。そして存在しない物を作ろうとすると、その分高くなるようだ。不便だが、オーパーツを量産させないための制限だろう。

「……でも抜け道はあるな」

俺は右手の指で顎《あご》を撫でた。石油製品や化学薬品等は高価となるが、薄い鉄板や厚さが均一のガラス。薄く真っ白な紙などは比較的安いポイントで作れた。しかしこの世界が中世レベルの文化と仮定すると、これらの品物は稀少なはずだ。

薄い鉄板を大量生産しようとすれば、高炉で製鉄し巨大なローラーで押し伸ばす必要がある。ガラスの厚みを均一に作るのも難しいはずだし、真っ白な紙も漂白が大変だ。しかし手間はかかるが、この世界でも作ろうと思えば作れる。熟練の職人が時間を掛ければ可能な物だ。

「技術や手間暇は無視できるのか」

この時代に存在はするが、量産が困難な物でも安く作れてしまう。ポイントが高くなるジャッジは割とあやふやだ。これが何の役に立つかわからないが、ルールに穴があることは覚えておこう。

俺は次に、オブジェクトクリエイトの文字を触れてみる。

これはそのままゲームだった。

オブジェクトクリエイトでは、宝箱や扉といったダンジョンを彩る物が造れるらしい。柱や彫刻、小さな噴水も造れる、また侵入者を撃退する、落とし穴や回転床といった罠もオブジェクトに分類されているようだ。

変わったところでは水エリアのためか、ため池や小川が造れた。また灼熱エリア用のマグマや、密林エリア用の樹木といったものまで造れるのには驚いた。

ただしこれらはそれなりに高額なうえ、ランニングコストとして常に一定のポイントを必要とするらしかった。無計画に設置すると、あっという間にポイントがなくなっていくだろう。

「こっちも一応、試しで造っておくか」

俺は球体を操作し、宝箱を一つ作成してみる。

これも材質や形状、鍵をつけるか、罠をつけるかで幾つかの項目が出てきた。俺は一番安い宝箱を選ぶと、何の変哲もない木箱が現れた。

中を開けてみると、当然何もない。とりあえずさっき作った剣を入れておこう。蓋《ふた》を閉めた後、俺は木箱に腰かけた。

オブジェクトクリエイトもアイテム同様、球体に触れながらイメージすると、想像通りの物が造れるらしかった。またアイテムとオブジェクトはコピーができるらしく、もとのアイテムやオブジェクトがあれば、少し安いポイントで複製できるみたいだった。

大量に複製すればするほど、一個あたりのポイントを減らすことができるので、食料や日用品はコピーで作り置きしておくべきかもしれない。

クリエイトについて色々とわかってきたが、ここからが問題だった。

「さて……最後はモンスターか……」

俺は球体の画面を、クリエイト画面にまで戻して息を吐いた。

モンスタークリエイト。どう考えても不吉だが、これを避けて通るわけにはいかなかった。

恐る恐るモンスタークリエイトの項目をタッチすると、こちらも定型のモンスターの絵柄が出てきた。並んでいる項目を見ると、こちらもゲームで見慣れた形が揃っている。

「これもまたわかりやすいな」

俺は画面の中にあるモンスターの種類を、一つ一つ見ていく。

スライムのような不定形から、鼠型《ねずみがた》や猫型や犬型。鳥型もあれば人型もあるし、スケルトンやゾンビといったものも作れるらしい。

大物ではドラゴンもあったが、一番安い馬ぐらいの大きさのもので五万ポイントと、保有するポイントの半分も消費する。とてもじゃないが、こんなものは作れない。

モンスターにもいろいろと能力を付与したり、ステータスを操作したりできるらしい。ただそれらの項目の多さは、アイテムやオブジェクトの比ではなかった。

基本的な耐久力や筋力、敏捷性《びんしょうせい》や魔力といったゲームでおなじみのステータスがずらりと並ぶ。

さらに繁殖力なんて項目もあった。ほかにも皮膚の強度や牙や爪の鋭さ、毒針や毒袋を持たせることもできるらしい。見るべき項目が多すぎて、ちょっと把握しきれないほどだ。

とりあえず鼠型のモンスターを選び、ステータスをいじってみる。すると面白いことがわかった。

「ステータスには相関関係があるのか」

俺はステータスの増減に法則があることに気づいた。

鼠型のモンスターは、少ないポイントで敏捷性を高くすることができる。一方で筋力や耐久力は上げにくく、多くのポイントを必要とした。

逆に巨大なモンスターは、筋力や耐久力は上げやすいが、敏捷性は上げにくくなっている。

「当然と言えば当然か」

俺は一人頷いた。鼠のように小柄なのに、象を持ち上げる筋力があったらおかしい。もちろんポイントをつぎ込めば作れるのだろうが、長所を伸ばすステータスのほうが効率はよさそうだった。

「……でもこれ、下手にいじらないほうがいいな」

俺はステータスをいじる危険性に気づいた。

生物は微妙なバランスのうえで成り立っている。全体的に強化するならともかく、バランスが異常に偏った生き物を作れば、作った瞬間に死んでしまうかもしれない。

モンスターはステータスのほかに、スキルも付与できるようだった。毒針や火を吹くブレス攻撃。知性化や電撃魔法クラスI、闘気《オーラ》戦闘法（黄）なんてものもあった。

なかなか中二心をくすぐる名前が揃っている。特に魔法はクラスIからIXまであるらしく、数字が高いほど強いらしい。そして闘気戦闘法は三段階あり、黄、橙《だいだい》、赤、と色が濃くなるほどに強くなっていくようだった。

モンスターはステータスをあまりいじらず、スキルを付与するのがいいのかもしれない。

「でもスキルを付与するのも、制限があるな」

俺はいろいろといじってみて、スキルの付与にも相関関係があることに気づいた。

スキルの付与には必要ステータスがあるらしく、弱いモンスターに強いスキルを付与するのが難しかった。またスキル数にも上限があり、一体のモンスターに大量のスキルをつけるのも難しくなる。惜しみなくポイントをつぎ込めば最強のモンスターが作れるが、効率的とは言えない。簡単に最強のモンスターを作れないようになっている。

「とりあえず、こっちも試しに一つ作ってみるか」

俺は不安を覚えながらも、球体の画面を操作した。さすがに自分が作ったモンスターには、襲われないと思いたい。だがモンスターはモンスターだ、どうなるのかはわからない。

「……………オリジナルで作ってみるか」

俺は安全策をとることにした。鼠型はすばしっこそうだし、噛《か》みつかれたら病気が怖い。スライムとかスケルトンも、ゲーム同様弱いとは限らない。ここは徹底的に弱い生き物を作ろう。

まず体は最小の手の平サイズ。丸くて黒い毛に覆われた形にする。そこに針金のような細い手足を書き込む。口は噛みつかれると嫌だからつけない。子供の落書きのような造形だ。さらにステータスも最弱にしておいた。作成に必要なポイントは驚きの一ポイント。最安最弱のモンスターだ。

あまりにも弱すぎて、生まれた瞬間に死んでしまうかもしれない。だが作成した後でもステータスはいじれるし、スキルの付与もできる。なんなら角や尻尾も後付けで追加可能なようだ。問題が出ればその都度修正すればいいだろう。それにどうせ一ポイントだ、失っても惜しくはない。

「よし、これなら大丈夫だろう」

俺は内心不安でいっぱいだったが、これ以上弱くは作れない。

いざ作ろうとすると、突然球体に文字が浮かび上がった。

『初回につき、モンスターに知性化スキルクラスⅨを付与することができます。知性化しますか？』

「知性化だと？」

俺は眉《まゆ》を顰めた。読んで字のごとし、知性を与えるということなのだろう。

そういえば確かスキルに知性化というのがあった。調べてみると、弱いモンスターは総じて知性が低く、ⅠかⅡがせいぜいだった。ライオンのような獣になると、これがⅣぐらいまで上がる。ポイントをつぎ込めばクラスを上げることができ、最大値がⅨのようだ。ただしマックスまで上げるには、他のスキルと比べても異様に高いポイントが必要になる。

「なになに『知性化クラスがⅥを超えると、会話が可能になります』か……」

知性化のスキルを調べた俺は、説明文を読み上げて納得した。

「なるほど。補佐役ということか」

俺は初回無料という言葉の意味を推測した。俺をここに押し込めた上位者は、ダンジョンを造らせたいらしい。しかし何もわからない状態では、うまくダンジョンなど造れない。ダンジョン造りを助ける補佐役が必要だった。おそらく初回無料で作れるモンスターを副官として側に置き、ダンジョンを造っていくべきなのだろう。

「よし、やるか」

俺は右の拳で、左の手の平を叩いた。ここは上位者の意向に従い、知性化を選択して決定ボタンを押した。するとアイテムやオブジェクトの時と同様、光の中からモンスターが生み出された。

「おおっ、できた！　ってか、まんま毛玉だな」

自分で作っておいて何だが、本当にただの黒い毛玉にしか見えない。しかしちゃんと生きているようで、細い手足を動かして床から立ち上がった。

「動いた。で、どうだ？　ちゃんと話せるか？」

俺は毛玉に問いかけてみるが、返事はない。もしかして話せると言うのはガセか？

「聞こえるか？　聞こえたら返事をしてくれ」

何度か話しかけてみるが、やはり返事はなかった。毛玉はきょろきょろと体を動かし、その場でこけたりしている。まともに動くこともできていない。

俺は失敗したのではないかと、後悔が頭をよぎる。その時毛玉の様子に変化が起きた。細い手を動かし、同じ動作を繰り返していた。何かを身振りで伝えようとしているのだ。しきりに手で自分の体を指差し、なぞっている。その線を追いかけると、体に顔を描いているようだった。特に口の部分を何度も描いていた。

「ああそうか、口か！　口がないから喋《しゃべ》れないんだ」

俺は襲われないために、口をつけなかった。しかし口がなければ喋れないのも道理だ。俺は慌てて一ポイントを消費し、毛玉に小さな口をつける。弱いモンスターだと、後付けでスキルや部位を付与しても、ポイントが少なくて済む。

「どうだ、喋れる『ああ、よかった、喋れた』……るな」

俺の声にかぶせて、毛玉が安堵の声を出す。

「気分は『ところでマスター。そこにいらっしゃいますか？』どう……」

生み出したモンスターは、俺が喋っているのもかまわずかぶせてくる。

「そこにおられるのかどうかわかりませんが、目がなければマスターがどこにいるかもわからず、耳がなければご指示を聞くこともできません。どうか私に目と耳をお与えください」

毛玉はモンスターとは思えぬ、礼儀正しい言葉で懇願する。

俺はすぐに目と三角の耳、ついでに小さい鼻もつけてやる。これも一ポイントだから安いものだ。

「ああ、これでマスターのお顔を見ることができました。それではマスター。改めてはじめまして。お作りいただきありがとうございます。何なりとご命令を」

毛玉は俺の顔を見ると、体ごと頭を下げる。俺に敵意はないようで、襲われる心配もなさそうだ。

「俺は班目隆という。マダラメと呼んでくれ。よろしく頼む。ところで名前はあるのか？」

俺は毛玉の体をしげしげと見た。俺が自作したので、特定の種族ではない。知性は与えたが、名前とかあるのだろうか？

「いえ、ありません。マダラメ様の好きにお呼びください」

「じゃぁ名前をつけてやろう。毛玉に似ているからケラマとかどうだ」

俺は右の指を立てた。かなりテキトーな名前だが、こういうのはインスピレーションだ。

「マダラメ様。よい名前をつけていただきありがとうございます」

ケラマは一礼する。どうやら気にいってくれたようだ。

「実はケラマ。君を作ったのはほかでもない。俺はダンジョンマスターになったばかりでな、何も知らないんだ。どうすればいいと思う？」

「わかりました。基本的な知識しかありませんが、できうる限り補助させていただきます」

ケラマは言葉こそ控えめであったが、その小さな目には自信があった。やはり補佐役なのだろう。

「ではマダラメ様。何からお話しいたしましょう？」

「最初から頼む。ダンジョンマスターとは一体何だ？　俺はどうすればいい？」

俺は本当に基礎的なところから尋ねた。まずはＡＢＣから始めてもらおう。

「ダンジョンマスターとは、そこにある球体、ダンジョンコアを守り、外部から人間をおびき寄せて殺傷し、その体からあふれ出るマナを取り込み、ダンジョンを大きくする者のことです」

ケラマはすらすらと説明する。ある程度予想はしていたが、人を誘い込んで殺せとは物騒な話だ。

「マナとは何だ？」

「この世界の生き物に備わっている、エネルギーのことです。ダンジョンコアは、周囲の生き物からマナを集めてポイントに返還する装置です」

ケラマの説明を聞き俺は頷く。ケラマの話は理解できたが、別の疑問が出てくる。

「どうしてそんなことをする？　誰がダンジョンマスターなんてものを生み出した？」

俺は根本的な疑問を問う。ダンジョンコアのような、複雑な機能を持った物が自然発生的にできたとは思えない。何者かがデザインしなければ、こんなものは造られない。

「それは……わかりません。私には答えられません」

ケラマは体ごと首を横に振った。だがこの言い方は、知らないという意味ではない。知らされていないという意味だ。ダンジョンコアを造った上位者は、俺の疑問に答える気はなさそうだ。

「ただ、目標は設定されています。百億ポイントを貯めること。それが最終目標となります」

「百億か……」

俺は実感なく呟いた。この数字が多いのか少ないのかわからない。

「それで、百億ポイントを達成すればどうなるんだ？」

「最初に百億ポイントを達成したダンジョンマスターは、この世界の支配者となれます」

ケラマは簡単に言ってのける。

「世界の支配者ねぇ、夢が大きい話だ」

俺は気のない返事をした。アイテムやモンスターを自在に生み出せるのだから、ダンジョンコアを造った上位者は超越的な力を持っている。しかし俺を説明もなしに連れてきたりしているので、あまり信用できそうにない。

「まぁいい。とりあえず目指してみるか、百億」

俺は覚悟を決めて頷いた。

信用できないが、それを言っても始まらない。とりあえずはこのゲームにのるとしよう。

「よし、ケラマ。まずは何をすればいいんだ？」

「行動を起こす前に、少し手狭ですのでこの部屋を広くしてみませんか？」

言われた通り、確かにここはちょっと狭くて話しにくい。長丁場になることを考えると、落ち着ける環境にすべきだろう。

「部屋を二回りほど広くし、天井も少し高くしましょう。そして壁や天井は真っすぐにしてみましょう。コアに触れながらイメージすれば、真っすぐ線が引けるはずです」

ケラマに言われたとおりにダンジョンコアに触れてイメージすると、確かにまっすぐの線が引けた。三ポイントを使って、部屋を十畳程の大きさにし、四角い部屋を造り上げる。

「少し殺風景ですので、壁や天井には壁紙を貼りましょう。白っぽいグレーがよろしいかと」

ケラマの指示通り、一番安い壁紙を選んで貼ってみる。選ぶだけで勝手に貼られるので楽だ。

「少し薄暗いですので、照明のオブジェクトを天井に設置しましょう」

俺はケラマの言うとおり、オブジェクトから照明を選び天井に設置する。

「こんなもんでどうだ?」

「はい、大変素晴らしい出来栄えです。マダラメ様」

ケラマが褒《ほ》めてくれる。チュートリアルをクリアした程度のことだが、失敗もしなかったのでよしとしよう。続けてケラマは提案する。

「話す前に立ち話もなんですので、テーブルと椅子をオブジェクトで作成しましょう」

これも道理だった。長く使うものかもしれないので、テーブルとイスはけちらず、少しいい物を選んだ。クッションつきの茶色い椅子とテーブルのセットを購入する。

俺はケラマを持ち上げてテーブルに乗せ、作ったばかりの椅子に座る。

「では、マダラメ様。百億ポイントを目指すために、まずはマナを、ポイントを獲得する方法を説明いたします。ポイントを獲得する主な方法は三つあります」

「一つ目は人間を殺す奴だろ」

「そのとおりです。また、狙うのであれば、力をつけた強い人間がいいでしょう。人間は鍛錬することで、マナを多く蓄えることができるようになります」

ケラマの言葉を聞きながら俺は頷く。ゲームで言う経験値という奴だろう。強い奴を倒したほうがうまみは大きい。しかし人間を殺すことには、いささか抵抗がある。進んでやりたくない。

「ですが人間。特に冒険者と呼ばれる者達は、ダンジョンコアを破壊しようとやってきます。ダンジョンコアの破壊はダンジョンの死。ひいてはマスターの死であります」

ケラマが小さな目で俺を見る。すごく大事なことが突然出てきた。コアが壊されると、俺は死ぬのか。人殺しに抵抗があるなんて、甘いことは言っていられないかもしれない。

「強い人間を倒した時ほど獲得できるマナは、ポイントは大量になります。しかし強い人間がダンジョンに来ると言うことは、ダンジョンが攻略されてコアが破壊される危険があります」

「程々が重要ということか」

俺の言葉にケラマが大きく頷く。

「ポイントを獲得する二つ目の方法ですが、周囲の動植物から吸収する方法です」

「吸収?」

「はい。コアはダンジョン内部だけではなく、周囲からもマナを集めることができます。もちろん植物や昆虫から得られるマナは少量で、一日に十ポイント程にしかなりません。初めに貯まっていたポイントは、そうやって周囲から少しずつ集めたものです」

ケラマの話を聞きながら、俺は頭の中で計算した。一日に十ポイント。十万ポイント貯まっていたから、一万日もかけた計算になる。一年が三百六十五日なら、三十年近い月日だ。

「全体としては僅かで、人間から得られるポイントとは比べ物になりません。しかし照明や水といった、維持に必要なオブジェクトの費用ぐらいは賄えるかもしれません」

ケラマの説明に俺は頷く。塵《ちり》も積もれば山となる。頭の片隅には入れておこう。

「そして三つ目が、人間からマナを吸収する方法です」

「それは殺さずに、ってことか」

「はい。人間はほかの動植物と比べて、豊富なマナを蓄えています。殺さずともダンジョンの中にいるだけで、マナを得ることができるでしょう。平均的なレベルの冒険者が一時間程ダンジョンの中に滞在した場合、約十ポイントのマナが手に入ると思われます」

「それは効率的だな。なら攻略に時間のかかる迷路なんかを使えばいいわけだ」

俺の言葉に、ケラマはお辞儀をして体ごと頷いた。

「ではその平均的な冒険者を殺害した場合、得られるポイント量はどれぐらいなんだ？」

「約一万ポイント程です」

「千倍か。やはり殺害した方が効率的なんだな」

俺は呟きながら頭の中で計算する。百億ポイントを貯めようと思えば、百万人を血祭りに上げる必要がある。しかしこれはどう考えても不可能だ。

「これ無理だな。この世界のことをよく知らないが、この周囲に百万人も住んでないだろ？」

俺は近くにある街のことを思い出した。文明レベルは中世と言ったところだ。当然人口も多くはないだろう。

「はい、この周辺にそこまでの人は住んでおりません」

「なら別の方法を試すべきだな」

俺は通常とは違う方法を考えた。俺はギャンブルが好きで、身を持ち崩すほどやりこんでいる。まっとうに勝負するのも好きだが、時には裏技やイカサマもやる。抜け道を探すのも、ギャンブルの醍醐味だ。

「人間を捕らえてダンジョンで生活させ続けたらどうだ？　効率が悪くても、継続してポイントが得られるならおいしいはずだ」

俺は人間牧場計画を提案した。聞こえは悪いが、この方法なら継続的にポイントが手に入る。

「そうだ、ケラマ。この世界の一日は何時間で、一年は何日だ？」

「一日は二十四時間、一年は三百六十日周期、一ヶ月は三十日、一週間は七日です」

ケラマはよどみなく答える。ありがたいことに、俺が居た世界に近い。

「なら一人の人間を捕らえて四十日程監禁すれば、殺す分と同等のポイントが手に入る。年間で八万ポイント程。一万人捕獲すれば年間八億。十年は無理でも十五年はかからない計算だ」

俺は百億達成の糸口を見つけた。もちろん一万人も捕獲するのは大変だろう。しかし百万人集めて殺すことを考えればまだ現実的だ。しかしケラマは俺の提案に対し、体ごと首を横に振った。

「残念ながらそれは難しいかと。そういったことをしているダンジョンマスターはいるでしょうが、うまく行ってはいないでしょう。一つにはマナが生命の発露であるということです。マナは持つ者の感情に作用し、興奮や怒り、安堵や愉悦、歓喜など感情が高ぶると、大きく放出されます。ダンジョンでの冒険が、良質なマナを放出させるのです」

俺はなるほどと頷いた。敵と戦い興奮し、傷ついては恐怖する。そして勝利し宝を手に入れては喜ぶ。感情を揺さぶるのも、ダンジョンという形態をとる理由なのだ。

「捕獲され牢獄につながれている囚人は、どうしても感情が鈍り質のよいマナが得られません。拷問などで感情の起伏を生むこともできるでしょうが……」

「それはしたくないな」

顔を顰めながら、俺は首を横に振った。いくらポイントのためとはいえ、拷問は嫌だ。

「私もお勧めは致しません。それに危険でもあります」

「何故だ？　倫理的な問題を無視すれば、楽をしてポイントを得られる方法だと思うが？」

「確かに効率はいいでしょうが、外の人間達から見ればどうでしょうか？　人間を捕まえて家畜のように飼いならし、拷問して人を苦しめるダンジョン。人間はどうすると思われます？」

「あーなるほど。確かに危険だな」

俺ならそんなダンジョン、全力で叩き潰す。それに殺された者は生き返らないが、囚われた者は助け出せる。残された家族や仲間達は、捕らえられた人々を助けようとするだろう。

「余計な憎悪を買うべきではないな」

「はい。絶対に攻略できないダンジョンというものは造れません。人間達が総力をかければ、防ぐことは難しくなります」

「ん？　そうか？　やりようはあるだろ？」

俺は顎に手を当てて考えた。

ダンジョンとコアを繋げず、完全に分離する。絶対に開かない扉を造る。大量の罠とモンスターの設置。フロア全体を毒ガスで満たして、侵入した瞬間に毒殺する。今考えただけでも幾つか浮かんだ。じっくり考えれば、幾らでも手はあるだろう。

「いいえ、ダンジョンは必ず攻略できるように、造らなければいけない決まりがあるのです。ダンジョンルールがございますから」

「ダンジョンルール？」

俺は顔を顰めた。なんだかわけのわからない単語が出てきた。

「ダンジョンルールとは、ダンジョンを造るうえで守らなければいけない決まりです」

「馬鹿げている。誰がそんなものを決めたんだ？」

「それは……私にはお答えできません。知らないのです」

ケラマがお決まりの言葉を述べた。どうやら上位者様が決めたらしい。

「まぁいい、とりあえずダンジョンルールについて説明してくれ」

「はい。まずダンジョンの入口は、コアと必ず通路で繋がっていなければなりません」

さっそく俺が考えたアイデアが封じられた。だったら、重箱の隅をつつくまでだ。

「なら細い通路を繋げるのはどうだ？　ほんの数十センチの、誰も通れない通路を造ればいい」

「いえ、通路の大きさには規定があります。大きい分には問題はないのですが、高さと横幅は最低二メートル以上の大きさであることが義務付けられています」

「なら扉だ。鍵をかけて俺が持っていれば安泰だ」

俺は新たな解決案を提示した。ダンジョンに扉はつきものだ。オブジェクトでも鍵付きの扉が造れるのは知っている。

「扉を施錠することはできますが、扉を開けるためのアイテムは同じフロアに、所定の宝箱の中に安置することが義務付けられています」

ケラマがすぐに俺のアイデアを潰しに来る。ならさらに隙間を突く。

「では鍵が入った宝箱を壁に埋めて隠したり、モンスターに持たせて移動させ続けたら？」

「それも駄目です」

ケラマが首というか、体を横に振る。俺は顔を顰めるしかない。

「じゃぁ謎解きだ。暗号で扉が開く方式にしよう。絶対に解けない問題にしてやればいい」

俺は別の方法を思いついた。ノーヒントでランダムな暗号を一発で回答しろとか、円周率の最後の桁を答えろとかなら、世界中の誰にも回答できない。

「それもできません。謎解きを出す場合は、公平公正で必ず解けるようにしておくことが絶対条件です。正直、これらの条件はかなり厳しく、十人が挑戦したとすれば六人以上が解答できる問題でなければいけません」

「優しすぎるだろう。難易度を上げることはできないのか？」

「難易度を上げる場合は、ヒントか答えを同じフロアに提示しておく必要があります」

ヒントと聞いて、俺は抜け穴を思いついた。

「ならヒントを大量に書いておけばどうだ？　木を隠すなら森の中。無意味なヒントを大量に用意してやれば、答えられないだろう」

「いえ、ヒントや答えは定型の石板に提示しなければなりません。石板の数も決められているので、余計な石板を造ることはできません」

続くケラマの言葉に、俺は唸った。思いつくアイデアがことごとく潰されていく。

「あと、罠を大量に設置することもできません。罠の設置面積は、ダンジョン全体の床面積の五パーセントまでと決まっています。さらに一定の間隔を設けないと設置できない決まりがあります」

「なら、罠を連動させたらどうだ？」

一つの罠を作動させれば、ほかの罠も次々作動するように造る。これなら逃げ道がなくなる。

「いえ、罠を連動させるのも禁止されています。また罠は必ず解除、もしくは回避する方法がなければ設置できません。細い通路の後ろから岩を転がし、通路の先に施錠した扉を設置する。といった方法も使えません」

ケラマが先回りするように告げる。実はそれも考えていたのだ。

「あと灼熱エリアや水エリアなどは、一つの巨大な罠とカウントされます。これらは床面積五パーセントの制限は受けないのですが、これらのエリアにほかの罠を設置することはできません」

ケラマが告げるダンジョンルールに、俺は溜息が漏れた。

「やってはいけないことばかりだな。冒険者って俺達の敵だろ？　なんでそんな気を遣ってやらねばならないんだ？」

「……申しわけありません。私には答えられません」

ケラマが謝罪する。しかしケラマを責めても仕方ない。それにこれは当然の処置ともいえる。

城攻めでは、攻撃側は防御側の十倍の戦力が必要と言う。冒険者が何人で来るかはわからないが、もし十人未満なら、ガチで守りを固めれば確実に勝つ。

そして全てのダンジョンマスターが完璧に守りを固めれば、人間側に打つ手がなくなる。人間達はダンジョンの攻略ではなく、封鎖する方向に動くだろう。そうなればマナが入手できず、ダンジョンマスターに待っているのは緩やかな死だ。

ダンジョンマスターを縛るルールが、ダンジョンを成立させているのだ。

「ケラマよ、ダンジョンマスターのルールをごまかすことはできないのか？」

「これはコアに書き込まれているルールですので、違反することはできません。逆に言えば設置できたとすれば、それはダンジョンルールに沿っていることになります」

俺は深く椅子に座りなおして思案した。

おそらくすぐに思いつくようなアイデアは、先回りされているだろう。しかし完璧なシステムは存在しない。アイテムクリエイトにも不備はあった。ダンジョンルールにも抜け穴はあるはずだ。時間をかけて探してみよう。

「よし。では次はモンスターのことを教えてくれ」

俺は次の話題へと移った。ダンジョンの作成や罠の設置には、いろいろと厳しい制限があった。

ではモンスターはどうだろうか？

「モンスターの配置にルールは存在しません。作成に関してもすでにお気づきと思いますが、強いモンスターを製作しようとすれば高いポイントが必要になります。スキルを付与しようとすればさらに高くなります。ただしポイントさえ払えば、強力なモンスターを作ることに制限はありません」

簡潔な説明に、俺は満足する。ポイントがかかることが制限。ということだろう。

「ただしルールではありませんが、モンスターの配置には注意が必要です。まず基本的なことですが、モンスターは自分の考えを持ち、勝手に動くということです。モンスターは人間に対して敵対的ですので、いちいち指示せずとも襲い掛かります。しかしある程度知性化していないかぎり、こちらの命令を聞いてはくれません。知性化レベルが低い場合は、自分の縄張りを勝手に決めて棲み着きます。居心地が悪ければ移動し、下手をすればダンジョンから出ていくこともあり得ます」

「おいおい。ポイントをかけて作ったのに、出ていかれては大損だな。逃がさない方法はないのか？」

「施錠扉で各階層を区切れば、モンスターの逃走はある程度防げますよ」

なるほどと俺は頷いた。侵入者を防ぐためではなく、出て行かせないための扉でもあるのだ。

「また罠を設置した場合、モンスターが罠にかかることがあります。罠の付近にモンスターを配置することはお勧めできません。隣接させる場合は、罠にかからないモンスターを配置すべきです」

「落とし穴にスライムとか、そんな奴か」

「はい。ただ熟練の冒険者であれば、モンスターの種類を見て、設置される罠を見抜いたりもしてくるようです」

ケラマの有益な情報に、俺は頷いた。モンスターと罠の組み合わせに制限があるのなら、組み合せからの読みあいも起きるのだ。

「あと何より難しいのは、モンスターの飲み水や食料を用意してやらねばならないことです」

「それも俺が用意するのか？」

俺の言葉にケラマが頷く。

「一部例外を除き、モンスターの食事も用意しなければなりません。モンスターがダンジョンから出ていく最大の理由は食料不足です。食料さえ用意してやれば、出ていくことはまずありません」

「食料もポイントを使って用意するのか？」

俺は顔を顰めた。手持ちは十万ポイント。とても足りると思えないのだが。

「モンスターの中には繁殖力の高いものもおります。繁殖にはポイントが必要ありません」

「ああ、そういえば繁殖力というステータスがあったな」

「はい。基本的にですが、弱いモンスターは繁殖力が高く、放っておいても勝手に増えます。まずは連中を増やして、食料とするのが一般的です。草やコケが繁殖するエリアを設けて、そこに鼠型のモンスターを配置しましょう。草やコケを食べて鼠型モンスターを繁殖させ、鼠を食うモンスターを作って増やし、さらに大型のモンスターに食べさせます」

なんだか大きな話になってきた。一つの生態系を作れと言っている。

「ほかのダンジョンマスターは、本当にこんなことまでやっているのか？」

俺は信じられなかった。侵入者対策だけでなく、生態系にまで気を使わなければならないなんて、とてもじゃないが俺には無理だ。

「そういった補佐をするために、私がいます」

「しかしそんなことに労力を割いて、侵入者を撃退できると思えないな。効率を重視するなら、ランニングコストがかからないモンスターがよさそうだ。……そうだ！　スケルトンやゾンビといった奴らはどうだ。あいつらなら食べ物いらないだろう」

俺は作るべきモンスターの候補を挙げた。スケルトンやゾンビなら、勝手に動きまわったりしないだろうから罠にもかからない。不死の軍団スケルトンダンジョン。悪くない気がする。

「スケルトンは安いわりに休まず疲れず、倒されても時間が経てば復活する特性があります。ですがスケルトンだけで構成されたダンジョンは、あまりお勧めできません」

「何故だ？　いいこと尽くめだと思うが？」

「作ってみるとわかりますよ。いえ、実際作ってみましょう。ダンジョンで使わないにしても、スケルトンは何体かいたほうが便利ですので」

ケラマの言うことはよくわからなかったが、俺は試しにスケルトンを作成してみる。ステータスはいじらず、デフォルトのままのスケルトンだ。お値段十ポイント。ゴブリンかコボルトが十五から二十ポイントということを考えれば、不眠不休で働き、倒されても復活するこいつは、かなり当たりではなかろうか？

決定ボタンを押すと、さっきのケラマと同じように光の中から白い骨が生み出される。武装は何もないが、最初に作った鉄の剣を持たせてみる。

「よし、これを振ってみろ」

俺が剣を渡すと、スケルトンは腱もないのに何故かくっついている指の骨で柄を握る。そして鞘も抜かずにそのまま縦に振るった。反動で鞘が飛んでいき、壁に当たって落ちた。

「…………」

俺とケラマの間に沈黙が流れた。知性がないという話だったが、鞘から抜くことすら思いつかなかったらしい。

「まっ、まぁ、次からは抜き身で持たせよう。よし、もっと振ってみろ」

俺が命じると、スケルトンが今度は袈裟《けさ》がけに剣を振り下ろす。そして次は剣を掲げて縦切り、その次は袈裟がけ、縦切り袈裟がけ縦切り袈裟がけ……。

スケルトンは延々と同じ行動を繰り返した。

「……なぁ、もしかして」

「はい。スケルトンには、これ以外の攻撃方法がありません」

「マジか……」

俺は愕然とした。攻撃手段がたった二パターン。隙だらけで動きもそんなに速くない。落ち着いて動きを見切れば、素人の俺でも倒せそうだ。

「ほかにもゴーレムやパペット系モンスターは、同様の欠点があります。疲れを知りませんが、単純な動作しかできません。新たに覚えさせることは可能ですが、時間がかかります。知性化すれば多少改善されますが、それをするぐらいなら……」

「普通のモンスターのほうが効率はいいか」

俺はケラマの答えを先回りして、自分でしょぼんとする。

「それとスケルトンは弱点が多くあります。僧侶が使う退魔系の攻撃や、祝福をうけた聖水や塩でも大きなダメージを受けます。また知性が低いため、足元にロープを張っただけのような簡単な罠にも引っ掛かります。スケルトンは対策されてしまうと、簡単に撃破されます」

聞けば聞くほど悪いことばかりだ。先程作成したスケルトンは、やめろと言われていないので今も延々と剣を振るっている。命令に忠実なのはいいが、全く応用が利かない。

「もうやめていいよ。なぁ作ったほうがいいと言っていたが、本当に役に立つのか？」

俺はスケルトンを指差す。ちょっと運用方法が見えない。

「スケルトンやゴーレム、パペット系モンスターはマスターが憑依し操作することができます。ただし操れるのは一体だけ、その間マスターは動けず、操作に専念することになります。制約はありますが、何かあった時のために、ダンジョンに配備しておけば重宝しますよ」

ケラマが有益な情報を教えてくれる。確かにそれは便利だ。

「なるほど。各階に一体ぐらいスケルトンを配備しておくと、便利かもな」

「それがよろしいかと。当座の方針が決まるまでは、掃除でも教えておきます。身の回りの世話を覚えさせると、それはそれで重宝しますよ」

ケラマの提案に俺は頷く、それは助かる。確かに一体は作るべきモンスターだ。だがスケルトンもゴーレムも駄目。あとほかにどんな奴があるだろうか？　俺はしばらく考えて思いついた。

「そうだ！　蟻《あり》はどうだ？　蟻の巣ダンジョン。こいつは強力じゃないか？」

俺は右手の指を鳴らした。蟻は高い繁殖力を持ち、何でも食う雑食性。元々が迷宮のようなコロニーを形成し、巣に侵入してきた外敵には容赦《ようしゃ》ない凶暴さもある。

「確かに蟻は強力ですね。蟻型の最大種である鬼黒蟻は、体長五メートル。外殻は非常に硬く、顎は岩さえも噛み砕きます。強さの比較としては、一体で平均的な冒険者と互角に渡り合うことができるでしょう」

ケラマの説明に俺は拳を固める。これはかなり強力なモンスターだ。

「鬼黒女王蟻は八万ポイントと高価ですが、食料さえ与えておけば大量の卵を産み、卵は二十日程で成虫となります。また働き蟻は自分で外に出て食料を調達し、巣穴も自分達で拡張しますので、手間というものがかかりません」

ケラマの話を聞けば聞くほど、蟻型モンスターは強い。二ヶ月も戦力を蓄えれば、人類には打つ手がないんじゃないだろうか？

「ですが蟻型モンスターには、二つ大きな問題があります。まず、生み出した女王蟻はマスターを襲ったりはしません。ですが女王蟻が生み出した蟻は、マスターを襲う可能性があります」

「マジか⁉」

「ダンジョンにはマダラメ様を守るための、蟻対策の罠を仕掛けなければならないでしょう」

「俺が外に出られなくなるのか」

「あと蟻型モンスターは、どこの国でも特定危険生物に指定されております」

「ん？　それはどういうことだ？」

俺は嫌な予感がした。ケラマが言った言葉の響きは、あまりいいものではない。

「特定危険生物とは、放置すると国が滅ぶ危険があるため、発見即駆除が各国の条約で決まっているモンスターのことです。吸血鬼や死者を操るリッチなども、これに該当します」

ケラマの言葉に、俺は笑うしかなかった。蟻型モンスターを配置したら、速攻で国家が潰しに来ると言うことだ。

「あと蟻型モンスターには、幾つか弱点が存在します。蟻型モンスターの駆除を専門に扱う冒険者達もおり、彼らがやってくるとおそらく……」

ケラマは言葉を濁したが、続く言葉は容易に想像がついた。弱点が知られているモンスターなど、簡単に倒されてしまうだろう。いや、そもそもモンスターには必ず弱点があり、単一のモンスターで構成されたダンジョンは脆弱性《ぜいじゃくせい》があると考えるべきだ。

「しかしこんな調子では、ほかのダンジョンはどうやって運営しているんだ？」

俺は白旗を上げたい気分だった。こんなに制限が多くては、ダンジョンを運営できる自信がない。

「ほかがどうとは一概に言えません。ですが一般的な造りとしては、第一層に安くて繁殖力の高いゴブリンやコボルトなどを繁殖させ、それを餌として食べる肉食系モンスターを配置。さらにそれらを食べる大型のモンスターを生み出します」

「弱い奴から順に、ということか」

俺は学生時代にやったＲＰＧゲームのことを思い出した。ゲームでは弱いモンスターから、順番に出てくるのが不思議だった。しかしこう考えてみると理にかなっているのだ。

「下へと続く階段の前に扉を設置し、大型モンスターに鍵を守らせる。というのが定石でしょうか」

ケラマの語るダンジョンは、これまたゲームでは定番の造りだった。しかしそんな攻略しやすいダンジョンが、果たして持ちこたえられるのだろうか？

「一つ聞くが、その一般的なダンジョンとやらで、冒険者の襲撃を防いで一年間生き残っているダンジョンはどれぐらいいるんだ？」

俺の問いに、ケラマは目というか顔をそらした。

「三割程……でしょうか」

実質運頼みということだ。

「そういえば、この近くに街があるんだが、その情報はわかるか？」

俺は近くにある街のことを思い出した。街の規模によって、造るべきダンジョンも変わってくる。

「はい。遠くのことはわかりませんが、ダンジョンの周辺の地理と一般的な知識はあります。西に歩いて一時間程の場所に、ロードロックと言う城塞都市があります ね。人口は約七万人。交易の街として栄えています」

ケラマの答えを聞き、俺は虚空を見据えた。

人口七万人、予想していたよりも大きい数字だ。しかも交易の街ということは、人や金、商品が行きかっているはず。当然金や商品を狙って、盗賊が出てくるだろう。商人達は腕の立つ護衛を雇う必要に迫られる。つまりロードロックには、それなりの数の冒険者がいると言うことだ。近くにダンジョンができれば、こぞってやってくるだろう。

あっ、駄目だ。詰んでいる。

俺はそこまで考えて、結末が読めてしまった。この立地では、通常の方法でダンジョンをやっていくのは不可能だ。どうやっても生き残れない。場所が悪すぎる。

「どうかされましたか？」

考え込む俺に、ケラマが不安そうな目で見る。詰んでしまっていることは、ケラマもわかっているのだろう。

思案していると、不意に名案が降ってきた。

冒険者はダンジョンを攻略するためにやってくる。ならばそれを変えてやればいいのだ。解決の糸口は、俺がどっぷりはまっていたものだった。

「よし。普通にやって攻略されるなら、別の物を攻略してもらおう」

「別の物、ですか？」

俺の言葉に、ケラマが問い返す。

「そうだ。ところで、街の情報があると言っていたが、それって物の価格とか相場とかもわかるか？」

「取引されている商品の情報や値段の知識はありますが、一体何をするつもりです？」

「カジノさ」

ケラマの問いに対して、俺は自分でもわかるほどいやらしい笑顔を浮かべた。


ロードロックの街を拠点とする冒険者のカイトは、腰の剣と白い鎧を揺らしながら、街に戻ろうとしていた。周りには五人の仲間が、同じ道を歩んでいる。

日は真上から注ぎ、ちょうど正午だった。この分なら昼過ぎには街に着くだろうと、カイトは急ぐことなく歩んでいた。その時、長い金髪の女性が立ち止まった。

「どうかしたか、メリンダ？」

カイトは女性が立ち止まったことに気づき振り返った。杖を持ち白いローブを着た女性は、魔導師のメリンダだ。彼女は不思議そうに街道沿いの山を見ていた。

「カイト、あの山なんだけど、妙なマナを感じない？」

メリンダは少し自信なさげに尋ねた。

マナとは、この世界のあらゆる生物に存在する力だ。カイトの中にもマナは存在する。しかしメリンダが見る方向を見ても、何も感じない。

「トレフ、シエル。君達はどうだ？」

カイトは首から円十字の聖印を下げる、眼鏡をかけた僧侶のトレフと、新緑の髪とやや尖った耳を持つハーフエルフのシエルに目を向けた。

カイトは剣士であるため、マナの感知が得意ではない。僧侶やハーフエルフの方が得意分野であった。しかし二人は首を横に振るばかり。

メリンダの勘違いか、それとも二人が感知できないほど微弱なマナなのか。

「おい、カイト。さっさと帰ろうぜ」

鎧姿で斧を担ぐ戦士のガンツが、苛立たしげな声を上げる。

「待ちなよ、ガンツ。メリンダの勘は割と当たる。調べてみるのもいいんじゃない？」

軽装の革鎧に、腰に短剣を差す斥候のアセルがとりなす。

確かにメリンダの勘はよく当たる。これまで何度もカイト達の窮地を救ってきた。

「よし、山の麓まで行ってみよう。何もなかったら引き返す。それでどうだ？」

「ったく、仕方がねぇなぁ」

カイトの提案にガンツがぼやくも、さっさと調べようと、先頭を歩き始める。

「確かあの山は、ベス山系の山だな」

カイトはガンツに続きながら、行く手に聳《そび》える山を望んだ。

「ベス山系のラーガス山」

アセルが簡潔に教えてくれる。斥候のアセルは、ダンジョンに潜る際は地図係を担当している。

同時に地上の地図もある程度覚えていて、山の名前もわかるらしい。

「よし、じゃぁラーガス山の麓にまで行ってみようか」

カイトは仲間達を促し歩いていく。十分ほど歩いてラーガス山の麓にまでやってくると、明らかに妙なマナを感じることができた。

「これは、メリンダの勘が大当たりだな。ダンジョンが発するマナだぞ」

カイトはラーガス山を見ながら呟いた。ある日突然に発生するダンジョンは、特有のマナを持つ。近づいたことで、ダンジョンが発するマナをカイトにも感知できた。しかし感じるマナは小さくごく微量。メリンダはよく気づけたものだとカイトは感心する。

「これは、新たなダンジョンが生まれたみたいだな。メリンダ、この前は何も感じなかったのか?」

カイトは後ろを歩くメリンダに肩越しに話しかける。二日前にカイト達は、ロードロックを出発して先ほどの街道を歩いた。

「ううん、その時は何も感じなかったと思う」

「なら、このダンジョンは昨日か今日にできたことになるな」

カイトの言葉にパーティーメンバーの全員が頷いた。毎日のように歩いている道のすぐ側に、ダンジョンができるとは思ってもみなかった。

「しかし運のないダンジョンだ。俺達に攻略しろと、言ってくれているようなものじゃないか」

戦士のガンツが笑った。つられてカイトも笑う。

モンスターを生み出すダンジョンは、人類の障害として世界で広く認知されている。カイト達は冒険者ギルドに所属しているが、ギルドでもダンジョンの攻略は推奨されている。

「そうだな。だができたばかりでも、ダンジョンはダンジョンだ。攻略したとなれば箔がつく。ほかの冒険者に気づかれる前に、俺達で攻略してしまおう」

カイトの言葉に、誰も異議を唱えなかった。できたばかりのダンジョンは弱く、簡単に攻略できることは周知の事実である。できたてのダンジョンを発見するなど、幸運以外の何物でもない。

カイト達はマナの波長をたどり、ラーガス山の麓に洞窟を発見した。こんなところに洞窟があるなんて聞いたことがないので、これがダンジョンの入口と見て間違いないだろう。

「昨日今日できたダンジョンに、強力なモンスターや罠があるとは思えない。けれど用心していこう。アセル、頼んだ」

カイトは斥候のアセルに先頭を頼む。彼女は罠がないことを確認しながら、洞窟の内部へと進む。

「おいおい、心配しすぎじゃないか？」

「できたばかりのダンジョンに足をすくわれて、一生の汚点を作るつもりはないよ、ガンツ」

カイトはガンツに冷たい視線を送った。冒険者の失敗談の中には、事実を疑うような間抜けな話が幾つもある。臆病だと笑われようとも、失敗の少ない方法を選ぶ。

カイト達は武器を構え、アセルを先頭に洞窟を進む。緩やかな坂が続き、しばらく下ると平坦な道となった。道の先には赤く大きな扉が一枚あった。扉の上にはカジノダンジョンと書かれている。

「カジノ？　カジノってなんだ？」

カイトが周りに聞いてみるが、答えはない。博識なトレフを見てみるが、首を横に振った。

「とにかく入ってみよう。皆、気を抜くなよ」

カイトは仲間達に注意を促し、自身も身構えた。カイトの体から赤色をした湯気のようなものが立ち上る。これは体内のマナを変換したもので闘気《オーラ》と言う。身体能力を底上げでき、武器に纏《まと》わせれば強度があがる効果を持つ。

戦闘態勢に入ったカイトは、扉に手をかけて押し開けた。するとまばゆい光がカイト達の目に飛び込んでくる。するとそこは別世界だった。

「なんだ、ここは⁉」

カイトは驚きの声を上げた。天井には光が満ち、床には赤い絨毯《じゅうたん》が敷き詰められている。広い部屋にはどこからか軽快な音楽が流れており、ダンジョンではなく宮殿に迷い込んだかと疑うほどだ。

予想外の光景だったが、カイトを始めパーティーの仲間達は油断しない。各々が武器を構え、モンスターの襲撃に備える。だがモンスターの姿がどこにもなかった。

カイト達が入り込んだ部屋は、大きなワンフロアだった。天井が高く奥行きも広い。ただ見渡せる限りにモンスターの姿はない。正面には大きな扉が見え、部屋のところどころに大きなテーブルや椅子が並んでいた。別の場所では椅子の前に箱のようなものが幾つも連なっている。

「なぁカイト。あの箱は何だ？　スロット台って書いてあるが、スロットって知ってるか？」

ガンツが椅子の前に連なる箱を指差すが、カイトにわかるわけがない。あんなもの初めて見る。

「気をつけろ、何か妙だ。罠があるかもしれない」

カイトは剣を手に身構えた。こんなダンジョン聞いたことがない。もしかしたら誰も知らない罠や、モンスターが待ち構えているかもしれなかった。

「アセルは罠のチェック。メリンダは魔法の罠がないかどうかを調べてくれ」

カイトは仲間達に指示を出す。しかし二人はすぐに首を横に振った。罠はないらしい。だがその結果こそ警戒に値する。罠の無いダンジョンなどあるはずがない。きっと何かあるはずなのだ。

「おい、ここに宝箱があるぞ！」

ガンツが入口の脇を指差す。太い指の先には、確かに小さな宝箱が置かれていた。ダンジョンに入ってすぐの場所に宝箱。これは怪しい。しかも隣には立札があった。

「開店記念セール？　初回の方に限り、コイン十枚プレゼント？　なんだこれは？」

カイトは片眉を跳ね上げた。明らかに怪しい宝箱だ。しかし開けないという手はない。これが罠なら罠でも、罠の性質を見ることでこのダンジョンの傾向がわかるからだ。

「アセル、頼んだ。メリンダは魔法の罠がないかを調べてくれ」

カイトは宝箱に罠がないかを調べてもらう。しかしここにも罠はない。それどころか宝箱には鍵すらかかっていないと言う。あからさまに怪しいが、罠がない以上は開けてみるしかない。

カイトが宝箱を開けると中には小さな袋が一つあり、見慣れないコインが六十枚入っていた。

「金じゃないのか、つまらん」

ガンツが吐き捨てるが、これは大事にとっておくべきだろう。攻略に必要なものかもしれない。

「カイトさん。まずはどこを調べます？」

「もちろんあの扉だ」

トレフが問うので、カイトは入口の真正面にある大きな扉に目を向けた。

一番目に着く場所にある大きな扉。ダンジョンで大きな扉は、次の階層に繋がることが多い。このフロアの探索はもちろんやるが、まずは下へと続く階段を探すべきだ。

カイト達は入口からまっすぐ進んで、大きな扉の前にたどり着いた。両開きの扉には、それぞれ太陽と月のマークが描かれた四角い窪みがある。

「押しても当然開かないな」

力自慢のガンツに押してもらったが、扉はびくともしない。鍵穴もないから、アセルに開けてもらうこともできない。

「ここに何かを嵌《は》めろ、ということでしょうねぇ」

トレフが扉の窪みを見ながら呟く。扉はちょうど手を当てる位置に、四角い窪みがある。ここに何かを嵌めれば扉が開くのだろう。ダンジョンによくある仕掛けだ。

「ねぇ、こっちにも宝箱があるわよ」

メリンダが、扉の脇に宝箱を発見する。こちらも罠を確認してみるが、罠はない。ただ上部分に景品交換箱と書かれている。そして開けてみると、こちらには何も入っていなかった。

「外れか?」

「いえ、そうではありませんね。箱の底に何か書いてあります」

首を傾げるカイトに、トレフが眼鏡を掛け直しながら、宝箱の底に目を向ける。

『コインを入れて蓋をしてください。入れた枚数に応じて景品をお渡しします』

宝箱の底に書かれている文言を見て、カイト達は一様に首を傾げた。

「なんだこれ? コインって、これのことか?」

カイトは入口で手に入れたコインを掲げてみた。しかし景品とは何のことだろうか？

「あっ、あそこに石板があるよ」

ハーフエルフのシエルが、小ぶりだが尖った耳をピクリと動かす。

確かに少し離れた壁に、石板が設置されていた。石板には攻略のヒントが書かれていることが多い。すぐに読んでみたが、ちょっと意味がわからなかった。

「太陽のシンボル十万コイン。月のシンボル十万コイン。上級回復ポーション千コイン。下級回復ポーション十コイン。何だ？　これ？」

カイトは石板の内容を読み上げる。ほかにも武器や防具、食料に酒、アイスクリームやジュースなんてものもある。だがこれが何の意味を持つのか、さっぱりわからない。

「まるで値段表ですね」

トレフの指摘にカイトも頷く。確かに商品の値段表にそっくりだ。しかし値段表とするなら、少々おかしい。ところどころに空欄がある。まるでこの後に商品を増やしますよと言わんばかりだ。

「ここに書かれているコインは、このコインでいいのか？　コインを入れると交換できるのか？」

「でもカイト。宝箱に入っていたコインで、アイテムを貰《もら》うの？　何かおかしくない？」

カイトの考えに、メリンダが懐疑的な声を上げる。しかしそうとしか思えない。だが武器やポーションならばともかく、アイスクリームなんてダンジョンに必要なのか？

「物は試しだ、とりあえずやってみよう」

カイトは景品交換箱にコインを十枚入れて、蓋を閉めてみた。すると箱から物音が聞こえた。箱を再度開けてみると、緑色の液体が詰まった瓶が入っている。

「トレフ、鑑定を頼む」

カイトが瓶を渡すと、トレフは首から下げた円十字の聖印を右手でつかみ、左手に持つ瓶を掲げる。すると聖印の前に一本の黄色い棒が生まれた。棒は下を支点にして円を描く。棒が回転していくと複雑な魔法陣が生まれ、円が一周すると完成した。だがそこで終わらず、一周した棒が伸びてさらに円を描く。魔法陣の外側にさらにもう一重が追加され、二重構造となった魔法陣が完成する。すると魔法陣から緑色の光が放たれ、トレフがつかむ瓶を包み込む。汎用系クラスⅡに属する『識別《アナラーズ》』の魔法だ。光が収まると、トレフが問題ないと頷いた。

「本物か。つまり、二十万コインをこの箱に詰めれば、シンボルが手に入ると言うこと……か？」

「でもよ、カイト。二十万枚なんてどうやって集めればいいんだ？」

ガンツが問うが、カイトにもわかるわけがない。

「ねぇ、こっちの箱には、両替箱って書かれた宝箱があるよ」

シエルがまた別の宝箱を見つける。少し離れたところに、また似たような宝箱が置かれていた。

確かに両替箱と書かれており、中には何も入っていなかった。ただ箱の底には『銀貨を入れると、コインと交換します』とあった。すぐ近くに石板もあり、銀貨とコインの交換比率が書かれている。

しかしそれを見てメリンダが怒った。

「銀貨一枚千クロッカで十コインってふざけているの⁉　次のフロアに行くのに銀貨二万枚！　二千万クロッカも必要じゃない！」

メリンダが怒鳴るのも無理もなかった。カイト達が拠点としているロードロックの街では、東クロッカ王国の千クロッカ銀貨が基本貨幣として流通している。一ヶ月ロードロックで暮らそうと思えば、食費と宿代込みでも十万から十五万クロッカもあれば十分だ。二千万クロッカもあれば、家が買える値段だ。フロア一つおりるために、出せる金額ではない。

「ですが、メリンダさん。下級回復ポーションが千クロッカなら、それほど高額でもありませんよ」

トレフが眼鏡を掛け直しながら、手に入れた薬瓶を眺める。

「そういえばそうだな。ロードロックで買えば、下級回復ポーションは九百から千クロッカだ」

カイトは景品交換表の前に戻り、コインと景品の交換比率を見てみる。

景品にはほかにも武具に酒などもあった。武具や酒の品質はわからないが、ポーションに関して言えば、ロードロックの相場から見て悪い交換レートではない。

むしろ高額な品になるほど、交換レートは良くなる傾向にある。コイン千枚の上級回復ポーションは、普通に売り買いすれば十一万クロッカはする。ここでやりとりをするだけで、一万クロッカを儲けることができる。ただ残念ながら、今のカイト達に十万クロッカの持ち合わせはないが。

「扉を開けるシンボルだけが高額だ。両替をしてシンボルを手に入れるのは、現実的じゃないな」

カイトは顎に手を当てて思考した。できたばかりのダンジョンを攻略するのに、二千万クロッカも使ったら馬鹿だ。だがダンジョンは必ず攻略できるはず。

「もう少し調べてみよう。もしかしたらどこかでコインが手に入るかもしれない」

カイトはまずテーブルが並ぶエリアを調べてみた。半円形のテーブルは、羅紗《らしゃ》が敷かれ手触りがいい。テーブルにはバカラやポーカー、ブラックジャックと書かれている。

「ねぇ、バカラとかポーカーってなに？」

「知らないよ、なんだろうな？」

メリンダが問うが、カイトは首を傾げた。わからない単語がなんとも怖い。しかしテーブルには準備中の札がかけられてあった。何を準備しているのかわからないが、ふざけているのかと思う。

テーブルをくまなく調べてみたが、コインは見つからなかった。

ほかにも酒場のようなカウンターがあったが、酒棚は空で、コインどころか埃《ほこり》も積もっていない。

ここにも準備中の札がかけられてある。ここで酒を飲むことがあるのだろうか？

最後にスロット台と書かれた、奇妙な箱が幾つも並んでいるエリアを調べてみた。

カイトは箱を丹念に見てみる。これが何とも奇妙で、今まで見たことがないものだった。

人の背丈程もある大きさで、箱の横にはレバーのような棒が一つ突き出ている。箱の中央には三つに切り分けられた円筒状の物体が横に並んでおり、サクランボにスイカ、ベルにブドウと言った絵柄が描かれていた。箱の下部には四角い穴があり、まるで口を開けているようにも見える。

「ここに何か入れられるようだぞ」

ガンツがレバーの隣に、薄い穴を見つけた。穴の隣には一コインと書かれている。

「ここにも、コインを入れろってことなのか？」

カイトは首を傾げながらも、入口で貰ったコインを一枚投入してみる。すると妙な音が箱から流れ、レバーの根元が光る。

レバーには下に向けて矢印があるので、下に引けるのだろう。カイトが恐る恐るレバーを引いてみると、中央の円筒が動き出してそれぞれの絵柄が高速で回転し始めた。

しばらくして円筒の回転が止まり、サクランボの絵柄が三つ揃った。すると軽快な音が流れ、下の口からコインが五枚落ちてきた。

「え？　何これ？　どういうこと？」

メリンダが首を傾げる。トレフもわからないようだった。だがカイトはピンとくるものがあった。

「そうか、わかったぞ！　この装置を使って、コインを増やすんだ」

カイトはスロットを指差した。おそらくこれは何かのゲームなのだろう。コインを入れて絵柄が揃えば、コインが増える。そして十万枚コインを集めて、シンボルを手に入れればいいのだ。

カイトの説明を聞きトレフがなるほどと頷く。しかしメリンダが訝《いぶか》しんだ。

「でもコインも集めるのに、一体どれだけ時間がかかるのよ」

メリンダが水を差す。確かに一回で五枚。二十万コインを集めるのにどれだけかかるのか想像もつかない。

「でも、初めに手に入れたコインがあるんだ。コインがなくなるまでやってみよう」

カイトとしても、銀貨とコインを交換するのは馬鹿らしかった。しかし元手がかかっていないのだし、コインがなくなるまでやってみればいい。

カイトは全員にコインを分配し、それぞれスロット台に挑んでもらった。初めは恐る恐るだったが、カイトは気がつけば熱中していた。

すぐになくなるかと思ったコインだが、意外になくならない。よくわからずにやっていたが、ちょっとずつだが、コインは増えていく。

どうやら、揃えた絵柄によって貰えるコインが違うらしい。配当がスロット台の上部に書いてあった。幾つか種類はあるが、最大の配当であるスリーセブンが揃うと、なんと千枚も貰えるらしい。しかしスリーセブンはほとんど出ない。回転する絵柄の中に一つしかなく、止まることもまれだ。一番配当が低いサクランボは、三つ揃ってもコイン五枚しか貰えない。だが四回か五回やれば一回は出る。時々十枚ぐらいの当たりも出るので、ちょっとずつだがコインは増えていく。

あとやっていてわかったが、動く絵柄の下にはボタンがあり、自分で止めるタイミングを選べるらしい。うまく絵柄を止めることができると、爽快感が体を駆け抜ける。

「ねぇ、カイト。もう帰らない」

「ええ、もう帰るのか？　もう少しいいだろメリンダ」

メリンダに言われ、カイトは顔を顰める。しかし別の台に座るアセルやシエルも退屈そうだ。どうやら女性陣はスロットが退屈らしい。だがカイトはまだ帰りたくなかった。あと少しで大当たりが出る予感がするのだ。

「もうって、ここに来てどれだけ経っていると思ってるの？　日暮れ前よ」

メリンダに指摘され、すでに六時間が過ぎていることに気づいた。

「そうか……もうそんな時間か。仕方ない。皆、そろそろ撤収しよう」

カイトが撤収を指示すると、トレフやガンツからは非難の声が上がった。気持ちはわかるが、日のあるうちにロードロックに戻らなければならない。

「今日は切り上げて街に戻ろう」

「今日は？　モンスターは出ないし、攻略もできないのなら、また来る意味はないでしょ？」

メリンダはカイトの言葉尻を見逃さなかった。彼女はこのダンジョンに魅力を感じていないようだ。しかしカイトの見解は違う。

「いやここはまだわかっていないことがある。調査が必要だ」

カイトは顔を引き締め真面目に言ったが、メリンダの目は信用していなかった。

「本当だ。帰ったらギルド長に報告して、調査隊を組んでもらおうと思っている」

カイトは今後の予定を話した。スロットをまたやりたい欲求もあるが、ここが重要な場所だというのも本心だ。カイトの勘が告げている。この風変わりなダンジョンは自分達、ひいてはロードロックにとって重要な場所になると。

「それに、このダンジョンは攻略するのに時間がかかる。ロードロックの街の近くにできたダンジョンだ。ギルド長は必ずその詳細を知りたがるだろう。そうなれば調査依頼が張り出されるかもしれない。その依頼を取りに行く」

カイトは流れるように告げた。ギルドの調査依頼は、実入りは少ないがギルドに貢献できる。ギルドに貢献しておけば、何かと便宜を図ってもらえる。将来的に考えれば得だ。

「……それなら、いいけど」

メリンダはしぶしぶ同意してくれた。

「よし。それじゃぁ、コインをアイテムと交換しよう。品質を比べたいから、できるだけ皆が違う品物を交換するようにしてくれ」

カイト達はポーション類を中心に、幾つか武器や防具も交換していく。

「なぁ、この高い酒って交換してみていいか？」

ガンツが酒と交換したいと言い出す。女性陣からは非難の目で見られたが、自分で手に入れたコインなのでよしとした。

ガンツが酒とコインを交換してみると、茶色い瓶に収められた酒が出てくる。ガンツが酒瓶の蓋を開けると、香ばしい樽《たる》の匂いがカイトの鼻にまで届いた。これはなかなかいい酒だと、ガンツが喜ぶ。交換した武器や防具もそこそこの品物で、粗悪品ということはなかった。

「ここに居た時間を考えれば、儲けはそれほどいいわけではありませんね」

鑑定を終えたトレフが、眼鏡を光らせる。確かに手に入れた品をクロッカに換算すれば、普通のダンジョンを攻略した時よりも実入りはよくない。ちょっとした小遣い程度の稼ぎだ。

「でも危険は一切なかったからな。そういう意味では楽な仕事だ」

カイトは風変わりなダンジョンを見回す。モンスターの姿はなく、危険な気配は最後までなかった。これでは遊んだようなものだ。それで小遣いが手に入ったのだから、おいしい仕事だ。

「ギルドに報告して、次は調査で来よう」

カイトは仲間に告げた。だが内心ではギルドの調査がなくても、必ず来ようと決めていた。

ダンジョンの最下層に鎮座するダンジョンコアを、俺は椅子に腰掛けながら眺めた。大きな球体には、ダンジョンの光景が映し出されている。

コアはダンジョンの内部であれば、リアルタイムで映し出せた。俺は机に乗るケラマと共に、やってきた冒険者の一挙手一投足をつぶさに見ていた。そして帰っていく冒険者達を見て、俺は満足に頷いた。うまく行くとは思っていたが、内心はドキドキだった。

「うまくいってよかったですね、マダラメ様。しかしこのような方法があるとは」

ケラマも俺のアイデアには驚いているようだった。

「カジノ……ですか。こんなものを造るとは、前代未聞でしょうね」

ケラマは半ば呆れているようだった。

「ケラマ、もう一度確認しておくが、ダンジョンルールとやらには抵触していないんだよな?」

ダンジョンを造るにはいろいろ制限がある。あとで駄目だと言われても困る。すでに多大なポイントを消費しているのだ。

「ええ、もちろんです。もし抵触していた場合、そもそもダンジョンを造ることができません。造れたということはルールに沿っていたということです。おそらくですが、冒険者達が必ず勝つ設定が鍵となったのでしょう」

「ああ、なるほど。そっちか」

俺は腕を組んで頷いた。普通カジノでは、胴元が勝つようになっている。だが俺が造ったダンジョンでは、逆に冒険者が必ず勝つように設定してあるのだ。

何故そんな設定にしているかと言うと、負けた冒険者が暴れるかもしれないからだ。

安全を考慮しての設定だったが、ダンジョンを構築するうえでも重要なポイントだったのだ。確かにこの調整なら、時間さえかければ誰でもシンボルが入手可能だ。

「しかし今回は赤字となりましたよ。それはいいのですか？」

「ああ、まぁ最初だからな。そこは仕方がない」

冒険者達が六時間もいてくれたおかげで、ポイントは貯まっている。あれぐらいのレベルの冒険者だと、一人一時間に十ポイント前後だった。六人パーティーだったので三百六十ポイント。大体一コイン一ポイント程度の交換レートで景品を設定してある。そして持っていかれた景品は、四百ポイント程だ。全体的には少しマイナスだが、今はこれでいい。

「最初に与えたコインがあるからな、それを差し引けばまぁこんなもんだろう。次に来た時からは黒字になる。それに彼らより強い冒険者がここに来てくれれば、もっとポイントが稼げるはずだ」

俺はカジノダンジョンの利点を語った。

冒険者側が必ず勝つ設定であるが、これは強者や弱者にも同じ配分となる。強い冒険者が来れば、出ていく分は同じでも入るポイントが違ってくる。

「何より強い冒険者が来れば、ダンジョンが攻略される危険がある。しかし我がダンジョンにその心配はない」

「確かに、安定感はほかのダンジョンよりも高いですね」

ケラマが体ごと頷く。

「残りのポイントは少ないが、次の施設を稼働させよう」

俺はまた冒険者が来ることを期待し、さらなる設備投資に入った。

「カジノダンジョンですか？　なんですそれは？　モンスターも罠もない？　それはダンジョンといえるのですか？」

ロードロックへと戻ったカイト達はその足で冒険者ギルドへと向かい、奇妙なダンジョンができたことを告げた。しかし報告を受けた副ギルド長のポレット女史は、すぐには信じてくれなかった。

「確かに信じがたい話ですが、本当にダンジョンです」

カイトはもう一度念押しをした。確かにモンスターも出なければ罠もないダンジョンなど、ダンジョンではないと思う。しかしダンジョン特有のマナを感じるのだ。

「先程も報告しましたが、攻略には時間がかかります。確かに風変わりなダンジョンですが、それゆえに詳しく調べるべきだと思います」

カイトが報告すると、ポレット女史は眼鏡の奥で長いまつげを伏せて溜息を吐いた。

「全く、ギルド長が不在だと言うのに、面倒なことを」

ポレット女史が愚痴をもらす。ギルド長のギランが、東クロッカ王国で開かれる冒険者ギルドの会合に出ており不在なのは間が悪いと言える。ポレット女史としては、面倒な判断を迫られ頭が痛いだろう。右にある泣きボクロを支えるように、指をあてて渋面を作る。

「まさかとは思いますが、ギルド長との関係を考慮して、便宜を図ると思っていないでしょうね」

ポレット女史が眼鏡を光らせる。

「まさか、そんなつもりはありませんよ」

カイトは両手を小さく掲げた。確かにロードロックのギルド長であるギランは、カイトの叔父にあたる人物だ。しかし身びいきをしてもらおうとは思っていない。

「ギルド長であれば調査隊を出すだろうと予想し、報告したまでです。もちろん副ギルド長が調査隊を出さないと言う判断をされるのでしたら、無理にとは言いません。ただ私が報告したことは記録しておいてください。叔父さんはやるべきことをしなかった者と、やるべきでなかったことをした者には、厳しいところがありますから」

カイトはわざとギルド長ではなく叔父と呼んだ。カイトの言葉を聞き、ポレット女史は眉間に皺を寄せる。

親戚であるため、カイトはギランの性格をポレット女史より熟知していた。ギランは冒険者上がりで豪快な人物だ。だがロードロックの治安については、人一倍繊細になる。周囲に攻略できないダンジョンがあると聞けば、必ずその詳細を知りたがるだろう。ギランが不在なのは仕方がないにしても、戻ってきた時に即座に詳細な報告ができるようにしておくべきだ。

「もし調査隊を出されるのでしたら、早い方がよろしいかと。ギルド長は迅速な決断を喜びますので。あと、お手伝いできることがあれば言ってください。ダンジョンの場所は正確に記憶しています。いつでもご案内できますよ」

カイトは板に水が流れるように、すらすらと話した。

笑みを浮かべるカイトに対し、ポレット女史は睨みつける。だが最後には溜息を吐いた。

「全く、白々しい。……わかりました、そこまで言うなら調査隊を出しましょう。そして調査隊の護衛と道案内を、貴方のパーティーに依頼します。明朝、私と調査隊四人をそのダンジョンにまで連れていってください」

「え？　副ギルド長も来られるので？」

意外な展開にカイトは聞き返した。ダンジョンの調査は、副ギルド長がやるようなことではない。

「今は人手が足りていないのですよ。私以外に適任がいません」

ポレット女史はもう一度盛大に溜息を吐いた。どうやらだいぶお疲れらしい。とはいえカイトにできることは、明日の調査と護衛をサポートするだけだった。


翌日、カイト達六人はポレット女史と共に、四人の調査隊を引き連れてロードロックを出発した。そしてラーガス山の麓にできた、洞窟の前にやってきた。

「ここが例のダンジョンですか」

ポレット女史は、できたばかりのダンジョンを見上げる。外から見たダンジョンの光景は、昨日と同じままだった。

「では中に入りましょう」

カイトは仲間達に目配せをして、武具を構えてダンジョンの内部に入る。昨日と同じくやはりモンスターの姿はなかった。しばらく進むと赤く大きな扉が見えてくる。扉の横には、こちらも昨日と同じく宝箱が置かれていた。開けてみるとコインが五十枚入っている。

「あれ？　この前は六十枚だったのに？」

ガンツが首を傾げる。確かに昨日と違うが、カイトはすぐにその理由に気づいた。

「待て、ここに初回の方に限りって書いてあるだろ？　俺達はもう二回目だ。ポレットさんと調査隊を入れて五人。これはポレットさん達の分だ」

カイトは説明しながら、コインが入った袋をポレット女史に渡した。しかしこうなると昨日のコインを使い切ったことが悔やまれる。

「ちぇ、今日も遊べると思ったのによ」

「そういうな、両替すればいいじゃないか」

カイトはぼやくガンツの肩を叩いた。

「ちょっと、両替するつもり？」

メリンダが柳眉《りゅうび》を逆立てるが、銀貨一枚だけだ。それにこの前は一人十枚で、十分増やせたのだから、もとは取れると思う。

カイトがメリンダに詰め寄られる隣で、ポレット女史がダンジョンの内部を確認する。

「確かにモンスターの影はありませんね。ですがどこにモンスターや罠があるかわかりません。

隅々まで調査しましょう」

ポレット女史は調査員に指示を下す。彼らは主に罠を発見することに長けた者達だ。

「カイトさん。護衛を頼みますよ」

「はい、わかっています」

ポレット女史の言葉にカイトは頷く。すぐにスロットに向かいたかったが、まずは仕事だ。

手始めの調査として、まずは奥へと続く扉に向かった。

扉はやはりシンボルがなければ開かず、調査員達もこれは開けられないと首を横に振った。カイトは次に扉のすぐ横にある、景品交換箱に向かった。

「これが景品交換箱ですか……確かに、ポーションや武具などと交換できると書いていますね」

ポレット女史は、壁にかけられた石板に顔を近づける。

「昨日提出してもらった、ポーション類の品質は確かでした。まぁダンジョンの宝箱からアイテムが出てくるのは普通のことですが、飲み物やアイスクリームなんて物まであるんですね」

ポレット女史は石板の下のほうも確認した。昨日は試さなかったが、一コインで柑橘類《かんきつるい》の飲み物やアイスクリームが食べられるらしい。果たしておいしいのかどうかは食べてみないとわからない。

「とりあえず、景品を交換してみましょう」

ポレット女史は手に入れたコインを使い、ポーションと交換した。今回もちゃんと景品が出てきてくれた。

「なら、両替も試してみないといけませんね」

カイトは理由をつけて両替を提案した。メリンダが目くじらを立てたが、彼女の顔は見ないことにする。景品交換箱と同じく、両替箱に銀貨を一枚入れて閉める。音がしてから開けてみると、コインが十枚入っていた。これで遊べる。

カイトはちょっとうれしくなったが、メリンダの視線が気になるので、顔は引き締めておく。

「しかし空欄が目立ちますね」

ポレット女史が景品交換の石板を確認する。昨日も気づいたが、石板には空白がある。

「後で景品を増やすつもりなのでしょうかね？」

「かもしれませんね。しかし扉を開けるのに二十万コイン。途方もない額ですね。確かにこのダンジョンを攻略するのには時間がかかる。というか、永遠に攻略されないでしょうね」

ポレット女史が溜息を吐いた。

コインは現金に戻すことはできないが、ポーションなど販売可能な品物と交換できる。二十万コインを持っていると言うことは、二千万クロッカを所持しているに等しいのだ。

「二千万クロッカあれば、冒険者なんて引退していますからね」

カイトの呟きを、誰も否定しなかった。

冒険者の仕事には誇りを持っているが、一生の仕事ではない。大金を手に入れれば辞めたいと言う冒険者は多い。二千万クロッカも出して、シンボルを交換する者はまずいないだろう。

「どうしても攻略すると言うのなら、ギルドが出資することになりますね。出せますか？　二千万」

「ギルドの予算で、出せるわけがないでしょ！」

カイトが問うとポレット女史が鼻の上に皺を寄せる。怒らせてしまったが、このダンジョンが実質攻略不可能であることはわかってもらえたようだ。

「次は報告のあった、スロットを調べましょう」

「なら、実際にやってみるのが一番ですよ」

カイトは喜んでスロット台が並ぶ一角に案内した。そして先程手に入れたコインで実践してみせる。何回かやってみせると、絵柄が揃いコインが増えた。うれしい。しかし当たりが出たところで、ポレット女史には止められてしまった。

「わかりました、もういいです。ほかのスロット台も調べてみましょう」

いいところなのにとカイトは思ったが、顔には出さずポレット女史の後についていく。

もう調べるところなどないと言いたかったが、よく見ると同じスロット台にも違いがあることに気づいた。スロット台のほとんどが一枚のコインで遊べるのに対し、少数だが十枚スロットと百枚スロットがあった。どうやら掛け金が違うらしい。

「掛け金が高いほうが、配当が良くなるみたいですね」

ポレット女史がスロットに書かれた配当表を見る。

一枚スロットだと大当たりのスリーセブンはコイン千枚だが、十枚スロットでは一万五千枚。百枚スロットだと二十万枚の配当となる。つまり、高額スロットほど大当たりのうまみが大きい。

あとは前と一緒だろうと思っていると、トレフがダンジョンの一角を指差した。

「カイトさん。昨日、あんなところに通路がありましたっけ?」

トレフが指を差すのは、入口から見て右手側だった。部屋の隅に通路が口を開けているのだ。

カイトはすぐにアセルに視線を向ける。アセルはすぐに懐から紙を取り出し確認した。斥候のアセルは地図係でもあり、ダンジョンの地図を記入している。地図を確認したアセルは、首を横に振った。アセルが通路を見逃すはずがないので、昨日はなかったものだ。

「新しくできた通路か。モンスターや罠があるかもしれない。注意していこう」

カイトは剣を構え、仲間達も顔を引き締めて通路に歩み寄る。

通路を覗《のぞ》くと、それほど長い廊下ではなかった。突き当たりは行き止まりとなっており、左右に扉がそれぞれ二つ、計四つの扉があった。モンスターの気配はない。まずはアセルが通路に入り、罠の有無を確認。振り向いたアセルが小さく頷く。罠はない。

カイトは仲間達と共に、通路の右手側にある二つの扉に近づいた。カイトは扉の上部に字が書かれていることに気づいた。扉の上には『男性用トイレ』とある。奥に目を向けるとそちらには『女性用トイレ』とあった。

「な、なぁ、トイレって、あのトイレか?」

ガンツが顔を歪めながら尋ねる。トイレと言えば排泄《はいせつ》用のトイレしかないだろう。しかしトイレがあるダンジョンなど、聞いたことがない。

「調べてみればわかることだ」

カイトは達は用心しながら中に入る。するとを中を見てカイトは驚きに動きを止めた。

「なんだ、これは?」

そこはもはや別世界と言ってよかった。床と壁は艶《つや》のある水色のタイルが敷き詰められ、汚れ一つない。部屋の中央には『手洗い場』と書かれた小さな噴水があり、チョロチョロと水が流れ出ている。部屋の右側に目を向けると、縦長の奇妙な物体が等間隔に並んでいる。乳白色の陶器製で、内側は大きく窪んでおり、一番下には排水溝らしき穴が開いてあった。壁には『小便器』と書かれており、絵で使い方まで示されている。

「しょ、小便って、これ、小便するための物か？」

ガンツが顔を歪める。カイトは左側を見ると、こちらは人一人が入れる程の小部屋が連なっていた。開け放たれた扉には『大便器』と書かれている。小部屋の内部には、椅子のような物体が置かれていた。ただ椅子の中央には穴があり、中には少量の水が溜まっている。

「こ、ここにボタンがありますね」

トレフが小部屋の左に、小さなボタンがあることに気づいた。カイトがボタンを押すと、椅子の内部に水が流れる。しかし水があふれることはなく、どこかに排水されていく。

部屋の内部には使用方法が絵で描かれており、どうやらここで排泄するらしい。

「と、隣を見てみましょう」

メリンダが提案し、隣の女性用トイレも見てみる。ここにもモンスターはいなかった。男性用との違いとしては、床や壁のタイルが桃色となっている。そしてこちらには小便器がなく、その分大便器が多く設置されていた。

「こんなに綺麗なトイレは初めて！」

メリンダが喜ぶ。そもそもダンジョンにはトイレなどなく、どこかの隅で用を足すのがせいぜいだ。綺麗なところで用を足せるのは、確かに有り難いが……。

「でも、こんなところで用を足していいのか？」

カイトはちょっと不安になった。乳白色の輝きを持つ陶器は、カイトがこれまで見てきたどんな食器よりも美しい。王侯貴族でもこんなトイレ使っていないだろう。

「出るもん出るどころか、引っ込みそうだ」

ガンツが率直すぎる意見を言う。女性陣は眉を顰めたが、少し気持ちがわかる。綺麗すぎて、ちょっと恐れ多い。

「部屋は後二つあるな。そっちも調べよう」

カイト達はトイレから出て、通路の反対側にある二つの扉を見る。扉の上には『男性用浴場』『女性用浴場』と書かれている。

「な、なぁ。浴場ってことは、風呂ってことか？」

ガンツが字を指差す。ロードロックには入浴の文化がある。しかし大量の湯を沸かすのは大変なので、貴族か裕福な商人でもなければ湯船につかることはない。川での水浴び、もしくは桶に湯を張って体をぬぐうのが一般的だ。浴場と言うほどのものは、ロードロックでもごく少数しかない。

「入ってみよう」

カイトは『男性用浴場』の扉をくぐった。

扉の向こうは広い部屋だった。ここにもやはりモンスターの姿はない。棚が幾つもあり、壁には

『脱衣場』と書かれている。どうやらここで服を脱ぐらしい。

部屋の奥には一枚の扉があり、進むとそこには大きな湯船があった。豊富な湯を湛《たた》え、立ち昇る湯気で部屋の奥が霞がかっている。

カイトが湯に手を入れてみると、熱すぎもせずぬるすぎもしない適温であった。湯船はそれほど深くないため、湯の中にモンスターが隠れていないのは一目瞭然だ。しかしこんな大量の湯があるなんて信じられない。こんな豪勢なお風呂、王様だって持っていないだろう。

「おいおい、ご丁寧に入浴の仕方まで描いてあるぞ」

ガンツが浴場の壁に顎を向けると、ここにも絵で使用法が示されている。

服を着たまま入るな。湯船に浸かる前に体を洗って汚れを落とせ、湯船の中で石鹸《せっけん》は使わないこと等の注意書きがわかりやすい絵で描かれている。トイレの時と言いなんとも丁寧だ。

「一応女湯も危険がないか確認してみよう」

カイトは女性用浴場も確認するが、こちらにもモンスターの姿はなかった。罠がないとも言い切れないが、これは調査隊に調べてもらうほかない。

「しかしこれ、ポレットさんになんて説明すればいいんだ?」

カイトは広がる湯船を見て頭を掻いた。

「見てもらったほうが早いんじゃない? 一目瞭然よ、これ」

メリンダの提案を採用し、カイトはポレット女史のもとに戻り、風呂やトイレを見てもらった。

各部屋を見たポレット女史の驚きと言ったらなかった。常に冷静沈着な副ギルド長の、こんな驚く顔はそうそう見られないだろう。

「全く、ギルド長になんて報告すればいいのか」

女性用浴場の大きな湯船を前にして、ポレット女史はこめかみに手を添えた。眉間には深い皺が寄せられる。一方連れてきた調査隊はせっせと仕事をしており、トイレや浴場に罠がないかを確認していく。さすがギルドが集めた専門家だけあって、斥候のアセルに勝るとも劣らない手際の良さだ。

「報告も問題かと思いますが、もう一つの問題として、これを使用すべきかどうか」

カイトが問うと、ポレット女史はさらに眉間に皺を寄せた。

基本的にギルドは、冒険者の行動にはあまり干渉しない。ダンジョンの中では全てが自己責任となっている。しかしこれだけ風変わりなダンジョンだと、これまでどおり好きにしろと言うのは無責任だ。ギルドとして何かしらの基本方針は打ち出しておくべきである。

ポレット女史はすぐに答えを出せなかった。ギルド長不在の今、勝手な行動はしたくないのだろう。しかし何もしなければ、それはそれで叱責を受けるかもしれない。

「ポレットさん。このお風呂に入ってみましょう」

メリンダが突然言い出した。カイトは驚きに目を丸くする。

「いや、いくら何でもそれは危険だろう」

カイトは慌てて止めた。トイレぐらいならまだいいが、風呂となると武装を解く必要がある。

「危険かどうかを調査するために来たんでしょう？　調査のためには、まずは入ってみないと」

「……一理あるわね」

メリンダの言葉に、ポレット女史も同意した。

「ギルドが安全を確認したうえで、冒険者には好きにするように指示すれば……。よし、皆で入ってみましょう」

「さすがポレットさん、話がわかる！」

「このお風呂、さっきから入りたかったんですよね！」

シエルとアセルも明るい声を出す。どうやら女性陣は、この風呂に入ってみたいらしい。まぁ気持ちはわかる。こんなに大きなお風呂は見たことがない。しかしやはりあまりに危険だ。

「よし、なら入っている間、俺が護衛してやろう」

ガンツが下品な笑みを見せるが、メリンダは氷のような目で杖を突き出す。

「ガンツ、焼くわよ」

メリンダの持つ杖の先端からは火花が飛び散る。本気の目だ。

「この女性用の浴場は、女性陣だけで調査します。さぁ、出てった出てった！」

メリンダがパンパンと手を叩く。こうなればもう止めることはできない。

カイト達が浴場から出て脱衣場からも追い出されそうになった時、脱衣場を調査していた調査員の一人がポレット女史に歩み寄る。

「副ギルド長。こちらに奇妙な宝箱が」

調査員が脱衣場の隅を指差すと、そこに確かに小さな宝箱が設置されていた。カイト達が見たときは、気づかなかったものだ。

出ていく前に確認しようと、カイトはメリンダやポレット女史達と共に宝箱に歩み寄った。宝箱の上の壁には石板が設置されており『コインを入れてください。石鹸と交換できます』とある。

「石鹸？」

カイトは首を傾げた。おそらく風呂で使うための物だろう。幾つか種類があるらしく、コイン一枚で石鹸（小）、コイン五枚で石鹸（中）、コイン十枚で石鹸（大）とある。

「とりあえず、試してみましょうか。カイト、さっき交換したコインを貸して」

シエルが手を伸ばすので、仕方なく先程交換したコインを全て渡す。シエルは試しに一枚コインを宝箱に入れて蓋を閉じる。宝箱から小さな物音が聞こえ、開けてみると親指程の大きさの石鹸が入っていた。これではせいぜい一回分といったところだろう。

「ちっさ、でもすごくいい匂いするよ、これ！」

シエルは表情を明るくし、石鹸を鼻に近づける。

「なら、私は五枚のやつを買ってみる」

メリンダがコインを五枚入れると、先程の物より少し大きいのが出てきた。せいぜい十回分と言ったところだろう。

「十枚の物も試してみましょう」

ポレット女史が発言し、女性陣三人が同意する。もったいないとカイトは思うが、ポレット女史は惜しげもなくコイン十枚を投入した。

出てきたのは拳程の大きさの石鹸だった。これならかなりの回数が使用できるだろう。しかも石鹸だけでなく、小さな瓶がついていた。

「髪用油？」

ポレット女史は小瓶を手に取った。瓶には確かに『髪用油』と書かれている。ポレット女史は怪《け》訝《げん》そうにしながらも、瓶の蓋を開けた。すると甘い香りが漂い、カイトの鼻孔をくすぐった。どうやら油に花の香水を混ぜているらしい。なんとも言えない匂いだった。

「これ、南国でとれる香油ですよ。以前王室に献上される品の匂いを嗅《か》いだことがあります」

ポレット女史が眼鏡の下にある目を丸くする。

なんでも遠い異国の特産品であるため、高値で取引されるらしい。それがたかが銀貨一枚で手に入ったのだから、騒ぐのも理解できる。

女性陣は凄い凄いと目を輝かせて喜んでいる。しかし髪用油は一回分しかなく。メリンダ達三人は銀貨とコインを両替し、石鹸と髪用油を購入していた。そんなに需要があるなら、買い占めようかとも思ったが、女性陣が買ったところで売り切れとなった。メリンダ達は次補充されたら絶対に買うと息巻いていた。

女性陣が風呂に入っている間、カイト達男性陣は自由時間となった。あんなに風呂に浮かれる理由が、カイトには理解できない。しかしこれでスロットに専念できる。

カイトは新たにコインを両替し、スロットに挑んだ。一日ぶりにスロットを楽しむと、気がつけば二時間程が過ぎていた。

「カイト、お待たせ」

お風呂から出てきたメリンダが、ご機嫌に話しかけてくる。艶のある顔を見ればわかるが、風呂は快適だったらしい。また右手にはアイスクリームを持っている。ダンジョンの景品であったものだ。火照った体に冷たいお菓子はおいしいだろう。

「長風呂だったな。のぼせなかったか？　副ギルド長は？」

「あそこ、シエル達と話している」

メリンダが目を向けるのは、準備中の札がかかっている酒場の区画だった。準備中でもテーブルや椅子は置かれているので、お喋りするにはもってこいだろう。

ポレット女史は、シエルやアセルと楽しげに談笑していた。またテーブルにはメリンダが持っているアイスのほかに、飲み物が置かれている。どうやらダンジョンで甘いものは需要があるらしい。

「それで、スロットの調子はどう？」

「まぁまぁだ」

カイトはコインが出てくる排出口に目をおとす。そこには何枚ものコインが積み重なっていた。今のところ勝ったり負けたりを繰り返しているが、少しずつコインは増えている。数えてみると二十五枚程あった。このダンジョンに入って体感時間で二時間程が経過しているので、一時間当たりコインが八枚程増えている計算だ。

「風呂は楽しかったみたいだな」

「うん、あんなに広いお風呂に入ったのは初めて。すっごく気持ちよかった。石鹸もいい匂いだし、特にこの髪用油、髪が艶々になる」

顔を明るくするメリンダの髪は、確かにいつもより艶があった。髪用油の甘い匂いも悪くない。

「ああ、髪がとても綺麗だよ」

カイトが褒めると、メリンダが顔を緩ませた。

その笑顔を見て、カイトは少しどきりとした。メリンダの笑顔はこれまで何度も見たが、今の笑顔はもう一度見たいと思った。髪を褒めてまた見られるのなら、次も褒めよう。カイトはそう心に決めて、スロットのレバーを引いた。

スロット台の中で絵柄がクルクルと回転していく。三つの停止ボタンを連続で押していくと、天使の絵柄が三つ揃った。

「あっ、揃った！　これって当たりよね、幾らになるの？」

メリンダが問うが、カイトは答えられなかった。何故なら交換表には天使の絵柄が何枚の当たりかが書かれていないからだ。それに台からもコインが出てこない。ハズレかと思ったが、なんだか様子がおかしい。スロットマシンが軽快な音を立てて赤や緑に輝き始める。何かを期待させる演出だ。これはきっと何かある。

「え？　何これ？　何が始まるの？」

「わからない」

カイトにも意味がわからなかったが、このままスロットを続ければ何かあるのだと直感した。カイトは確証もないまま、コインを投入してレバーを引いた。スロットの絵柄が動き、ボタンを押すと止まっていく。するとサクランボの絵柄が三つ揃い、コインが出てくる。

「やった！　当たりよね？」

カイトの隣でメリンダが喜ぶ。カイトはうれしくなって、すぐにコインを投入してスロットを続けた。するとまた絵柄が揃った。

「やった！　すごいじゃない！」

メリンダが喜ぶが、これはおかしい。これまで連続で当たったことなど一度もない。

さらにコインを投入すると、また当たりが続いた。合計五回当たりが連続して続き、最後の一回は、配当五十枚の当たりだった。コインが次々と出てきて、排出口から溢れるほどだった。

「やった！　やったじゃない！」

メリンダが喜び、カイトも高揚に震える。さっきの天使の絵柄は、連続の当たりの前触れだったのだ。天使の絵柄を揃えると、当たりが出やすくなるのだ。

ヤバイ、楽しい。

カイトの喉《のど》が唸る。大当たりの高揚感だけではない。興奮したメリンダが俺の腕に抱き着き、胸が当たっている。それに風呂上がりで火照った体からは、先程購入した石鹸と髪用油のいい匂いがする。それぞれが絡み合い、相乗効果で昂りが止まらない。

もう一度あの興奮を味わいたい。カイトはコインを投入した。だがそこにトレフがやってくる。

「カイトさん。そろそろ日暮れですね」

トレフが時間を気にし始めた。今から戻ればロードロックにつくのは夜になるだろう。

「……もうそんな時間か」

カイトは顔を顰めた。せっかくいいところだったのにと思うも、すでに半日近くここにいるのだ。パーティーのリーダーとして、自分の欲を優先するわけにはいかない。

「わかった、撤収の準備をしよう」

断腸の思いでカイトは指示する。もう一度天使の絵柄を揃え、あの高揚を味わいたかった。だが最終的にコインは二百枚程にまで増えた。今日はこれでよしとしよう。

「あーくそ、今回は負けたぜ」

「十枚スロットに手を出すからだ」

カイトは頭を掻くガンツを笑う。

スロットは何回かやれば必ず当たりが出るが、賽子《さいころ》の出目のように偏りがある。安定して勝つには手持ちがないと無理なのだ。三十枚しか持っていないのに、十枚スロットに手を出した奴が悪い。

全てのコインを失ったガンツに、仕方なくカイトはコインを十枚程くれてやった。そのあとガンツはちびちびと一枚スロットを打っていたが、最終的に二十五枚程まで増やした。

「ではそろそろ撤収としましょうか」

もはや引率となったポレット女史が、手を叩いて俺達を促す。

最後にカイト達はコインを景品と交換する。

全員が思い思いの景品に交換していく。調査のためといい、酒と交換していく者が多い。

一番勝ったカイトは何にしようかと、景品の一覧を見た。するとコイン二百枚の景品に、髪用油があった。値段から見て、おそらく大きい瓶に入っているのだろう。

迷う、正直惜しい。コイン二百枚。二万クロッカ。これだけあればうまい料理に酒が飲める。それにいい武器や防具。見栄えのする小物など、欲しい物は幾らでもあった。また交換せずに貯めておき、次に来た時の軍資金にするという手もある。だがカイトの脳裏に、先程見たメリンダの笑顔が思いだされた。

「出発しましょう。準備はいいですか？」

ポレット女史が周囲を見回す。カイトは無言でメリンダに歩み寄り、大きな瓶を差し出した。

「はいメリンダ、あげる」

カイトが差し出した瓶を、メリンダはすぐに受け取らなかった。だがカイトは突き出すように渡して、メリンダに受け取らせる。瓶を受け取ったメリンダは、そこに書かれている文字に驚く。

「え？　髪用油？　これってお風呂の？」

メリンダはカイトと瓶を交互に見た。

「欲しい景品もなかったし、やるよ」

「いいの？　あんなに高いのに？」

メリンダが景品表を指差す。確かに今のカイトにとって、実質二万クロッカもする髪用油は簡単に手が伸びる買い物じゃない。だが髪が綺麗だと言った時に見せてくれた笑顔は、二万クロッカぐらいの価値があるとしておこう。

「あっ……ありがと……」

メリンダが顔を赤く染め、うつむきがちに礼を言う。だがその顔をカイトは恥ずかしさから見ていることができず、視線を明後日の方向にそらした。


ダンジョンの最下層に鎮座するダンジョンコアの前で、俺は満足して頷いた。

「よしよし、今回も大成功だな」

昨日の冒険者達が、今日はほかの人を引き連れてやってきてくれた。これはうれしい誤算だった。

「今日得られたポイントは、六百ポイントとなります。出ていった景品の合計は三百ポイント程。大幅な黒字です」

机に座るケラマも嬉しそうだった。

「ああ、髪用油が景品として出たのが大きかったな」

俺は景品に追加した、髪用油を思い出した。ロードロックで同じような物を求めれば、かなり高額になってしまう。現地から輸送にコストがかかるからだ。しかしダンジョンコアで作った場合、輸送コストは無視できる。そのため作成には十ポイントしか掛かっていないのだ。

「ロードロックでは珍しい品物を揃えたのが良かったですね」

「ああ、そこに気づけたのが大きいな。これからもこの方向で行こう」

俺は攻略法を見つけた気分だった。化粧品に対して、女性の財布は緩みがちだ。髪用油は今後の主力商品になるかもしれない。

「あとスロットの新機能。フィーバーでしたか？　あれもいい感触でしたね」

「ああ、言った通りだっただろ？　フィーバーは当たるって。フィーバーの発する音と光は格別でな、俺もあれには虜《とりこ》になったもんだ、ポイントが許せば音にはもう少しこりたかったんだあとできるならスロット台に画面を埋め込んで色々と動かしたかったんだがさすがにこれは難しいただ射倖《しゃこう》心《しん》を煽る工夫はまだ大きな余地があるスロットのシステムも複雑にしてやればさらにゲーム性が高まってハマる人ならハマるはずだ。そう思うだろう？」

俺が冷静に分析すると、ケラマは目を丸くしながらも頷いた。我が副官も同意見らしい。

「あー、その、あれですね。ですが今回一番大きかったのは、浴場ですね。まさか女性があそこまでお風呂に熱中してくれるとは……」

ケラマには予想外だったらしい。しかし俺はうまくいくとわかっていた。いつの世も女性は綺麗好きなのだ。一方で女性はあまりギャンブルに興味を持たない。風呂から上がった後は、アイスや飲み物を片手にお喋りをしていた。その分のポイントは丸儲けである。

「今回の一件で、女性客の心は掴めた。きっと次は知り合いの女性も連れてきてくれるだろう。噂が噂を呼べば、さらに人が来てくれるはずだ。ポイントが入ってくるぞ～」

俺は喜びに目を細めた。

通常のダンジョンであれば、冒険者が大挙して押し寄せてくるのはあまりいいことではない。冒険者が来れば来るほど、ダンジョンが攻略される危険があるからだ。しかし我がダンジョンにおいては、その心配はない。

ダンジョンの攻略より楽しいものが目の前にあるし、しかも金儲けにもなる。ダンジョンが攻略される心配がなく、俺達は人を集める工夫にさえ腐心すればいい。

「ひとまずはこの状態を維持して様子を見よう。ポイントがある程度貯まれば。次は第三弾だ。更なる改装で、よりグレードアップしよう」

ダンジョンの最奥で、俺は次の計画を練った。

第二章　カジノダンジョン、リニューアル

ロードロックの冒険者であるカイトは、スロットの前に座りコインを投入した。レバーを引くとドラムが回転し絵柄が高速で動く。カイトは目を皿のように細め、絵柄に注視した。

当初は絵柄の動きなどまるで見えなかったが、最近ではちょっとだけ見えるようになってきた。

カイトはドラムの動きに合わせ、三つのボタンを次々に押していく。

サクランボの絵柄が二つまでは揃ったが、最後が一マスずれた。カイトが舌打ちをすると、左側に人影が差した。

「よぉ、カイト。調子はどうだ？」

常連の冒険者ダンが声をかけてくる。

「まぁまぁさ。しかしダン。お前いつもカジノダンジョンにいるな。仕事のほうは大丈夫か？」

「お前に言われたくはない。俺がここに来ると、決まってお前がいる。お前こそ仕事しているのか？」

言い返され、カイトはもちろんだと答えた。このカジノダンジョンを発見して、そろそろ二ヶ月が経とうとしている。

カイトは当初、ほぼ毎日足を運びカジノに入り浸っていた。しかし収入の面で厳しくなってきた

し、何より冒険者として活動しないわけにはいかなかった。そのため毎朝早くから近くのダンジョンに潜り、夕方街に戻る前に、このダンジョンに立ち寄るという形をとっている。

この方式はメリンダ達にも好評で、仕事帰りに風呂に入れると喜んでいる。

「しかしカイト。ここも人が増えたな」

「あの髪用油が、ロードロックでも人気らしいからな」

カイトは三日前に、街で見た光景を思い出した。以前カイトがコイン二百枚で手に入れた髪用油は、五万クロッカで売り出されていた。髪用油は二万クロッカで手に入るので、元値の二倍以上だ。

しかし質のいい髪用油はロードロックでも噂になっている。ただ髪用油はこのダンジョンにとっても貴重なのか、数量限定で一日一本、一度交換すれば一日経たないと補充されない。

「商人共の使いが、少々うっとうしいな」

ダンが景品交換箱の前に目を向けると、数人の男達がたむろしていた。鎧も身に着けておらず、冒険者ではなかった。彼らは商人達が雇った者達だ。

商人は人を雇ってダンジョンに常駐させ、髪用油が補充される端から購入していっている。そのため冒険者は、髪用油を手にすることができないでいた。

ただそのおかげで髪用油を一瓶持っているメリンダは、同じ女性冒険者から羨望の目で見られていた。おかげでメリンダの機嫌もよくご満悦だ。プレゼントして良かったと思う。

「今はまだいいが、これからが心配だ。昨日も順番争いで喧嘩が起きていたからな」

カイトは昨日起きた、カジノでの喧嘩を思い出した。

交換するだけで数万クロッカの儲けが出る髪用油は、商人達の垂涎《すいぜん》の的だ。順番待ちをしている男達も、何としてでも手に入れろと厳命されているのだろう。毎日のように諍《いさか》いが起きている。そのうち刃傷沙汰になるかもしれない。

冒険者ギルドのギルド長であるギランが、仲裁に入って入札制にしようとしていた。しかし一部商人達の反発を受けて、手を焼いているという話だ。

「まぁ、商人連中はギルド長に任せるしかないな。ところでカイト。お前あれをどう思う？」

ダンが最近カジノに張り出された、張り紙を顎で指した。

五日程前のことだ。ダンジョンの壁のあちこちに張り紙がなされた。紙には『カジノダンジョンリニューアル！』と大きな見出しが書かれ、五日後の日付が書かれていた。また『期間中は誠に勝手ながら、カジノを臨時休業させていただきます』ともある。

「リニューアルってことは、改装ってことだよな。どういうことだと思う？」

「変動期なんだろうな」

カイトはダンジョンの天井を見ながら呟いた。ダンジョンは生きていると言われている。時折新たな通路が生み出されたり、以前には存在しなかった部屋ができたりする。

小さな変化であれば気づいたときに増えている程度なのだが、大きな変化となると、ダンジョン全体が揺れ動き、階層さえも入れ替わる時がある。こういった変化が起きる時期を、冒険者は変動期と呼ぶ。下手をすればダンジョンに取り残され、生き埋めになる場合もあるので大変危険だ。

「いちいち変動期を告知してくれるとは、どこまでも変わったダンジョンだ。で、本題だけど、どんな風に変更されると思う？」

ダンが身を乗り出してくる。このところロードロックの冒険者の間では、この話題で持ちきりだった。もちろんカイトも気になっている。

「そりゃまぁ……あそこの台が稼働するんだろう」

カイトは未だ準備中の札がかけられている、羅紗が敷かれた台に目を向けた。ブラックジャックにポーカーにバカラ。どんなゲームかわからないが、おそらくギャンブルの類だろう。

「それだよ、どんなゲームなんだろうな？」

「テーブルがあるから、カードゲームかダイスを使ったゲームだろうな」

カイトは予想したが、想像できるのはこれぐらいだ。このカジノダンジョンは何から何まで規格外。カイトの予想を超えてくるだろう。

「ただ、変な風に改装されるのだけは、勘弁願いたいよ」

カイトは切実に願った。このダンジョンのことは気に入っていた。まだまだスロットをやりたいし、仲間達も愛着を持ち始めている。変な改装をされると本当に困る。

「しかし変動か……どんなふうにダンジョンが変わるんだろうな。覗いてみたい気もする」

ダンが気になることを言う。ダンジョンが変動する瞬間は、カイトも見てみたい。しかし自分達がいるせいで変動が起こらなかったらと思うと、下手な行動は控えるべきだろう。

「それはやめとけ。下手なことをして髪用油が手に入らなくなったら、ギルド長に殺される」

カイトがギランの名前を出すと、ダンは顔を顰めた。

「まだ正式にではないけれど、ギルド長から期間中は立ち入り禁止の通達がされるはずだ」

カイトはダンに顔を寄せて耳打ちをする。

冒険者ギルドでもカジノダンジョンは噂になっており、変動期であることも伝わっている。ギランはダンジョンの変動を静観する方向で考えており、近日中に通達がなされるはずだ。

「ギルド長もご執心のダンジョンってわけか。まぁこんなダンジョン、ほかにはないだろうな。特殊性だけなら八大ダンジョンにも匹敵する」

「ダン、お前それは言い過ぎだろう」

カイトはさすがに笑った。八大ダンジョンとは、世界に名だたる八個のダンジョンだ。難攻不落と言われ、攻略できれば世界の英雄に数えられるだろう。

ついこの間できたダンジョンを、八大ダンジョンと並べるのはさすがに言いすぎだ。

「そりゃ規模は違うけど、こんな風変わりなダンジョンはほかにないだろう。それに八大ダンジョンに匹敵するものが、ロードロックの近くにあるって考えれば悪い気はしないだろ？」

ダンが笑顔を見せる。そう言われるとカイトも悪い気はしなかった。何故ならこのカジノダンジョンを発見したのは、カイト自身なのだから。

八大ダンジョンに匹敵するダンジョンを、最初に発見した冒険者か……。

カイトは自分の頬が緩むのを感じた。カイトは自分が平凡な冒険者であることを自覚している。それなりに腕は立つし目端も利くつもりだが、せいぜい二流止まり。名だたる一流の冒険者や後世に名を残す英雄にはなれない。

だがこのダンジョンを追い続ければ、歴史に名を残せるかもしれなかった。

このダンジョンがどう変わっていくのか、絶対に見届けてやろう。

カイトは心に決めた。


「ケラマ、モニターの調子はどうだ?」

俺は狭い穴の中に頭を潜り込ませ、コードを繋いだ。そして穴から抜け出して顔を出す。

コアルームの隣に新設した部屋では、壁一面に幾つものモニターが設置され、ダンジョンの内部が映し出されていた。

今後ダンジョンを拡張していくにあたり、コアルームではあまりにも手狭だった。そのため新たな指揮所として、ダンジョン内部を監視するための部屋、モニタールームを造り出したのだ。

以前はコアに映し出された映像しか見られなかったが、ここでは画面を切り替えることにより、ダンジョンの内部を同時に監視することができる。

いずれ必要になるとケラマに言われ設置したが、ポイントを大量に消費したことに加え、接続がうまく行っておらず、現在コードを繋ぎ合わせて調整中だった。幾つも並んだモニターを見ると、大部分のモニターはしっかりと映っている。だが二つほどのモニターからは映像が来ていなかった。

「三番と五番の接続が悪いですね。ですがあとは私がやりますので、マダラメ様はお休みください」

ケラマが休め休めと言ってくるが、そうは言っていられない。

「そういうわけにはいかないよ。予定からずいぶん遅れている」

俺は起き上がり説明書を見た。ポイントを使って一気にモニターを造れば楽なのだが、自分で組み立てたほうがポイントは安くつくのだ。

「それに今が稼ぎ時だからな、無理をしてでもやらないと」

俺は修正個所をもう一度確かめた。

本当はダンジョンのリニューアルは、もっとゆっくり時間を掛けてやるつもりだった。しかし我がダンジョンは予想外に好評で、冒険者が連日入り浸り、街の商人達もやってくるようになった。ありがたいことだが、好評すぎて完全にキャパがオーバーしていた。スロットはほぼ満員状態だし、何より景品交換に時間がかかり、いつも行列ができていた。行列はポイントが入手できて有難いのだが、不便であると噂が広まれば人が来なくなるかもしれない。

リニューアルは前倒しとなり、連日遅くまで作業が続いていた。慢性的な寝不足でしんどいが、予定を間に合わせるためには睡眠時間を削るしかない。

「リニューアルまではあと数日だ。それまでに何とか仕上げないと」

寝不足でつらいが、ここが踏ん張りどころだ。

「ケラマも悪いが頑張ってくれ」

「もちろんです。マスターを助けるのが私の役目ですから」

「頼もしいぜ。もうひと頑張りしよう」

俺の言葉にケラマが小さな体で頷く。きついがなんとも楽しい時間だった。

ロードロックの冒険者であるカイトは、夜も明けきらぬうちに街から出発した。

向かう先は、ラーガス山の麓にできたカジノダンジョンだ。

いつもよりもかなり早い出発で、仲間達の足は遅い。メリンダなどあくびをしていた。しかしカイトは眠気など何のその、力強い足取りで進む。何故なら今日はカジノダンジョンが変動を終え、リニューアルされるからだ。

カジノダンジョンがどんな変化を見せるのか、気になって昨夜は眠れなかった。カイトとしてはダンジョンの前で、野営したかったぐらいである。

さすがに仲間に反対された。ギルド長でもあるギランからも、ダンジョンを刺激する恐れがあると止められてしまった。しかしギランもカジノダンジョンの変化を気にしているらしく、カイト達に調査依頼を出してくれた。カイトがダンジョンに向かっているのは、仕事でもあるのだ。

「カイト、速い」

「ああ、悪い」

後ろのメリンダが文句をつける。カイトは謝りつつも歩調は緩めない。一刻も早くダンジョンに行きたかった。こんなに心が逸るのは、新人の時以来だ。

「急いでもダンジョンは逃げないわよ」

「いいや、逃げる」

カイトは前方を指差す。カジノダンジョンはもうすぐそこだが、ゆっくりしていられない。

「ほら、見ろ！　ダンジョンが逃げ出した。追いかけるぞ。駆け足！　急げ！」

カイトはその場で駆けだした。背後では溜息が聞こえただけで、誰もついてきてくれなかった。それでもカイトは走り続け、ダンジョンの前にまで到着する。さすがに一人でダンジョンに入るわけにもいかないので待っていると、ようやく仲間が追いついてきた。

「どう？　変わってる？」

「ああ、見てのとおりだ」

メリンダの問いに対し、カイトはダンジョンに顎を向けた。ダンジョンを見ると、もう入口から変わっていた。以前はただの洞穴でしかなかったが、今は石造りの門ができていた。

大きく広い石畳に巨大な柱が聳え、石材の屋根で覆われている。遠目から見ても神殿のような造りだ。さらに巨大な門が据えられ、今は開け放たれている。外から見えるだけでも、通路が巨大化しているのがわかる。

「これはまた、大きくなったわね」

メリンダが呆れた声を出す。以前の通路は平均的なダンジョンと同じ大きさだったが、今ではざっと三倍はある。地下へと下る階段さえなければ、馬車ごと乗り入れることができそうな広さだ。

「これはもう、中規模のダンジョンですね。成長が早い」

トレフが入口を見ながら呟く。ダンジョンの入口は規模の指標ともなる。これだけの門構えならば、中規模クラスのダンジョンと目され、それなりの冒険者がやってくるレベルだ。

「とりあえず入ってみようか」

カイトは腰の剣を抜いた。仲間達も武具を構え戦闘態勢に入る。以前までこのダンジョンは安全だったが、今日は別かもしれない。油断はできなかった。

斥候のアセルを先頭に、罠を警戒しながら入口の門をくぐる。

広い通路を進むと、先にカジノが見えてきた。大きな扉が一つ、門が開け放たれている。そして門の両脇では、白い人影が見えた。直立する人骨。スケルトンだ。

「モンスター……」

隣にいたメリンダの呟きには、どこか悲壮感があった。カイト自身、同じ感情である。

ついにここにもモンスターが出るようになってしまった。ダンジョンにモンスターが出るのは当たり前のことだが、楽園が汚された気分だった。

「……どうするよ、カイト」

普段荒々しいガンツも、迷いの目をカイトに向ける。

「落ち着け、俺達は冒険者だ。モンスターを前にして戦わないわけにはいかない」

カイトは仲間だけでなく、自分にも言い聞かせた。

見たところスケルトンは武器や防具を持っていない。隙だらけであり一撃で倒せるだろう。

「気をつけろ、何か罠があるかも知れない」

カイトは油断なく周囲を見回す。スケルトンは二体だけ、武器も持っていないのはおかしい。警戒しながら近づくと。スケルトンがこちらに気づく。向かってくるかと思いきや、スケルトンはこちらを見るとゆっくりと上体を倒し、軽く頭を下げた後に戻した。

仲間達が互いに目をやる。スケルトンの行動の意味がわからなかった。

攻撃されたわけではない、あれではまるで……。

「……おじぎ……した？」

メリンダが懐疑的な声を上げた。カイトも同じ感想を持ったが、まさかそれはないだろう。カイト達は一度後退し、体調に変化がないことを確かめた。しかし誰の体にも不調はない。もう一度近づくと、またスケルトンは頭を垂れた。

その後も色々試してみるが、どうやらこのスケルトンはお辞儀しかしないようだった。一定の距離に近づくとお辞儀をするが、触れるほど近づいても攻撃はしてこない。

「ど、どうする？」

ガンツが再度迷いの目をカイトに向ける。モンスターを無視するのは不安になるが、抵抗も攻撃もしてこない相手を攻撃するのは気が引ける。

「下手に刺激するのはよそう。それがきっかけで何か起きるかもしれない。ただ、いつ襲われるかわからないから、油断だけはするな」

カイトは穏便に進めることにした。カイト達の仕事は、危険の有無の確認だ。警戒しながらお辞儀スケルトンの横を通り抜けて、カジノフロアに入る。

「……中も、だいぶ変わったな」

カイトは茫然と周囲を見回した。入口から予想していたことだが、カジノも大きく様変わりしていた。主に豪勢なほうに。まずフロアが大きくなっていた。ざっと見て以前の四倍はある。スロット台はもう何台あるかわからないぐらいだ。

「ここにもスケルトンがいるのね」

メリンダが呟きを零す。カジノの中にも、何体ものスケルトンが配置されていた。

今まで準備中だったテーブルの前に、スケルトンが立っている。

「準備中の札が取られているってことは、スケルトンとゲームをするのか？」

ガンツが懐疑的な声を上げる。スケルトンはテーブルから動かず、攻撃の意思は見えない。

モンスターと遊ぶなど前代未聞だが、スケルトンは武装もしていない。危険度は低いといえる。

「ねぇ、あれ……」

ハーフエルフのシエルが指差す先には、カジノの間を動き回っているスケルトンがいた。

カイトは剣を構えるが、スケルトンが手に持つ物を見て驚く。

「あれは、ほうき？」

スケルトンが持っていたのは、ほうきにしか見えなかった。スケルトンは塵取りも持っており、カジノの床を掃いている。別のスケルトンは細い布が幾つも取りつけた棒で、スロットに積もった埃を払っていた。さらに別のスケルトンは雑巾で椅子を拭いて回っている。掃除をしているのだ。

「……スケルトンって、掃除するんだ」

ガンツは茫然としていた。掃除をするスケルトンにも攻撃の意思はなく、近づいても襲ってこない。それどころか人の近くでは掃除をしないようになっているのか、近づくと掃除をやめて一礼し、距離を取ってまた掃除を再開する。何度か試してみたが、やっぱり危険はない。

「……ほかも調べてみよう」

カイトは仲間達を促した。ざっと見たところ、スロット台は数が増えただけで、大きな変更点はなさそうだった。しかしそれ以外の部分は大きく変わっている。

「景品交換箱と両替箱がなくなっていますね」

トレフがカジノに入って右奥に目を向けた。以前は宝箱の形をした、景品を交換する箱と両替をする箱があった。しかし今や箱は撤去され、代わりに大きなカウンターができていた。

鉄格子で仕切られており、反対側にはスケルトンが並んでいる。

スケルトンの後ろには棚が幾つも並び、交換できる景品が並べられている。棚の上には大きく景品交換所と書かれていた。カジノの左奥には、両替所と書かれたカウンターも造られている。

「スケルトンと景品の交換をするのか」

カイトは顎を撫でながら、なるほどと思う。以前のやり方は時間がかかり、行列ができていた。新しい方法なら沢山カウンターがあるし、待ち時間がだいぶ解消されるだろう。

「鉄格子があるからモンスターに襲われる心配はないわけだが、この鉄格子はモンスターを守るための物だろうな」

「どういうことだ?」

カイトの呟きに、ガンツが首を傾げる。

「これまでは宝箱にコインを入れて交換する方式だったから、どうしようもなかった。だけど今は景品が目に見えるところに置かれている。あの鉄格子をどうにかすれば、後ろの景品が取り放題だろ？　あの鉄格子は俺達冒険者から、スケルトンを守るための物なんだよ」

カイトが教えてやると、ガンツはああと頷く。しかしモンスターが人間から身を守るために、鉄格子を用意しているのだから、いろいろ間違っている。

「ねぇ、ここはもういいでしょ。それよりもお風呂も見ましょう！」

メリンダが主張し、シエルとアセルも同調する。それも気になるので風呂に向かうと、こちらも広くなっていた。トイレの数が倍以上、風呂に至っては四倍も広くなり、浴槽が五つも増えていた。風呂は浴槽ごとに温度が違い、中には泡が勢いよく出ている物もある。

「すごい、綺麗！」

内装も豪華になっており、メリンダが目を輝かせる。

「この風呂、泡が出ているけど、どうなっているんだ？」

ガンツが泡の出る風呂を見て目を白黒させる。原理は不明だが、湯船につかると丁度肩や腰の位置に泡が来るようになっていた。入るとマッサージのような効果がありそうだ。

風呂の端を見てみると、以前にはなかった小部屋ができていた。隣には何故か水を張った池もある。カイトは小部屋の戸を開けると、強い熱気が顔を打った。

「この部屋は何だ。湯気と熱気がすごいぞ」

カイトは慌てて戸を閉めた。火傷するほどではないが、まるで砂漠のような暑さだ。

「ああ知ってる。これサウナだよ。北の方で見たことがある。中に入って汗を流すんだ」

斥候のアセルが教えてくれる。

「熱いだけだろ、それ何の罰だ？」

「ここに入った後、隣にある水風呂に入ると気持ちいいよ」

アセルが入り方を教えてくれる。熱いところに入った後、今度は冷たい水に入るとは、ただの拷問にしか思えない。本当に気持ちいいのだろうか？

「でもお風呂が大きくなってくれてうれしい。最近混んでいてゆっくり入れなかったから」

メリンダの言葉にアセルとシエルが頷く。男湯はそうでもないが、女湯は混雑していたらしい。

「見て、石鹸の数が増えているみたいよ。やった！」

女湯にある、石鹸の交換箱の石板を見てシエルが喜ぶ。ここの髪用油や石鹸も、数量限定で希少となっている。だが規模の拡大に合わせて、販売量が増えているらしかった。

「これでほかの人にも行き渡るね」

メリンダが喜ぶが、カイトは少し気になった。

「君は一瓶持っているだろ？　まさかもう使い切ったのか？」

「大切に使っているからまだ残っている。でも皆から羨まれて、それはそれで面倒なの」

メリンダが溜息を漏らす。なるほど、欲しがられたり売ってくれと頼まれたりするのだろう。

「あれ？　じゃぁ、こっちは商人達が買い占めてないのか？」

カイトは隣にある男湯を親指で指した。男湯にある石鹸類は、商人達が買い占めに来るので、カイト達には行き渡らない。欲しがる冒険者もいないけど。

「女湯にはもう居ないよ。皆が追い返した。あとは厳選なる抽選で、平等に分配している」

「誰も独占しようとしなかったのか？」

カイトには不思議だった。売れば金になる以上、力にものを言わせようとする者が出てくるだろう。特に冒険者は暴力が仕事の一つだ。独占して金儲けを企む冒険者の一人や二人は出るはずだ。

当然の疑問を向けると、何故かメリンダやシエル達がカイトから視線を外した。

「先輩冒険者の一人が独占しようとしたんだけれどね、でもそんなことはなくなったよ」

視線を逸らしながら話すメリンダ達をみて、カイトはあることを思い出した。

ロードロックには熟練の女冒険者がいた。メリンダ達の先輩なのだが、ちょっとがめつい女性だった。最近あの人を見ていない。仕事で死んだという話は聞いていないが……。

そこまで考えて、カイトは思考を停止した。これ以上は考えるのをやめよう。知らなくてもいいことが世の中にはあるのだ。

カイトは全ての思考を切り捨てて浴場を後にした。

浴場の調査を終えると、浴場がある通路に、新たに部屋が造られていることにも気づいた。『休憩室』と書かれており、部屋の内部には椅子やテーブルが並んでいた。また以前景品を交換していた宝箱がここに置かれている。ただしこちらの箱から交換できるのは、飲み物やアイスクリームと言った軽食のみらしい。風呂に入った後、ここでゆっくり休めと言うことだろう。

お風呂上りにこの場所でお喋りをするメリンダ達の姿が、目に浮かぶようだった。

「ん？　反対側に通路があるな」

カイトは風呂と対面する反対側の壁にも、通路があるのを発見した。以前あそこに通路はなかったはずだ。カジノを横切って向かってみると、通路の壁には幾つもの扉がついていた。扉には鍵がかかっているらしく開かない。扉には炎や水、花などの模様が描かれていて、シンボルをはめ込む穴があった。通路の入口には石板があり『一日宿。三人部屋一泊五十コイン。コインを投入すると鍵が出ます』と書かれていた。

「宿屋だと？」

カイトは目を留めた。石板の隣には、コインを投入する小さな穴とレバーがある。

スロット台のようにコインを投入してレバーを引けば、下の受け口から鍵が出てくるのだろう。

しかし、これまた予想外の設備だ。

「調査のためだ、一応交換してみよう」

カイトは手持ちのコインを投入してレバーを引く。予想通り下の受け口から、花の絵柄が書かれたシンボルが出てきた。カイトは花の絵柄が描かれた扉の前に立ち、穴にシンボルをはめ込む。すると簡単に扉が開いた。

「思ったよりも狭いな」

カイトは部屋の内部を覗き込んでみた。狭い部屋に三段ベッドがあるだけの簡易宿だ。正直、居心地はよくなさそうだった。しかし寝るだけなら十分と言える。それに、ここなら風呂にも入れるし、ゆっくりしたいなら休憩室もある。

「アセル、一応罠の有無を調べてくれ」

カイトはアセルに調査を頼むが、当然のように罠はなかった。

「ダンジョンで宿屋ねぇ。ダンジョンで寝泊まりすることもあるけれど。向こうが用意する？」

シエルの言葉にカイトも同意する。確かにちょっと呆れる。

「だがここを拠点にできれば、便利ではあるな」

「ちょっと、カイト本気？　そんなにスロットがやりたいの？」

「そうじゃないよ、メリンダ。ここを拠点にできれば、鉄血のダンジョンに行くのに楽だろ？」

カイトは頭の中で地図を思い浮かべた。

鉄血のダンジョンとは、ロードロックから二時間程離れたところにある中規模のダンジョンだ。

カイト達は現在このダンジョンの攻略を目指している。ただ往復に四時間もかかってしまうことが問題だったのだ。

「カジノダンジョンを仮の拠点にできれば、その分ダンジョンの攻略に専念できるだろ？」

「まぁ、そういうことにしとく」

メリンダは一応納得してくれた。あくまで一応。

「それに狭いけど、三人で五千クロッカなら破格の値段だ。ロードロックは最近物価が上がり、最低の宿でも一人三千クロッカは取られる」

「……確かに、狭いけど綺麗だよね」

メリンダはベッドのシーツを確かめる。荒い目の布だが、清掃は行き届いている。

「あと、こう言ってはなんだけど、この宿のほうが安全かもよ」

カイトの忠告に、メリンダは顔を顰めた。

ロードロックにも宿は沢山あるが、安い宿は安全とはいいがたい。客の荷物を狙う盗人宿もあるし、置き引きなどもしょっちゅうだ。

「ダンジョンの宿屋が安全ねぇ、皮肉だけどそうかも」

顔を顰めたメリンダは、納得するように息を吐いた。モンスターも怖いが、一番怖いのは人間だ。

「よし、これでほとんどは調べたな」

カイトはカジノフロアに戻り、仲間達に目を向けた。レストランや酒場も見たが、こちらはまだ準備中の札がかかったままだった。仲間達もほかに何かを見つけてはいない。

「あと調べていないのは、あそこだけだ」

カイトはカジノフロアに置かれた半円形の台に目を向けた。半円の部分には丸椅子が六つ置かれており、直線部分には一体のスケルトンが立っている。

「どうする、カイト?」

ガンツが問うが、危険であっても行くしかない。調査がカイト達の仕事だ。

「まず俺が一人で行くよ。皆は待機していてくれ」

「待ってカイト、私も行く。落とし穴の罠だったら、分断されるかもしれないでしょ」

「わかった、メリンダ。後ろは任せた」

カイトはメリンダに背中を預け、スケルトンの前に進み出る。するとスケルトンがお辞儀をした。

「いらっしゃいませ、ここはブラックジャック台となります。遊んでいかれますか?」

俺もメリンダも、そして背後にいる仲間達も目を丸くした。

「ス、スケルトンが話すなんて……」

僧侶のトレフは眼鏡がずり落ちんばかりに驚いている。確かにスケルトンが喋るのは初めて見た。

「ここはブラックジャック台となります。遊んでいかれますか？」

カイト達の驚きを気にもせず、スケルトンがもう一度同じことを問う。

「あ、ああ。遊ばせてもらおう」

カイトは丸椅子に座る。メリンダにはいつでも動けるよう、後ろで立っていてもらう。

「遊ぶのは構わないが、どういう遊戯なんだ？　ルールを知らない」

「では、掛け金無しでやってみましょう」

スケルトンは物わかりが良く、ルールを説明するために付き合ってくれるそうだ。

「ブラックジャックは、こちらのトランプというカードを使って遊ぶ遊戯となります」

スケルトンは紙でできたカードの束を見せてくれる。どうやらカードゲームの一種のようだ。トランプと言うものは初めて見るが、似たような物ならロードロックにもある。

「ブラックジャックはディーラーである私と、お客様が競い合うゲームです」

向かい合うスケルトン、ディーラースケルトンはルールを説明してくれた。難しい遊びかと思ったが、ルールはシンプルだった。カイトは数回のやり取りで用語や遊び方を把握した。

「二十一を目指して競い合うのか、遊び方は大体分かった。コインを賭けて少しやってみよう」

カイトは台の上にコインを一枚置く。するとディーラースケルトンは流れるような手つきでトランプをめくり、カイトの前に二枚のカードを置く。一枚は絵札でもう一枚は2だった。一方ディーラースケルトンの手札は、7が一枚と伏せ札が一枚。

カイトは軽く台を叩き、カードをさらに一枚貰う。新たに足されたカードは6。合計で十八であるためカイトはここでストップした。

カイトの手札が確定したので、次はディーラースケルトンの番だった。ディーラースケルトンは伏せられた自分の手札を明らかにする。新たに提示されたカードは5だった。先に提示されていた7を加えると合計は十二。ディーラー側は十七未満の場合、もう一枚引かなければならないルールなので、ディーラースケルトンは新たにカードをめくった。三枚目は絵札だった。二十一を超えているのでバースト。カイトの勝ちだ。

「おめでとうございます」

嫌味もなくスケルトンが手を叩く。骨なのでカチカチとした拍手だが、何となく嬉しい。ディーラーが引き出しを開けると、勝った分のコインが入っていて、積み上げてよこしてくれる。

「ありがとう。もう少ししたいが、ほかの遊びも見てみたいから、ここまでにするよ」

「またのお越しをお待ちしております」

席を立つカイトに、スケルトンは丁寧にお辞儀をする。

気がつけばカイトはスケルトンと普通に話していた。今更ながら妙な気分だ。

「カイトどうだった？」

「見てのとおりさ、ガンツ。危険のかけらもなかったよ。カジノダンジョンにモンスターが出るよ

うになった。しかし危険はない」

カイトは新たに変貌したカジノダンジョンを見回した。

本格的な調査をしてみるまで断言はできないが、今のところ危険はなかった。おそらく調査をしてもそれは変わらないだろう。

「問題は、それをギルド長になんて報告するかだ」

それを考えると気が重かった。


「喋る上に人間を襲わないスケルトンだと？　しかも宿屋までできただ？　ふざけているのか！」

調査を終えたカイトはロードロックの冒険者ギルドに戻り、ギルド長ギランにありのままを報告した。返ってきたのが、ギルド全体を震わせるほどの声だった。

「ふざけていませんよ、叔父さん」

カイトがなだめようとすると、ギランに一睨みされた。

「ああ、すみませんギルド長」

ギランは公私の区別をはっきりさせる人なので、ギルドで叔父と呼ぶと怒る。

「まったく、ただでさえ若い連中がカジノに入り浸り、ギルドの運営に支障が出ているというのに」

ギランは眉間に皺を寄せる。

カイトも人のことを言えないが、カジノで遊びふけっている冒険者が多いことは確かだ。

「それ以上に問題なのが、カジノの景品で出てくる髪用油だ。よその街でも噂になっている。この間の競りでは金貨十枚の値がついた」

「そりゃすごい、俺も売ればよかった」

メリンダにあげたことを後悔していないが、金貨十枚と聞くと欲が出てくる。

「でもいくら品質が良くても、そこまでの価値はないでしょう？」

髪用油は確かに貴重な品だが、カイトの目から見て、市場価格は金貨四枚程の値段だろう。遠方から取り寄せるにしても、同程度の品質の物がそれぐらいの値段で手に入るはずだ。

「商人達の間で投機の対象になっている。転売するたびに価格が吊り上がっているんだ。このままだと暴走するやつが出てくるかもしれん」

「住民の間でもあのダンジョンの風呂が噂になっていますからね、そのうち街の住人がダンジョンに来るかもしれませんよ」

カイトが予想すると、ギランは顔を顰めた。

「モンスターが人を襲ってくれれば、入場を止められるんだが、危険がない分それもできん」

ギランは苦々しい顔で歯を噛みしめる。

ダンジョンは治外法権。ダンジョンの中で起きたことは、罪に問えない。また入場を止める権利も誰にもない。そんなことをしなくても、危険なダンジョンに近づく馬鹿はいないからだ。だがカジノダンジョンでは、危険がないことが問題になってしまう。何度も思うことだが、あのダンジョンは全てがあべこべだ。

「だが放置はできん。問題が起きれば非難の的にされるのは冒険者ギルドだ」

ギランは忌々しいと机を叩いた。ダンジョンで起きたことは自己責任とされる。しかしギランの言うとおり、何かあれば冒険者ギルドが責任を問われるだろう。

ただでさえ問題が起きそうな気配があるというのに、ここに来て宿泊施設までが出現したわけだ。このままだとダンジョンに一泊して、周辺を旅行しようなんて物好きが出てくるかも知れない。

「しかしダンジョンはダンジョンだ。攻撃してこないとはいえ、モンスターも出るようになった。このまま放っておくわけにはいかない」

ギランの言葉に、カイトは慌てた。

「まさか、あのダンジョンを攻略してしまうので？」

つい非難めいた声が出てしまったが、カイトの不用意な言葉がギランの怒りに触れた。

「それができれば苦労はせん！　昨日だが、領主のいとこのはとこの知り合いの、まぁ、とにかくどこかの貴族の御令嬢とやらが来た。ダンジョンの髪用油がほしいんだと」

「直々に言われたので？」

ギランが苦虫を噛み潰した顔で頷く。貴族様は怖いもの知らずだ。

「カジノダンジョンはほかの街でも注目の的となっている。あそこを潰せば非難されるだろう。ロードロックの商人連中にも何を言われるかわからん」

ギランは怒りの形相を浮かべた。それはカジノダンジョンに向けてなのか、それとも貴族や商人達になのかはわからなかった。

権力者と言うのは、基本的に人気商売だ。実力や資金力もさることながら、周囲の賛同をどれだけ得られるかにかかってくる。冒険者ギルドのギルド長とはいえ、周りの顔色は窺《うかが》わねばならない。カジノダンジョンを潰せば、ギランはロードロックで人気を失いかねない。もちろんカイトやメリンダも恨む。まぁ、恨むだけで何もできないけれど。

とはいえ、これは他人事ではない。カジノを楽しむためにも、できることはしておくべきだ。

「そうだ！　カジノダンジョンにギルドの警備隊を置いてはどうですか？」

「警備隊？」

「はい、冒険者を募って常時武装した警備を置いて、モンスターが暴れないか見張っておくんですよ。そうすれば少しは安全でしょう？」

「その費用はどこから出す？　お前がタダでやってくれるのか？」

カイトの思い付きに対し、ギランはお前は馬鹿かという目で見る。

「あーそれは嫌です。ただ、髪用油ですけれど、あれギルドで独占してみたらどうです？　警備隊に順番待ちをさせれば、独占することはできるでしょう。金額を上乗せして販売して、差額分を警備隊の運営費に充てる。これなら独占する理由にもなるし、文句も出にくいでしょ？」

ただの思い付きだったが、カイトは話しているとうまく行くような気がしてきた。

「商人達が文句を言ってこないか？」

「たぶん言ってくるでしょうけど、でもあそこ一応ダンジョンじゃないですか。で、ほら、確か王国法でもありますよね。ダンジョンで起きたことは罪に問わないって」

カイトはロードロックが所属する、東クロッカ王国の法律を思い出した。

ダンジョンで起きたことは全て自己責任とされ、法律の力は及ばない。この法律はダンジョン基本法として、多くの国で採用されている。

「もちろん暴力はいけませんけど、追い出すぐらいならいいはずです。そもそもダンジョンは俺達冒険者の縄張りでしょう？　商人達が出しゃばるほうがどうかしている。それにギルドが一定の値段で卸し、入札も公平にくじ引きにすれば、価格の高騰も落ち着いて商人達も得するはずです。ああ、あと貴族達にも根回し用に一本用意しておけば、賛成してもらえるのでは？」

カイトの話を聞き、ギランは唇《くちびる》を尖らせた。考えごとをしているサインだ。

ギランの頭の中では、数字と天秤が行ったり来たりしていることだろう。

独占することに対する不満や、転売するときの上乗せする価格。貴族に対する根回しを誰から行うか。カイトには理解できない高度なやり取りが、頭の中でなされているのだろう。

しばらく考えた後、ギランはカイトに向かって頷いた。


壁一面に画面が並ぶモニタールームで、俺は新たに作った革張りの椅子に腰掛けながらカジノの様子を見ていた。椅子の前には大きな机が置かれ、その上にはケラマも乗っている。

モニターに映されるカジノでは、人々が行き交っている。スケルトンがカードを切るブラックジャック台では、すべての席が埋まり、冒険者達が勝敗に一喜一憂していた。

新たに稼働したカードゲームも好評を博しているらしい。客の入りも上々で、ポイントがどんどん入ってきている。この分だと使用したポイントの回収はすぐにでもできそうだった。

「うまく行ってよかったですね、特にスケルトンのカードの手捌《てさば》きがよろしいかと」

「お世辞を言ってくれるじゃないか。まぁ、カード捌きにはこだわったけどね」

恭《うやうや》しく話すケラマに対し、俺は自信満々に答えた。

スケルトンに知性はない。教えたことを繰り返すことしかできない。逆に言えば教えたことを正確に繰り返すことができる。そのため俺はスケルトンに、お辞儀の仕方からカードの使い方などを全て教え込んだ。本当に大変で寝る暇もなかったほどだが、うまくできている。

「ケラマこそ、カジノにはいろいろ注文を付けて悪かったな」

俺がスケルトンにかかりきりだったので、カジノの改装はほとんどケラマに丸投げした。入口を広くしろだの宿屋を造れだの、要望だけは伝えて後は全部任せた。

ケラマも休む暇がなかったはずだ。

「いえいえ、マダラメ様のお役に立つことが私の仕事です」

「謹厳実直だな。では褒美《ほうび》の言葉を与えよう。いい仕事をしてくれた。君がいてくれて助かったよ」

「恐悦至極にございます」

ケラマは恭しく、体ごと頭を下げる。俺達は見つめ合い、そして同時に笑った。ケラマと共に仕事ができてうれしい。しんどかったが、なんとも楽しい時間だった。

俺は笑いながら視線をモニターに移した。

「冒険者がスケルトン達を受け入れてくれたのが、少し意外だ。もっと抵抗があるかと思っていた」

俺はダンジョン改装後に、最初にやってきた冒険者達を思い出した。

冒険者とモンスターなのだから、すぐにスケルトンが破壊されるかと思っていた。だが調査に来た冒険者達は、最初は驚きつつも受け入れてくれた。

「とはいえ、最後には全て破壊されましたが」

ケラマの言うとおり、最初に調査に来た冒険者達はいろいろ調べまわり、最後に全てのスケルトンを破壊した。しかしスケルトンは破壊されても時間が経てば再生するのが強みだ。それにあれは仕方がないことだ。

「彼らの目的は調査だからな。逆の立場なら俺だってそうするだろうし」

俺はスケルトンを破壊した冒険者達の、その後の行動を思い出した。

冒険者達はスケルトンが復活するまでを見届けた。おそらく全てのスケルトンを倒した時の、ダンジョンの反応を見るためだろう。どこからかモンスターが湧き出る、もしくは何か秘密の扉が開くと言ったことを予想しダンジョンを調べていた。

もちろん俺はそんな仕掛けをしていないので、彼らの取り越し苦労だ。しかしあらゆる事態を想定して行動する、冒険者達の警戒心には頭が下がる。

「それに復活したスケルトンが人を襲わないことを確認したら、それ以上破壊はしなかった。消滅させられないで助かったよ」

俺は内心の不安を吐露した。スケルトンは倒されても復活するが、退魔系魔法を用いれば消滅さ

せることも可能らしい。

「しかし我がダンジョンは、未だ一人も人間を殺しておりません。これでよかったのでしょうか?」

ケラマがない首を傾げようとして、体ごと傾けた。

ダンジョンマスターの補佐役としては、人を殺さないダンジョンに疑問があるのだろう。とはいえ、人に危害を加えないのはこのダンジョンの大原則だ。これぱっかりは慣れてもらうほかない。

「意外といえばもう一つ。冒険者を常駐させたことだ。これも予想外だった」

俺はモニターの一つに目を向けた。カジノの入口の前では、冒険者達がカジノを警備していた。

「モンスターを警戒してのことでしょうか?」

「ここを管理下に置きたいのかもな」

俺はポリポリと頬を掻いた。最近は冒険者以外の人間も、ちらほらとやってくるようになった。冒険者達はそれが気に入らないようだ。ロードロックの人間達にも縄張り争いがあるのだろう。

「でもこれは俺達にとってはありがたいことだな」

「はい、ポイントが余計に入ってきております」

ケラマもこれには嬉しそうに頷く。警備隊はカジノで遊ばないので、ポイントが出ていかない。しかも警備を任されるだけあって、貰えるポイントも普通よりおいしい。

「連中のために、詰め所でも作ってやるか?」

「いいですね。居心地をよくしてあげれば、ほかの冒険者がなりたがるかもしれませんね」

俺の提案にケラマが頷く。今度図面を引き、詰め所を造ってやろう。一部屋追加するぐらいなら、カジノを閉鎖するまでもない。部屋を造った後に壁を消してやればいいだけだ。

「そういえば、宿泊施設も常連客が多いな。これも意外だった」

俺としては夜遅くまで、スロットを楽しんでもらうために造った。しかしどうも普通に宿屋として利用されているらしい。

「ここからさらに一時間程行ったところに、中規模のダンジョンがあります。おそらくそこを攻略しに行っているようです」

ケラマに教えられ、俺は頷く。ロードロックに戻るより、早いと考えたのだろう。

「なら景品に、保存食や携帯食料を追加してみるか？」

俺は宿泊している、冒険者のニーズを予想した。街に戻らず冒険に出かけているのなら、食料を欲しがるはずだ。

この世界の技術でも、缶詰や瓶詰ならぎりぎり作れる。ナッツ入りのクッキーやシロップに漬けた果物などを作れば、ここを拠点にしている連中が買いそうだ。

「武器や防具があまり交換されないので、入れ替えてもいいかもしれませんね」

ケラマが机に置かれた書類を見ながら頷く。

景品の交換率を見ると、武器や防具の交換は少ない。というか、ほとんどされていない。俺が作る武器は、それほど高品質でも珍しくもないので、ロードロックの冒険者は欲しがっていないのだ。

「そうだな、武器を交換されて、試し斬りとかをされても困るからな」

俺は武器と防具を景品から削除することに決めた。

「石鹸とか髪用油のような、俺にしか作れない景品やサービスを重視したほうがよさそうだ」

「そうですね、ただ商人達の過熱ぶりは、少し困りましたがね」

「ああ、あれは俺も想像していなかった」

俺は笑うしかなかった。髪用油が投機の対象になり、転売が繰り返され値段が跳ね上がったのだ。最終的にはカジノの中で奪い合いや喧嘩が起きることになった。幸い喧嘩は周囲にいた冒険者が止めてくれた。そして最近では冒険者ギルドが髪用油を一手に扱うことで、商品の高騰を抑えてくれているらしい。もっとも彼らは彼らで髪用油の卸で儲けており、冒険者ギルドの財源としていた。なかなかしたたかである。

「新たな景品ですが、何かアイデアがあるのですか？」

「うん、化粧品とか女性向けの洋服を作ろうと思うよ」

俺は天井に向けて人差し指を向けた。

化粧水やファンデーション、女性向けの服を作れば喜ばれるかもしれない。ただ俺に化粧品や洋服デザインの知識はないので、景品を揃えるのには時間がかかりそうだ。

「男性向けには、酒やたばこでいいだろう」

利益を考えれば性風俗がいいのだが、さすがにモンスターを抱く男は少ないだろう。それにせっかく獲得している女性の顧客を失いたくない。ただでさえギャンブルをやっているのだから、これ以上退廃したサービスは慎むべきだ。明るく楽しいカジノが、我がダンジョンのモットーだ。

「しかし、人気が出てくれたのはありがたいんだが、これが問題だな」

俺はモニターの一つに目を向けた。そこはカジノダンジョンのある部屋なのだが、銀貨が山積みとなっていた。全てコインの両替に使われた銀貨だ。

我がカジノはコインの換金には応じていない。完全なギャンブルの場となってしまうことが嫌だったからだ。その考え方は間違ってはいなかったと思うのだが、金が延々に増え続けるという、別の問題が生まれてしまった。

「お金が貯まることが、何か問題があるのですか？」

ケラマには増え続ける銀貨の問題がわからないようだった。

「金っていうのは循環してこそなんだよ、一人の人間が大量に貯め込むのはよくないんだ」

俺は経済学の基礎を教えてやった。これでも大学では経済学を専攻していたのだ。

「ですが、商人や貴族も大金を貯蓄しているではありませんか」

「確かにそうだけれど、彼らは一応使う予定があるだろ」

商人は次の仕入れのための資金だし、貴族達は園遊会やら晩餐会《ばんさんかい》などで金を使う機会がある。

庶民からは貴族の浪費と見えるだろうが、ああやって特権階級が浪費することで、仕立て屋に仕事が入り、料理人や芸術家が潤う。また貴族が変わり者の発明家に投資し、新たな発見が生まれることもある。彼らの浪費にはそれなりの意味があり、金を持っている奴が消費しないと、金は死蔵され経済が成長しないのだ。

「ダンジョンから出られない俺には、貯めた金を使う予定がない」

俺も積みあがっていく金を見て、最初は喜んでいた。だが使い道がないと気づいてからは、ただの鉄くずとなった。

「こうして俺が貯め続けると、そのうち人間の世界で銀貨が不足し始める」

「我々が貨幣を独占し、市場に貨幣が不足することがそんなに問題なのですか？」

「そうだな、ケラマ。例えば俺達はカジノのためにコインを作っているけれど、一人の人間が大量にコインを保有して、景品の交換もせず独り占めをしたらどうなる？」

「それは、新たにコインを作ればいいのでは？」

「もし作れなかったら？　ありふれたコインが希少となったら？」

「希少価値が出るのでしたら、コインの価値が相対的に高まりますね」

俺の誘導に気づき、ケラマが答えを口にする。

「そのとおり。コインが少なくなるからコインの価値が高まる。そうなると景品と交換したら損になってくるだろ？」

現在コインの価値は、ロードロックで使われているクロッカ通貨に合わせている。百クロッカで一コインが交換できる比率となるが、それが揺らいでくる。

レートを変動制にすればよいのだが、ややこしいし、何より利用客が混乱する。クロッカの価値が急激に変動する事態は避けたい。

「景品とコインの価値が見合わないとなれば、景品が交換されなくなる。そうなると皆が困る。でもこれは一人一人の力ではどうすることもできない」

これが経済の恐ろしいところだ。一度流れが停滞し始めると、小さな歪みが大きなうねりとなり、誰にも止められなくなってしまう。

　もとの世界の歴史でも、金や銀の不足や流出によって破綻する国家があったのだ。

「今はまだ少量だから問題ないけど、このままの状態が続けば地域の貨幣が不足し、物価が高騰するだろう。健全な経済には、貨幣の循環が必要だ。それに俺達の目的は、大金持ちになることでも、この国の経済を破綻させることでもない。貨幣不足が表面化する前に、対処すべきだ」

　俺は腕を組んで考えた。これは重要な問題だった。ロードロックの経済が停滞すれば、街を去る冒険者も出てくるだろう。決して他人事ではないのだ。

「ではこの銀貨を放出するのですか？　しかし、どうやって？」

「そこなんだよなぁ」

　俺は鼻の頭を掻いた。普通のダンジョンなら苦労はいらない。宝箱に入れておいてやれば、冒険者が勝手に持っていってくれる。しかしここはカジノだ。ただで金をやるわけにはいかない。それにポイントも手に入らない。金をやるのだから、ポイントになるように考えるべきだ。

「う～ん。コインと金を換金するようにすれば、今来ている客層が変わるかもしれないからなぁ～」

　俺としては悩ましい問題だった。

「クレーンゲームでもするか」

　俺の言葉に、ケラマは体ごと首を傾げた。

第三章　カジノホテル、朝食付き

鉄血のダンジョンで一仕事を終えたカイト達は、カジノダンジョンに立ち寄った。夕方だと言うのに、カジノは賑わいを見せ多くの人が行きかっている。

「いつも思うけど、日に日に人が増えていくわね」

メリンダが呆れたように呟く。カジノダンジョンがリニューアルされてそろそろ一ヶ月、スロット台は八割が埋まり、カード台にも人のいないテーブルがない。

「よぉ、カイト」

入口の脇に立っていた冒険者のダンが、気さくに声をかけてくる。

「おお、ダン。警備隊の仕事が板についてきたな」

冒険者ギルドのギルド長ギランは、カイトが出した提案を採用して、カジノに警備隊を配置した。そして警備隊となったダンは、ここで働いているのだ。

「どうだ？　カジノに何か問題は？」

「特に大きな問題はない。楽なもんだ」

カイトの問いにダンは笑って答える。

「仕事が終わればすぐにカジノで遊べるし、職場も快適でうらやましいよ」

カイトは入口の脇に新設された、警備隊の詰め所を見た。

カジノダンジョンは何を思ったのか、警備隊の詰め所を造った。中には快適な家具まで揃えられており、掃除はスケルトンがやってくれる。清潔な詰め所で快適に仕事ができるとあって、警備隊となった冒険者は喜んでいるそうだ。

「カイト、今日はここで泊まりか?」

「いや、昨日も泊まったし、今日はロードロックに戻るよ」

ダンがカジノに造られた簡易宿泊所に目を向けるが、カイトは首を横に振った。

カイト達はダンジョンに造られた、宿泊施設を利用している。だがさすがに毎日というわけにはいかない。定期的にロードロックに戻る必要がある。

「カイト、私達はお風呂に行くね」

ダンと話していると、メリンダがアセルとシエルと共にお風呂に向かっていく。

「女達は風呂が好きだな。あんなに毎日入ってどうするのかね?」

楽し気に風呂に向かう女性陣の背中を見て、ダンが理解できないと首を横に振る。

「そうか? 俺は好きだ。さっぱりする。サウナは気持ちいいしな」

「あんなの、ただの拷問じゃねぇか」

ダンはサウナが嫌いのようだ。しかしそれは悲しい誤解だ。

「あれはいいものだぞ。最初は確かに苦しいだけだと思ったが、サウナで茹《ゆだ》るほどあったまった後、水風呂に入ることを数度繰り返せ。これをすると、脳が覚醒するほど気持ちいい。今度試してみろ」

カイトは勧めたが、ダンは顔を顰めるだけだった。どうやら布教に失敗したらしい。

「今日もこのままスロットか？」

「ああ、あれが一番楽しいだろ？」

「わかってないな、一番はブラックジャックだ」

ダンはリニューアル後に解禁となった、ブラックジャックに夢中だ。しかしカイトの意見は違う。

「似たような遊戯はほかにもあるが、スロットはここにしかない」

「それは認めるが、駆け引きの度合いが少ない。真の男はブラックジャックを楽しむんだよ」

カイトもダンも互いに譲らない。この手の話題は冒険者の間でも意見がわかれる議論だった。互いに自分の好きな遊戯が一番だと言って聞かない。スロットこそが最高にして至高だというのに、物のわからない奴が多くて困る。だがこのままでは喧嘩になるので、カイトは話題を変えることにした。

「とはいえ、今一番熱いのは、ハンド・ザ・マネーだけどな」

「確かに、あれは別格だ」

ダンもそれは認めるところで、二人してダンジョンの隅にある大きな箱に目を向けた。あれこそ最近できた目玉遊戯、ハンド・ザ・マネーだ。

人が入れるほど大きな箱は透明な板でできており、内部には大量の硬貨が詰まっている。銀貨がほとんどだが、金貨もすこし混じっていた。そして箱の上部にはクレイハンドという、低級のモンスターがへばりついている。

「クレイハンドを使ってあんな遊戯を思いつくとは、ここのダンジョンマスターは変わっているよ」

ダンが呆れた声を出す。クレイハンドとは、土でできた手の形をしたモンスターだ。大抵は泥水のふりをして地面に隠れている。そして不用意に踏み抜いた冒険者の足を、掴んで倒したりする。文字通り足下を掬《すく》う嫌な奴だ。冒険者の嫌われ者だが、ここでは富をもたらす黄金の手だ。

ハンド・ザ・マネーの遊び方は至ってシンプルだ。透明な箱の前には操作ボタンがあり、天井にへばりつくクレイハンドを、前後左右に動かすことができる。そしてこれと決めた場所に移動させた後、決定ボタンを押す。すると上のクレイハンドが下に伸びてきて、箱に詰まっている硬貨を掴む。クレイハンドは投下口まで移動して、掴んだ硬貨を手放す。落ちてきた硬貨は、そのままプレイヤーの取り分という遊戯だ。

「カイトはもうプレイしたのか?」

「ああ、朝の出発前にやったよ」

カイトは当然だと頷いた。わかりやすく現金が手に入るこの遊びは、瞬く間に大人気となった。ただしハンド・ザ・マネーに挑戦できるのは、一日一回と決まっている。また一回に銀貨十枚。一万クロッカが必要だ。

割と高額だが、一度のプレイで大体十数枚の硬貨が掴める。よほど運が悪くない限り損をすることはないし、金貨が掴めれば大きな利益となる。もっともハンド・ザ・マネーをプレイする者は、金貨など目もくれない。欲しいのは黒いコイン一枚だけだ。

「ダンももうやったんだろ? 黒コインは出たか?」

「出ていたら、ここで働いているかよ」

ダンが吐き捨てる。確かに、それはそうだ。

カイトがダンと話していると、ハンド・ザ・マネーのある場所から息まく声が聞こえてきた。

「うぉぉおおやるぜぇぇぇぇ」

一人の冒険者が、唸り声を上げて箱に飛びつく。どうやら今からやるようだ。

男が箱の前にあるボタンを操作すると、天井のクレイハンドがゆらゆらと動いていく。男はこれという場所を選び、決定ボタンを押した。すると茶色い手が降りてきて硬貨を掴む。

クレイハンドの手の隙間から、掴み損ねた硬貨がこぼれ落ちていく。そして投下口で手が開かれ、銀貨がキラキラと舞い落ちる。その数は十枚を優に超えており、得をしたことは遠目にもわかった。

他人のプレイを、ダンもカイトも固唾《かたず》を呑んで見入る。出てきた硬貨を確認した男が、うなだれて悔しがった。そのさまを見て、カイト達は胸をなで下ろした。

「よかった、出なかったな」

「ああ、助かったぜ」

カイトとダンは自然と笑みを浮かべた。人の不幸を喜ぶ趣味はないが、こればかりは話が別だ。

透明な箱の中には、銀貨や金貨が詰まっている。だが中には赤や緑、黄色と言った、見慣れないコインも混ざっていた。あれはいわゆる当たりで、もう一回チャレンジできたり、二回チャレンジできたりする。そしてそれら当たりコインの中に、たった一つだけ黒いコインが混じっている。

それこそ当たり中の当たりであり、そのコインを引くことができれば、なんと箱に入っている硬

貨全てを貰えるのだ。

信じられない話だが、嘘ではないだろう。しかもプレイ時に支払った銀貨は、そのまま箱に追加されていくので、箱の中の銀貨が無くなることはまずない。

利益度外視のゲームだが、客寄せにはなっている。最近はハンド・ザ・マネーを目当てにカジノダンジョンに来る者も多い。一獲千金を夢見る者が集まっているのだ。それはいいのだが、人が多くなるとトラブルも増える。

「おい、どういうことだ！」

カジノに怒鳴り声が響いた。ダンと共に目を向けると、一人の冒険者がブラックジャック台でディーラーに文句を付けていた。

「こんなのはイカサマだ、カードをすり替えたな！　金を返せ！」

冒険者がディーラーに詰め寄る。だがカイトとしては笑うしかない。ディーラースケルトンは服も着ていない骨だけの姿だ。カードを隠す場所なんてない。何よりカジノダンジョンはイカサマをしない。金が目的じゃないからだ。

ハンド・ザ・マネーもそうだが、カジノダンジョンは配当がおかしい。

普通賭博は胴元が必ず勝つようになっている。だがカジノでは、客が勝つようになっているのだ。大勝ちすることはあまりないが、こつこつやれば必ず少しは勝つ。十枚スロットや百枚スロットは別かも知れないが、馬鹿な賭け方をしない限り、儲けることはできるのだ。

負けたのはどこまで行っても自分のせいだった。にもかかわらず、くってかかる冒険者の姿は見るに堪えない。

冒険者がスケルトンに掴みかかるが、ディーラースケルトンも譲らない。そもそも回収したコインは消えてしまうし、カジノ側は絶対返還には応じない。

スケルトンが返還に応じないので、最後はおきまりのパターン。冒険者が得物の剣を抜き、スケルトンの頭に振り下ろした。

ディーラースケルトンは避けることはせず、頭蓋骨《ずがいこつ》を砕かれバラバラになる。

「けっ、モンスター風情が」

一撃で倒してスカッとしたのか、男は笑っていた。だがそれを見て、カイトは腹が立った。隣にいるダンも眉間に皺を寄せる。

「止めに行けよ、警備隊」

「無茶言うな、冒険者がモンスターを倒したことを、咎《とが》めることはできない」

確かにそうだが、それでもカイトは腹が立った。無惨に壊された残骸を見るとなおさらだ。

もちろんスケルトンは死んでいない。アンデッドの特性として、時間が経てばいずれ復活する。死んでもいないし、怒るのも筋違いだとわかっている。だがそれでも腹が立った。

「後で話を聞きに行くよ。名前を控えてギルド長に報告だ。あとはギルド長がやってくれるよ」

ダンが言うようにギルド長のギランは、カジノダンジョンをデリケートな問題と見ていた。場合によっては先程の冒険者の行動が原因で、カジノダンジョンが人に牙を剥くかも知れないからだ。

「馬鹿な奴だ。ギルドからここでは暴れるなという通達は聞いているだろうに、ギルド長に逆らって、ロードロックで生きていけるつもりかね？」

ダンが冷たい声で笑う。ギランは冒険者の統制に厳しいことで有名だ。ギランは冒険者全体の利益を守るためなら、貴族とも戦う気概を持つ。だがギルドに害をなすと判断した者には、驚くほど冷酷だ。ギランの忠告を無視したあの男の未来は、おそらく明るくないだろう。

「馬鹿はほっとくとして、カイト。お前は来月開催のイベントに参加するのか？」

「当然だろ、絶対に参加するよ」

カイトは当たり前だと頷いた。

来月にはＢＩＧハンド・ザ・マネーという、イベントが開催される予定なのだ。なんでも大会中はクレイハンドの大きさが、通常の倍になるらしかった。

先着五百名限定のイベントで、順番待ちは前日から許されている。当日は五百人の列ができるだろう。メリンダ達女性陣は乗り気ではないが、何とか頼み込んで列に並んでもらうつもりだ。

「やっぱりか。まぁ俺も参加するけど」

「お前も参加するのかよ、警備の仕事はどうした」

「休むに決まってるだろ、運よく黒コインが引けたら、こんな仕事とはおさらばだ」

「叔父さんに言いつけてやる」

「残念だったな、ギルド長もやるらしいぞ」

「それ本当？」

「ああ、本人は来ないが代理にやらせるそうだ。当たりが出たら折半だとよ」

我が叔父ながら酷い話だ。

「じゃぁ、そろそろ行くよ」

カイトはダンに向けて軽く手を振った。スロットが待っている。カイトはスロット台へと向かい、いつものように一枚スロットに腰を下ろした。このカジノダンジョンで勝つ秘訣は、こつこつ地道にやることだ。そうすれば必ず勝たせてもらえる。

しばらくスロットを回していると、不意に花の香りが鼻孔をくすぐった。振り返りながら見上げると、火照った肌をしたメリンダが立っていた。お風呂上がりの女性は、なんというか色気がある。

「どう？　勝ってる？」

「ああ、まぁまぁだ。缶詰は手に入りそうだよ」

「ほんと？　やった！」

メリンダがぐっと手を丸める。最近カジノの景品が様変わりした。安物の武器や防具が消え、代わりに携帯食料と缶詰と言う品物が追加されたのだ。

携帯食料はドライフルーツやナッツ類を小麦粉で焼き固めた物で、サクサクしていて口当たりが良くおいしい。味のバリエーションも豊富で、毎日違った味が楽しめる。ここの携帯食料を食べると、今までの干し肉と焼き固めたパンの味気ない食事に戻れなくなる。

同時に缶詰という物も追加されたが、これも凄い。どうやっているのか、薄い金属に煮込んだ豆や肉、魚が入っているのだ。

初めは食べられるのか心配だったが、意外においしく、鉄の味がすると言うこともない。やや油がくどいが、保存のためと割り切るべきだろう。

「あったら桃の缶詰をお願い。桃がいい！」

メリンダにねだられる。ロードロックの女性冒険者は、現在果物の缶詰に夢中だ。これは果物を砂糖水でつけ込んだ物で、かなりおいしい。一つにつきコイン三十枚とかなり高額で、簡単には手が出せない。だが手に入れると次の日は、一日中メリンダの機嫌が良くなる。

「運よくあったらだぞ。なかったら無理だからな」

カイトはあまり期待するなと言っておく。果物の缶詰はロードロックでも人気で、一つが四千クロッカで取引されているらしい。商人達がまた買い占めようと動いていた。ただダンジョン側も買い占めを警戒しているのか、補充される時間が不規則で、運が良ければカイト達も入手できる。

「しかしあの缶詰ってすごいよね、冬でも果物が食べられるんだから」

メリンダの言うように、缶詰は確かに画期的だ。持ち運びに便利で、季節はずれでも果物が楽しめる。しかも長期保存できるらしく、表示を信じるなら二年はもつというのだ。

「商人達が真似しようとしているって聞いたんだけど、作ってくれないかな」

「難しいだろう。薄い鉄を大量に作るのは多分無理だ」

カイトはスロットを見ながら答えた。

缶詰は薄い鉄板を使用している。手作業で薄くすることもできるが、大量に作るのは無理だ。

「缶詰をそのまま真似るのは難しいと思う。でも似たようなことはできるだろう。要は砂糖水や塩水、油に浸けて密封してやればいいんだろ？　ガラス瓶で代用できるんじゃないかな」

カイトは代案を思いついた。缶詰より重いし割れる危険性もあるが、代用品にはなるだろう。

「今度商人達に提案してみようかな？」

カイトはうまくいくかどうか考えてみた。問題は蓋だ。完全に密封するとなると普通の蓋や栓では駄目だ。ひと工夫必要となるだろう。

スロットを回しながら考えていると、メリンダが笑ってこちらを見ていることに気づいた。

「なんだよ」

「別に、ただやっぱりそっちのほうに才能があるのかなって思って」

「何がだよ？」

「この前、ギルド長がカイトのこと褒めてたよ」

「叔父さんが？」

ちょっと信じられない。いつも怒鳴られてばかりだ。

「剣の腕は二流だけれど、目端が利くって」

メリンダの言葉に、顔を顰めるしかない。

「それ全然褒めてないよね」

「褒め言葉だと思うわよ。目端が利くって冒険者としては大事だし。それに冒険者は、一生やる仕事でもないでしょ」

メリンダの言うとおり、冒険者は長く続ける仕事ではない。誰でも金を稼げる手段だが、その分命懸けだ。ある程度金を貯めれば、別の道を探すのが一般的だ。

「カイトが提案した、警備隊の件はうまく行っているんでしょ？」

メリンダが入口の脇に設置されている、警備隊の詰め所に目を向ける。

「ギルド長も商人達もそれなりに満足。警備の冒険者も楽な仕事ができたと言っている。貴方の考えで、多くの人が喜んでいる。冒険者よりも向いている仕事があるんじゃない？」

メリンダに指摘されて、少し戸惑う。正直冒険者以外の仕事なんて考えたこともなかった。

「もちろん今すぐじゃなくてもいいけど、ちょっとは考えておいてよね。私も協力するし」

メリンダはそう言うと去っていった。メリンダの背中を見送ったカイトは、スロットをやる気にならず椅子から降りた。

確かに自分は冒険者としての腕は二流だ。素質も高くはないだろう。警備隊の件はその場の思い付きだったが、自分の考えが形になるというのは、なんとも言えない充足感がある。

「ほかの道か……」

冒険者として上を目指すばかりで、そんなことを考えたことはなかった。しかし、冒険者稼業もずっとは続けていられない。いつかは別の道を探すことになる。

目まぐるしく変わっていくカジノの中で、カイトは自分の未来を考えた。


カジノダンジョンの最下層にある巨大なモニターには、大きなクレイハンドが銀貨を掴む光景が映し出されていた。多くの冒険者が列を作り、ＢＩＧハンド・ザ・マネーの順番を待っている。

「よしよし、クレーンゲームのイベントはうまく行きそうだな」

俺は満足して頷いた。適当に作ったクレーンゲームは思いのほか盛況で、イベントも打ってみたがこれも大成功だった。一日前から順番待ちを許可してみたら、五百人が列を作り、丸一日ダンジョンで過ごしてくれた。おかげでポイントが山盛りに入ってくる。

「しかしこのゲームですと、こちらが当たりを操作できないので、そこが問題ですね」

ケラマが浮かれる俺に注意を促す。

現在スロットは、こちらである程度操作している。もちろん冒険者を負けさせるためではない。逆に勝たせてやっているのだ。

よほどのことがないとやらないが、大負けして怒られると困るからだ。ただクレーンゲームはさすがにそう言った小細工ができない。

「確かに当たり外れは操作できないが、それがこのゲームの醍醐味でもある」

俺はモニターに映る冒険者の顔を眺めた。誰もが目を血走らせ、固唾を呑んでクレイハンドの動きを見ている。欲望の匂いがここまで伝わってきそうだ。

「確率論的に言って、多分三百人目ぐらいで当たりが出るだろう。だがそれこそが狙いだ。本当に金を出すところを見た冒険者は、毎日ここに通ってくれるはずだ」

当たりが出た時、冒険者達がどんな顔をするのか今から楽しみだった。喜ぶ者や悔しがる者、さぞ大量のマナを放出してくれるはずだ。

「当たりが出た場合のことを考えて、銀貨は三千枚ほど別に用意してある。運悪く連続して出ない限り大丈夫なはずだ」

俺は頷いた。この分なら定期的にイベントを開いてもいいかもしれない。

「順調といえば、宿屋のほうもいつも満室状態だな。少し数を増やすべきかな？」

「よろしいと思いますよ」

ケラマが頷く。宿に泊まる冒険者達は、初めはモンスターの襲撃を警戒していた。扉に自前の閂《かんぬき》を設置したり、魔法で結界を張る者もいた。だが最近は簡単な罠や鳴子、踏めば音がするガラス片などをまく程度に落ち着いている。

さすがに冒険者、完全に油断はしないらしい。別にどうでもいいけど。

「スケルトンだが、今日は何体破壊された？」

「今日はまだ破壊されていません。日に日に少なくなってきていますね」

「そいつはありがたいな。もめごとが少ないのはいいことだ」

負けた奴が腹いせに、スケルトンを壊していくことがままある。

金がかかっているんだから、ある程度は仕方ない。しかし最近はディーラーに絡むのを自粛《じしゅく》する動きがあるらしく、暴れる客は冒険者達の警備隊がつまみ出してくれる。

「順調順調。問題なしだ」

俺は手を叩いた。モンスターを配備しても恐れられず、新しいゲームも好評。宿泊施設も回転率がよく収益となっている。これは我がダンジョンが、人々に受け入れられたと考えていいだろう。

「よし、じゃぁついにあれをやるぞ」

俺は次なる段階へ踏み出すことを決めた。かなり勇気がいる行動だが、ぜひやりたい。

「本当にやるのですか？」

「やはり反対か？」

「いえ、そのようなことは。ただ、前代未聞のこととなるでしょうね」

「先駆者となれるのか、それは名誉なことだ」

「それで、仲介を誰に頼むつもりです？」

「すでに決めている。メッセンジャーは最初にこのダンジョンに入り、今も常連として通ってくれる彼らが適任だろう」

モニタールームの画面には、スロットマシンで遊ぶ金髪の青年が映し出された。


「ダンジョンがギルドに依頼をするだと⁉」

ロードロックの冒険者ギルド、そのギルド長の執務室で大声が放たれた。ギルド全体が揺れたのではないかと思うほどの怒声を発したのは、誰を隠そうギルド長ギランであった。

机を挟んだ向かい側に立つカイトは、大声を予想し事前に耳を塞《ふさ》いでいた。そして声が治まるのを待って手を耳から離す。

「どうやらそのようです。昨日の夜、ダンジョンの宿屋に泊まっていたら、スケルトンがギルドに仕事を依頼したいと手紙を持ってきました」

カイトは真っ白な封筒を差し出した。貴族が使うような上等な紙だった。

「依頼の手紙を届けるだけで金貨一枚。いろんな意味で断る手はありませんよね」

カイトは少し誇らしい気分だった。ダンジョンが手紙を出すなど、過去に例がない。カイトが運んだ手紙は、歴史に残る一通かもしれないのだ。

「これは、ダンジョンマスターの依頼ということか？」

「おそらくは」

カイトは会ったことはないが、ダンジョンの最奥にはダンジョンコアを守る主がいるらしい。

「ダンジョンマスターに関しては、ギルド長のほうが詳しいでしょう」

カイトはたくましい髭《ひげ》のギランを見た。ギランは若いころ冒険者として鳴らしており、幾つものダンジョンを攻略した実績を持つ。その時にダンジョンマスターとも会っているはずだ。

「確かに連中は知性がある。会話も可能だ。だが話すことはまずない。下手に会話しても罠にかけられるかもしれないからな、話をする前にいつも殺していた」

カイトはなるほどと頷く。確かに、殺す相手と話してもいい気分にはなれないだろう。

「依頼主が誰であれ、依頼は依頼ですのでお渡しします。受取証にサインを」

カイトは手紙と共に受取証を渡した。誰の依頼であっても、仕事は正しくせねばならない。

ギランはしぶしぶ手紙を受け取り、受取証にサインをして返す。

手紙を渡した後、カイトは部屋を出ていかずそのまま待った。どのような形であれ、返事をもらってきてほしいというのも依頼であったからだ。

ギランは手紙を受け取ると、封を開けて中を見る。中には折りたたまれた紙が三枚。すぐに読める短いものだった。手紙を見るなり、ギランの顔色が赤くなった。

「どうやら、ダンジョンは人手を募集しているみたいですね」

カイトはギランの心中を察した。手紙の内容は、一枚目には人を雇いたいので見繕ってほしいという人材派遣の依頼が書かれているはずだ。

「お前、中を見たのか?」

ギランは場合によっては殺すぞと、殺意を込めた目で睨む。

「いえいえ、まさかまさか。そんなルール違反しませんよ」

カイトは両手を胸の前で振った。手紙を預けられた場合、中身を見ない調べない詮索しないは冒険者の基本だ。

「ただ相手が相手ですからね、依頼を受ける前に、手紙の内容を尋ねたんですよ」

カイトは言い訳のように言葉を紡いだ。依頼を受けてから中を尋ねるのは作法に反するが、依頼を受ける前に尋ねるのは反していない。僅かな違いだが大きな違いでもある。

「他言しないことを条件に教えてくれました。危険な内容ではないので、引き受けました」

スケルトンに教えてもらった内容は、住み込みで働く人を派遣してほしいと言うものだった。

「全く、あのダンジョンは一体何をするつもりなんだ!?」

手紙を机に叩きつけるギランに、カイトは苦笑いを浮かべた。

「それはまぁ、募集している条件を考えるに、レストランやバーを開くつもりではないでしょうか？」

「そんなことはわかっている！」

ギランは机を叩いた。机に置かれた手紙の二枚目には、ダンジョンが求める募集条件が書かれている。条件は年齢や性別は不問。屈強な元冒険者で、住み込みで働けて料理に造詣が深く、飲食店で三年以上の実務経験があることと書かれているはずだ。

ほかにもバーテンダーやウエイターなど、料理屋や酒場で働く人材を募集していた。

カイトが予想するに、ずっと準備中の札がかけられているバーやレストランを開くのだろう。

「いくらあのダンジョンに危険がないとはいえ、モンスターが作った料理は食べたくないですからね、人間の料理人やバーテンダーは必要でしょう」

カイトとしては、カジノダンジョンにレストランやバーができるのは喜ばしいことだった。簡易宿は便利だが、食事に困る。携帯食料もおいしいが、毎日では困るのだ。とはいえモンスターが作った料理では、中に何が入っているか気になってしまう。ギルドが派遣した料理人であれば、安心して食べられる。

「そもそも、ダンジョンにレストランやバーがあることがおかしいだろうが！」

「それを俺に言われても困りますよ」

「まったく、あのダンジョンは次から次へと！」

「でもいいじゃないですか。条件を聞いたら給料もいいし、働きやすそうな職場だと思いますよ」

カイトは机に置かれている、ダンジョンからの手紙を見た。

働く料理人には給料として、月に三十万クロッカを支払うとある。しかも七日に一日は休暇が貰え、勤続年数に応じて昇給制度もあると言うので、冒険者を辞めてカイトが働きたいぐらいだ。

ただし客とトラブルになった場合は、ダンジョンは一切関与せず、料理人が解決することを求められている。ある程度のトラブルを自分で対処できる者でなければならず、元冒険者の料理人という条件は、ここにかかわってくるのだろう。

「ギャンブルに風呂に宿泊施設。そしてレストラン。全く！　あそこは何をしたいんだ⁉」

「俺達の居心地を良くしたいとか？」

カイトが思いつきを口にすると、ギランがまた怒鳴られたいのかと睨む。

「でも、悪いことばかりじゃないですよね」

カイトは手紙の三枚目に目を向けた。三枚目には、ギルドとの取引が書かれてある。

人材を派遣してくれた場合、ダンジョンの髪用油と石鹸を毎月百セット、二百万クロッカでギルドに卸すというのだ。

「百セットも手に入れば、ギルドはかなり潤うんじゃないですか？」

髪用油や石鹸は稀少な限定品となっている。全てギルドが独占しているがそれでも数が足りず、新たに注文を受け付けることができない状態だ。

ここでさらに百セット手に入れば、貴族や商人に流すことができ、ギルドの権限は拡大し利益も増大する。

「わかっている！」

ギランは苛立たしげに吐き捨てた。

「あと一応言っておきますが、ダンジョンマスターが仕事を頼む相手は、俺達だけとは限りませんよ。ギルド長が依頼を断れば、商人ギルドに頼むでしょう」

カイトは予想を口にした。商人ギルドなら喜んで依頼を受けるだろう。彼らにとって大事なのは道義ではなく利益だ。

「それもわかっている！」

ギランは眉間に皺を寄せる。

「あいつに頼んでみるか」

ギランは天井を見上げながら、苛立ちのこもった声を吐いた。


ロードロックからカジノダンジョンへと続く街道を、一人の男が歩いていた。歳は中年を超え、刈り込まれた茶色い髪には白髪が混ざっている。しかし体つきはがっしりとしており、歩みにも年齢を感じさせない。鎧を着こみ腰には短い斧を装備していることから、冒険者のような出で立ちである。だが背中には使い込まれた大鍋が背負われており、少々奇妙な姿であった。

「ええい、ギランの奴め！　剛毅《ごうき》のガララと謡われたこの俺に、あんな頼みごとをするとは！」

鍋を背負って歩くガララは、いら立ちの声を止めることができなかった。

ガララはかつて名の知れた冒険者だった。ドワーフとして生を受け、屈強な体を持つガララは冒険者に向いていた。若いころは苦労もしたが、難易度の高いダンジョンに挑み、幾つか攻略したこともあった。冒険者ギルドのギルド長をしているギランとも、パーティーを組んだことがある。

だが輝かしい栄光も今は昔。膝を痛めて冒険者を引退してからは、若い頃に興味のあった料理の道に進んだ。しかし冒険者であった頃の気性が災いし、自慢の料理に文句をつけた貴族を叩きのめしてしまった。おかげで店は廃業に追い込まれ、借金まで背負う形となった。かつてのよしみでギランを頼ったが、その友情にも限りがあったらしい。

「この俺にダンジョンで働けなどと、ふざけたことを言いおって！」

ギランはガララの借金を肩代わりし、さらに新しい仕事先も紹介してくれた。しかし話を聞いてみると、新たな職場はダンジョンの中にあるという。

ダンジョンの中のレストラン。あまりにも馬鹿にしている話だった。

「まったく、最近はどうかしとる！」

ガララも妙なダンジョンの噂は聞いていた。やれ博打ができるとか、風呂があるとか言うふざけたダンジョンだ。しかも多くの冒険者がそこに入り浸っているらしい。

ダンジョンもダンジョンなら、そんなところを放置している冒険者も冒険者だ。ガララが若い頃なら、ダンジョンと聞けば喜び勇んで駆けだし、強敵と戦い手に入れたお宝に心躍らせたものだ。

「しかしそんなところで働かされるとは、これも時代か……」

強かったガララの声が弱々しく落ちる。なんとも情けない。しかしギランには借金を肩代わりしてもらった恩がある。少なくとも借金を返すまでは、そこで働かねばならない。

借金を返し終われば、すぐにやめてやる。

ガララは気持ちを落ち着けて歩みを進めた。すると山裾にダンジョンの入口が見えてきた。

「ふん、ここがカジノダンジョンか。最近できたばかりと聞いていたが、門構えは立派だな」

ガララはダンジョンの入口を見上げた。ダンジョンは門構えを見れば、その規模が推測できる。大きな屋根に柱。道幅も大きい。発見されてまだ半年も経っていないはずだが、すでに中規模のダンジョンと同等である。しかし伝説にも語られる八大ダンジョンを知るガララからしてみれば、どうということはなかった。だが中に一歩踏み込んでみれば、そこからは驚きの連続だった。

「これがダンジョンだと？」

ガララは茫然とするしかなかった。ダンジョンの床は赤い絨毯が敷き詰められ、天井には煌めく照明が輝いている。どこからともなく軽快な音楽が流れ、まるで宮殿のようだ。

部屋の内部には奇妙な箱が幾つも並んでおり、冒険者達が台の前に座っている。何をしているのかはわからないが、一喜一憂してわき目も振らない。

ガララの前を女の冒険者達が歩いていく。体からは湯気を上げ、ほのかに花の香りが漂う。別の場所では椅子に座り談笑する男女の姿もあった。まるでサロンのような光景である。

「ここは本当にダンジョンか？」

ガララはここがダンジョンだとは思えなかった。しかしちらほらとスケルトンの姿もある。

羅紗が敷かれた台の前では、スケルトンがカードを配り冒険者とカードゲームをしていた。また部屋の奥には鉄格子で区切られた一角があり。太い金属の棒を間に挟み、スケルトンと冒険者が商品をやり取りしている。

ガララは異様な光景にしばし呆然としたが、本来の目的を思い出した。

確かここには、ギルドから派遣された冒険者が詰めているはず。周囲を見回すと、入口のすぐ隣に詰所らしきものがあり、槍を持つ冒険者がいた。

武器を持つ冒険者は壁際に佇《たたず》み、常に周囲に目を配っている。その体にはわずかに赤い闘気が漏れ出ていた。

油断なく警戒しているその姿を見て、ガララは少し感心した。闘気は初級の黄、中級の橙、上級の赤と呼ばれ、色が濃い方が強くなる。赤い闘気を纏うのは一人前の証。時代が変わったと思ったが、腕の立つ冒険者は健在のようだ。広間を見渡しても、何人かが周囲を警戒している。物腰からしてある程度の力量は推測できた。新しい才能というものはいつの時代にもいるようだった。

気分を良くしたガララは、入口の詰め所で警備につく冒険者に歩み寄った。

「ガララという者だが、ギランから話を聞いているか？」

声をかけると、警備の冒険者はすぐに頷いた。

「ああ、例の。少しお待ちください」

冒険者はダンジョンを歩いている、一体のスケルトンに近づいていった。そのスケルトンは雑巾を手に、椅子を拭いている。

スケルトンが掃除をしている！

ガララの驚きをよそに、冒険者が掃除をするスケルトンに話しかける。するとスケルトンの動きが変わり、掃除用具を置いてこちらに近づいてきた。モンスターの接近に、ガララは腰の斧に手を掛ける。抜きはしないが油断はできなかった。

「お待ちしておりました、ガララ様ですね」

ガララの前に立つ、スケルトンは流暢《りゅうちょう》に喋った。しかしガララは驚かない。

スケルトンやゴーレム、パペット系モンスターはダンジョンマスターの傀儡《かいらい》でもあり、自在に操ることができる。ガララ自身、過去に何度かダンジョンマスターの声を聴いたことがあった。

「そうだ、ギルド長のギランから話は聞いている。俺を雇いたいんだってな」

「そのとおりです」

ガララの問いにスケルトンが白い顎を頷かせる。

「一つ聞くが、お前はダンジョンマスターか？」

「いかにもそのとおりです。とはいっても、これは本体ではありませんが」

ガララがズバリ問うと、スケルトンはあっさりと認めた。

予想していたため、驚きはなかった。しかし悲しみが出てくる。これからモンスターに雇われるのだ。かつて名うての冒険者と鳴らした自分が、あまりにも惨めだった。

「では職場を見てもらいますので、ついてきてください」

スケルトンが歩みだすので、仕方なくついていく。だが腰の斧には手を置き、いつでも抜けるようにしておく。

「ここがレストランとなります」

スケルトンに連れられてダンジョンの一角に向かうと、丈の低い柵で区切られたエリアがあった。中には幾つものテーブルと椅子が並べられている。ただし今は準備中の札が掛けられていた。

「料理人として、ここに住み込みで働いてもらいます。労働時間は朝夕の四時間ずつ、合計で八時間労働。給料や待遇に関してはすでに聞いていると思いますが、問題ありませんか？」

スケルトンが歩きながら労働条件を確認する。ガララは頷いたが、だがちゃんと働く気になるかどうかは別だった。

「では調理場のほうにご案内を」

スケルトンが先導する。モンスターの後に続きながら、ガララは苛立ちが募った。

こんなところで働けと言うギランも、モンスターのくせに冒険者を雇おうとするこいつにも腹が立った。ダンジョンにある調理場。きっとごみ溜めのように汚い場所だろう。そんなところで働かされるぐらいなら、いっそ……。

ガララは斧にかける手に力がこもった。しかし通された場所は、別世界のような所だった。

「なんだ！　ここは？　これが調理場だと⁉」

ガララは感嘆の声を上げた

床と壁は白く磨きあげられたタイルが敷き詰められ、塵一つ落ちていない。部屋の中央に置かれた調理台も、銀色に光り輝き汚れ一つ見えなかった。

天井や壁に吊るされているのは、赤銅色に光り輝く銅の鍋やフライパン。ほかにもさまざまな調理器具が整列し、使われるのを待っている。

魔道具で作られたコンロの数は十以上、壁には特大のオーブンが四つ。これほどの設備を備えた調理場を、ガララは見たことがなかった。

「こちらが食料庫となります」

ガララが呆然としていると、スケルトンが奥へと歩いていく。急いでついていくと、調理場の奥に巨大な扉があった。やけに分厚い金属製の扉が設けられている。

スケルトンが苦労をして扉を開けると、ガララの肌を冷気が襲った。

「むっ！　これは……氷室か！」

ガララは冷気の正体に気づいた。食料を保存するため、氷を生み出す魔道具で食材を冷やす装置があると聞いたことがある。しかし非常に高価で、大貴族や商人ぐらいしか使えないはずだ。

驚くべき設備だが、真に驚くべきはその中身だった。

みずみずしく新鮮な野菜に果物。卵にチーズ、ハムやソーセージが並んでいた。

さらに奥に進むともう一つ巨大な扉があり、扉の奥はさらに温度の低い氷室となっている。ここは冷凍庫となっており、大量の肉や魚が氷漬けにされ、解凍されるのを待っていた。

「どうでしょう？　何か設備として足りない物はありませんか？」

嫌味もなくスケルトンは聞いてくる。足りない物など何もない。最高の環境だった。

「設備がいいのはわかった。しかし店の経営はどうする？　あまり口を出されたくはないのだが？」

ガララとしては味もわからぬモンスターに、料理の文句をつけられたくはなかった。

「朝はともかく、夕方に関してはある程度自由にしていただいて構いません。適正な値段でおいしい料理を提供していただくこと。これが条件です」

スケルトンは意外にまともなことを言ってきた。

「当たり前だ、まずい料理など作らん。ぼったくりなどもせん。安売りもせん」

ガララは料理人として答えた。もっともここにある食材はかなり品質が良く、普通の庶民や冒険者の口には入らないような物ばかりだ。手頃な価格を考えると、相対的に安くなってしまうかもしれない。だが安さを売りにするつもりはない。味で勝負するつもりだ。

「朝はともかくと言ったが、朝食は何か考えがあるのか？」

「はい、ビュッフェスタイルにしようと考えています」

「ビュッフェ？　知らん言葉だ。何だ？　それは？」

「自分でとる形式の食堂ということです。数種類のパン。簡単な肉料理に卵料理、サラダにジュースなどを大きなテーブルに並べ、利用者が好きなようにとって食べるスタイルです」

スケルトンの言葉にガララは驚いた。

「待て、それでは食べ放題ということか⁉　冒険者相手にそんなことをしたら、あっという間になくなるぞ」

体が資本の冒険者は大食漢が多い。食い放題なんかにしたら食い尽くされてしまう。

「しかしお客の要望に応えるのも、仕事の一つでは？」

スケルトンに言い返され少し考える。ガララが駆け出しの頃はいつも腹をすかせていた。金が稼げず、十分食べられないので力が出ない。結果満足に動けず失敗するという悪循環だった。

腹をすかせて死んでいった仲間達も多かった。そのことを考えると、若い奴には腹一杯食わせてやりたいという気持ちはある。

「だが安売りはしないと言ったぞ」

「ですので、朝食の代金は一律銀貨一枚、千クロッカとします」

ガララは顎の髭に手を当てた。千クロッカ。食べ放題とは言え、朝食にそれは少し高い。

「ただし、ここで宿泊してくれているお客様には無料とします」

「なるほど、狙いはそこか」

スケルトンの答えにガララは納得がいった。このダンジョンには宿泊施設があると聞いていた。食い放題がついてくるというのなら、こぞって宿に泊まる者が現れるだろう。

このダンジョンはとにかく人を集めようとしている。ギランからも言われていたことだった。

カジノダンジョンはほかのダンジョンの中継地点に位置している。交通の便は良く、風呂や遊び場が目の前にある。さらに食べ放題の食事がついてくれば、居つく者も出てくるだろう。

冒険者を集めてダンジョンマスターがなにをしようとしているのか、元冒険者としては警戒すべきなのかもしれない。しかし料理人としては腕が鳴る話だった。

最高の設備、最高の食材、集客の見込める立地。

誰がやっても成功することは確実。ならば試されているのは料理人としての腕だ。

「わかった、ここで働かせてもらう」

ガララは大きく頷いた。

『カジノホテル、近日開店予定。予約受付中』

そんな張り紙が出されたのは、カイトがダンジョンマスターから手紙を受け取り、幾度かやり取りをした後のことだった。

ギルド長ギランが手配した料理人ガララは、カジノダンジョンで働くことに意欲的だった。やってきた三日後には開店記念の催しを行い、無料で料理が振舞われた。

催しは大盛況で終わり、翌日からはレストランが稼働した。その数日後にはバーも開業となった。

冒険の行き帰りに食事をしたがっていた冒険者は多かったし、カジノで勝った者がゆっくりと飲む場所も欲しがっていた。そのためレストランとバーの利用者は多かった。

かくいうカイトもその一人で、毎日のようにレストランに通い、時には仲間達と飲んでいる。そんな時だった。一体のスケルトンがレストランの壁に張り紙をした。

「カジノホテルねぇ、また何かやるつもりなの？　このダンジョンは」

メリンダは張り紙を見ながら呆れた声を出した。

「ホテルを一ヶ月借りて、一人部屋で九万？　三人部屋で一室二十五万⁉　たっか！」

張り紙に書かれている値段を見て、メリンダが声を上げる。

確かにこれは少し割高だ。三人部屋は人数で割れば一人頭は八万ちょっと。ロードロックなら一ヶ月の家賃は五万からが相場だ。これまで安値が売りのカジノだったのに、どうしたのだろう。

「部屋の内覧ができるみたいだな」

カイトは張り紙の隅に目を向けた。今ならホテルの見学ができるらしい。

「借りるかどうかは別として、見に行こうじゃないか」

カイトは仲間達に促した。高額すぎるので借りることはないだろうが、このダンジョンの変化は見ておきたい。仲間達も異論はないらしく、簡易ホテルがある区画へと足を延ばす。すると新たな通路ができており、ダンジョンが拡張されていた。

近づくと通路の脇では一体のスケルトンが立っており、恭しくお辞儀をする。

「これはカイト様。ようこそいらっしゃいました」

スケルトンはカイトを見て挨拶《あいさつ》をしてくれる。

おそらくダンジョンマスターが操っているのだろう。ほかのスケルトンとは動きが違うのでわかる。ダンジョンマスターとは手紙のやり取りを仲介したが、名前を憶えてくれていると思うと、何となくうれしい。

「カイト、喜んでない？」

メリンダが目ざとく内心を言い当てる。カイトは聞こえないふりをした。

「新しいホテルの中を見られるそうだけど、見学できますか？」

「もちろんです。どうぞ、こちらです」

スケルトンが案内してくれて、三人部屋を見せてくれた。

「へぇ、いいじゃない」

中を見たメリンダの声は明るい。三人部屋は大部屋に個室が三つ付いた造りとなっていた。大部屋には大きな机に椅子、巨大な姿見に棚や押入れと言った家具のほかに、小さいが金庫まであった。内装も綺麗で絨毯が敷かれ、絵なども飾ってある。

これまでの簡易宿泊施設は、値段は安いが狭くてあくまでも寝るだけの部屋だ。ここならのびのびと宿泊できるだろう。

「コンロや蛇口もある。これならお茶ぐらいなら飲めそうね」

ハーフエルフのシエルが、部屋の隅の設備を見る。確かに小さいが魔道具のコンロが置かれていた。大部屋に集まって、お茶を飲みながら会議なんていいかもしれない。

「個室もなかなかいいですね」

僧侶のトレフが小部屋を覗き込む。

個室のほうは寝台に小さなテーブルもあり、それなりにゆっくりできそうだった。

「ご契約されますと、日に一度スケルトンが清掃に来ます。貴重品は金庫に入れておいてください。また清掃を望まれない場合は、扉に札を掛けていただければ、清掃に入りません」

スケルトンが教えてくれる。掃除をしてくれるのは助かる。

「なかなかいい部屋よね。ロードロックでこのレベルの宿に泊まろうと思ったら、八万クロッカはするんじゃない」

斥候のアセルが部屋の寝台に座り、敷布を撫でる。

確かに価格に見合った部屋だが、今のカイト達には手が出ない価格帯だ。

「ん？　これは？」

カイトは大部屋の机に置かれた、三枚の小さな紙を見つけた。紙には『朝食券』と書かれていた。

「この部屋に宿泊のお客様には、朝食が付いてきます。レストランで朝食をご用意させていただきますので、その券をお持ちになってください」

スケルトンが朝食のサービスを教えてくれるが、これは珍しいことではない。大抵の宿なら昨日の残り物と、パンぐらいは出してくれる。もっとも、量が少なくて困るけれど。

「当ホテルの朝食は、ビュッフェスタイルとなっております。是非一度ご利用ください」

「ビュッフェ？　なんだ、それは？」

カイトの知らない単語だった。だがわくわくする。このダンジョンで馴染みのない言葉は、決まっていいことの前触れだからだ。

「自分で食べたいものを、取っていただく形態の食事方法です。大きなテーブルにお食事をご用意させてもらいますので、それをお客様が好きなものを好きなだけお取りください」

「ちょっと待て、それは食べ放題ということか？」

「はい、そうなります」

前のめりとなるガンツに、スケルトンは頷く。

「待ってよ、それはどんな食事なの？」

食べ放題でもまずい食事ばかりだと困ると、メリンダが問う。

「数種類のパンに卵料理と肉料理。サラダに果物。スープとジュースがついてきます」

肉料理と聞いて男性陣が、果物と聞いて女性陣がざわついた。

「味に関しては口で説明することはできませんが、レストランで提供している品質と同程度を保証いたしますよ」

スケルトンはさらりと言ってのけるが、レストランの食事は品質がよいことで有名だ。値段はやや高いが、普段口にすることのできない高価な食材も多く、値段以上だとロードロックの商人達も噂している。

「その朝食、ホテルの宿泊客以外は利用できないの？」

もし泊まれなくても利用したいと、メリンダが尋ねる。

「ご利用になれますよ。ただその場合は一律、千クロッカとさせていただきます」

スケルトンの答えは悩ましいものだった。食べ放題とは言え、一回の朝食に千クロッカは高い。しかしホテルに泊まれば無料だ。カイトは仲間達と顔を見合わせた。

「おい、どうする？」

「八万は高いが食べ放題か」

カイトの問いに、ガンツは少し迷っているようだった。

「でも一食千クロッカの朝食がついてくるなら、差し引きすれば宿代は五万よ、これは安くない？」

メリンダは乗り気だ。ホテルの設備はいいし、ここなら毎日風呂に入れるからだろう。

ガンツやトレフは食い放題に惹かれている。シエルとアセルも綺麗な部屋を喜んでいた。

「部屋、空いていますか？」

カイトは向き直りスケルトンに尋ねた。部屋はまだ十分空きがあり、仮契約は簡単にすることができた。一仕事終えたカイトは、レストランで一息ついた。

時刻は昼過ぎ、レストランの営業時間は朝と夕方だけだが、昼はカフェとして営業している。今は簡単な飲み物と、ちょっとしたデザートが楽しめる。カイトはお茶を頼み、喉を潤す。

周囲に仲間の姿はなかった。

メリンダ達は風呂に、ガンツ達はカジノに向かい久しぶりに一人だった。

ゆっくりした時間を味わいながら、カイトはどんどん快適になっていくカジノのことを考えた。

正直、カジノダンジョンは居心地がよすぎる。ロードロックではなく、本格的にここを拠点にしたいぐらいだった。とはいえ時には街に戻らないといけない。

ダンジョンで手に入れた品物を売らなければいけないし、ギルドにも顔を出す必要がある。ここに買い取り所があればもう少し楽になるのにと思った時、カイトの頭に閃《ひらめ》くものがあった。

「そうか！　ここに買い取り所を造ればいいんだ！」

カイトは指を鳴らした。ロードロックからカジノダンジョンまでは、徒歩で一時間の距離だ。買い取り所の出張所を作れば、街まで戻る必要がなくなる。

「ああ、でも買い取り所だけじゃ駄目だ。武具の整備や購入もしたい。そうなると工房を造って商人も呼ばないと……」

カイトはすぐに、買い取り所だけでは足りないと気づいた。

カジノダンジョンは、現在武器の取り扱いをやめている。装備の購入や整備をするには、商人や鍛冶屋を連れてくる必要がある。しかしそうなると規模が大きくなりすぎる。

買い取り所一つだけならまだ簡単だが、商店や鍛冶屋となると、それなりの設備がいる。さらに従業員のことを考えれば、住居も必要となってくる。そうなれば小さな街だ。

「いや、まてよ。いっそのことギルドの支部を出してみれば？」

カイトの頭の中で逆転の発想が起きた。無理に規模を小さくする必要はない。すでに多くの冒険者が集まっているのだから、ここに冒険者ギルドの支部を出せばいいのだ。それにもう自治のために、警備として冒険者を派遣している。ここにギルドの支部を造り縄張りを明確にしておけば、今後このダンジョンで新しい変化が起きた時にも、真っ先に利権に食い込める。

ギルド主導で、ダンジョンの上に街を造る。そのうえでギルドが契約している、商人や鍛冶屋などに来てもらえばいい。

悪くないかもしれない。

カイトは自分のアイデアに自信を持った。少なくとも、金の臭いはプンプンする。

メリンダも言っていたが、自分にはこういったことを考える才能があるのかもしれない。

「ギルド長に話してみるか」

少なくとも一考の価値はある。カイトは思考を巡らし、説得の手順を考えた。

俺はその時、カジノダンジョンの最下層に作った私室で過ごしていた。長椅子に座り本を手にしていると、扉がノックされた。許可すると真っ白なスケルトンが入ってくる。その右の鎖骨には黒い毛玉が乗っていた。我が副官のケラマである。

「マダラメ様、報告書をお持ちしました」

「おお、悪いな。明日でもよかったのに」

「いえ、お伝えしたいこともありましたので」

俺は本を閉じ、長椅子の前の膝丈のテーブルに置いた。ケラマはスケルトンを操って俺に歩み寄り、持ってきた書類を渡す。俺は報告書を受け取って中を確認した。書類には今日一日の冒険者の出入りや、出ていったコインの枚数。交換された景品の種類と数。そして入ってきたポイントが事細かに記されている。俺が報告書を確認している間、暇を持て余したケラマが俺の部屋を見回す。

「マダラメ様。お部屋をもう少し大きくされてはいかがですか？　いささか手狭かと」

「ん？　そうか？」

俺は自分の部屋を見回した。十畳ほどの部屋にはシングルの寝台が一つに、長椅子が二つ。そして本を置いた膝丈のテーブルと、壁には棚と衣装箪笥《いしょうだんす》が一つずつ置かれていた。

「こんなもんだろ、寝て着替えるだけの部屋だし」

「では寝台を新調されては？　睡眠は大事ですし」

「いいよ、もったいない。ああ、でも本棚はもう一つ欲しいかな。そろそろ埋まりそうだ」

俺はテーブルに置いた本を見た。冒険者を通じて買い求めた本なのだが、この世界の本は総じて巨大で本棚を圧迫する。

「読書は良い趣味だと思いますが、面白かったですか？」

「内容は神話と言うかおとぎ話だ。よくある話だよ。昔々二柱の神様がいた。全知の神様と創造の神様だ。神々は人間と楽園を造り、楽しく暮らしていた」

ただし神様が二人いたら絶対うまく行かないパターン。創造の神は人間と共に生きることを不満に思い、全知の神と争いになった。

「二柱の神様は争いあい、大地は荒廃して楽園は消え去った。全知の神は地の底に創造の神を封印しようとした。しかし創造の神も封印される間際に、神々の金属でできた槍を投げた。全知の神は槍に胸を撃ち抜かれて絶命、創造の神も封印された。そして神様がいなくなり、楽園も消え去った世界に人類は放り出されましたとさ」

俺はオチまで話した。よくある神話の形だろう。

「神様が複数いると、たいてい碌な結末にならないから嫌だ。まぁ、一神教も胡散臭いけど」

俺はどこも一緒だと笑った。ただこの世界で広く信じられている救済教会《きゅうさいきょうかい》は、この全知の神を崇めているので、あまり馬鹿にしすぎるとよくないが。

「しかしわかりませんね、全知の神はこの結末を予想できなかったのでしょうか？　そして創造の神は何故争ったのでしょうか？　何でも生み出せるのならば、分け合えばいいのに」

ケラマが物語の根幹を突いてくる。確かにそれはそうだ。この物語には大きな矛盾がある。

「この世界の人間の解釈としては、神も神の行動を予知できなかった。創造の神が邪悪だったから。と言っているみたいだ」

「つまらない答えですね」

通俗的な解説を聞き、ケラマが口をへの字に曲げる。俺もそう思う。

「それで報告書だけれど、カジノはどんな様子だい？」

「全て順調です。宿泊者向けの朝食は好評ですね。たださすがに冒険者はよく食べるので、最後には用意していた食材が底をつきましたが」

「ありがたいことじゃないか」

俺としては文句がない。食材はありふれたものなので、それほど高価ではない。食事の時間や宿泊している間に入ったポイントで十分に賄える。

「そもそもレストランの食事を食べてくれるかが心配だった。受け入れてもらえてよかったよ」

「もともと景品で出しているお酒や、携帯食料は問題なく使用していますからね」

ケラマに言われてなるほどと思う。そういえば初めから酒は出していた。

「宿泊施設も、ケラマの言うとおり強気の値段でも大丈夫だったな」

俺は少し高いと思ったのだが、これぐらい強気の値段でも問題ないとケラマが主張した。実際、全室が即日に完売となった。

「実力のある冒険者なら、あの程度の料金は払えますよ。むしろ追加で造りすぎましたね」

「ああ、あれは反省している」

完売したのに気をよくした俺は、追加で五つ部屋を増やしてみた。しかし埋まったのは二つだけで、残りの三つは売れなかった。簡易宿泊施設のほうはいつも満室なので、彼らには高すぎる値段設定なのだろう。いずれ成長した冒険者が、あそこを借りてくれると思っておこう。

「ところでマダラメ様。おめでとうございます」

「ん？　何がだ？」

「お気づきになられませんでしたか？　今日はついに、一日の獲得ポイントが差し引き一万ポイントを超えました。素晴らしい成果です」

ケラマに教えられ、俺は渡された報告書を再度確認した。確かによく見てみれば、入ってきたポイントと景品として出されたポイントの差し引きが、一万ポイントを超えていた。どうやらこれを伝えるために、報告書を持ってきてくれたらしい。

「ついにか。しかしこれってすごいのか？」

「もちろんです。半年で一日一万ポイントを獲得したマスターは、数えるほどしかいませんよ」

褒められると少し誇らしい。もとの世界では落ちこぼれで通っていたので、褒められた記憶がちょっと思い出せない。

「でも、ここらが打ち止めだな」

褒めてもらって悪いが、ここが上限だった。

城塞都市ロードロックの冒険者人口は、二百人から二百五十人程。うちのカジノに遊びに来てくれているのは、そのうちの七割から八割。数にすると百五十人から百八十人程だ。さらにカジノに宿泊してくれているのは、二十二組で百四十人だ。

商人や街の住人も来てくれているが、ダンジョンに来る物好きは数が知れている。せいぜい百人前後で、そこで頭打ちとなっている。

「ロードロックの冒険者が増えてくれない限り、これ以上の収益は望めない」

俺は息を吐いた。半年で急成長を遂げたと言えば聞こえはいいが、ここが成長限界であり、あとは緩やかに降下していくだけだ。

「一日一万。一年で三百六十万。三年で約一千万。三十年で一億か。百億稼ぐのに三千年かかるな」

こりゃ無理だと笑うしかない。

「ダンジョンコアが破壊されない限り、マスターが死ぬことはありませんよ？」

「たとえ死ななくても、カジノが保たないよ」

俺はケラマに笑って答えた。三千年も続くカジノは存在しない。人間の嗜好《しこう》は変わるし、ギャンブルの形態も変化する。今はいいが、いずれカジノダンジョンを真似したような施設はできるだろう。十年もしないうちに、時代遅れとなってしまう。

「せめて今の十倍、いや、五十倍はお客が来てくれないと、どうしようもないな」

俺は百億達成を諦めた。そもそも百億という目標設定が高すぎるのだ。しかし現状どうしようもない。ロードロックの冒険者人口を五十倍にするなど不可能だ。

「車。いや、飛行機でもない限りなぁ」

俺が居た世界のようにグローバル化が進み、物流や人の流れが速く、そして大きくなればなんとかなるだろう。だがそれが実現するには本気で数百年かかる。

あとは気長にポイントが貯まるのを待つしかなかった。

「まぁ、スローライフでも楽しみますか」

俺は足を投げ出して、椅子の背もたれに体を預けた。

第四章　グランドエイトからの召喚状

俺はその日、自分のダンジョンであるカジノダンジョンの一階を歩いていた。すると革鎧に剣を腰に差す冒険者が俺の前に立ちはだかった。俺を見た冒険者は口元を歪める。

「よぉ、ジェイク。調子はどうだ？」

「まぁまぁさ、そっちはどうだ？」

「良くないね、金も女も俺の前では素通りさ。お前みたいに、羽振り良くいきたいもんだよ」

冒険者は丁寧にセットされた俺の金髪や、仕立てのいい赤いジャケットを見る。少しやっかみがあったが、冒険者は笑って俺の肩を叩き去っていった。

俺がさらにカジノダンジョンを歩くと、顔見知りの冒険者が次々に挨拶する。俺は愛想よく手を振り返事をして歩いていく。

俺の正体がこのカジノダンジョンのダンジョンマスターであると知れば、彼らはどんな顔をするだろうか？　俺は内心で悪戯《いたずら》な笑みを浮かべ、またすれ違う冒険者に愛想笑いをした。

俺がこの世界に来て、そろそろ一年が経とうとしていた。さすがにダンジョンの奥に籠もってばかりでは気が滅入る。そのためカジノフロアに足を運び、気晴らしをするようになった。

もっとも、カジノを歩いているのは俺の本体ではない。ダンジョンコアでは、パペットというモンスターを作ることができた。人型をしており、安いものであれば木製のマネキンのような姿をしている。ただポイントをつぎ込めば、人間そっくりに作ることも可能だ。そしてダンジョンマスターは、スケルトンやパペット系モンスターに精神を憑依させ、遠隔操作することが可能なのだ。

この憑依による遠隔操作はかなり高性能で、触感や温感、痛覚すら存在する。本当に自分がそこにいるかのような感覚が味わえる。ダンジョンの地下に居ながらにして、いろんな場所に遊びに行けるのだ。

俺はスロット台やブラックジャック台が並ぶカジノコーナーを抜けて、酒場へと向かった。ギャンブルは好きだが、自分で開いている賭場で遊ぶ意味がなかった。勝っても負けても得しない勝負には熱くなれない。酒場に到着した俺は、いつも使っている席に座った。バーテンに高い酒を頼むが、別に酒を飲みに来たのではない。

俺がグラスを傾けていると、店を出ようとしていた赤毛の中年と青い髪の青年が足を止める。赤毛の男は剣を腰に下げて鎧を着ており、青い髪の男はローブ姿に杖を持っていた。

「おう、ジェイク。今来たのか」

「エイリクとストレガか。そっちはもう帰るのか?」

俺は声をかけてきた赤毛のエイリクに返事をし、青い髪のストレガにも軽く頷いて挨拶する。二人はロードロックの冒険者で、ジェイクの飲み仲間でもある。

「明日も仕事だからな、今日は帰るよ。また今度奢《おご》ってくれよな」

エイリクが気安い声をかける。だが俺は嫌な顔をしなかった。俺が演じているジェイクという男は、放蕩貴族で奢り癖があることで通っている。

「ああ、構わないよ。ただし、面白い話を聞かせてくれたらな」

俺は一つ注文を付けた。わざわざパペットを使い、妙な変装までしてカジノに顔を出しているのは、冒険者達と交流するためだ。

なんでもこの世界には、奈落まで続いているゲルバの大穴なんてものがあるらしい。また神様が造ったとされる天にまで届く塔や、山脈ほどの大きさがある世界樹なんてものも存在するそうだ。また千年前には神話戦争なんて、神々の戦いがあったという伝説があり、ゲルバの大穴はその時にできた物ともいわれている。

どこまで本当かわからないが、ダンジョンから出ることができない俺にとって、冒険者達の話だけが楽しみだった。

「いいぜ、今度八大ダンジョンの話を聞かせてやるよ。俺のじいさんはダンジョンの最高峰、白銀のダンジョンに挑んでいたんだぜ」

エイリクが言うと、店で飲んでいた禿頭《とくとう》の冒険者キルドネが笑う。

「気をつけろよ、ジェイク。そいつのじいさんは法螺《ほら》吹きで有名だからな」

「うるさい、じいさんを馬鹿にするな。大体、手柄話なんて法螺のほうが面白いだろうが！」

エイリクは祖父の話を信じていないようだった。だが俺も面白い話なら真偽は別にどうでもいい。

「そんな奴の話より、俺がもっと面白い話をしてやるから奢ってくれよ。救済教会の総本山エルピタ・エソにある神剣ミーオンの話や、剣豪シグルドの話なんてどうだ？」

キルドネの言葉をエイリクが笑った。

「ミーオンの話や剣豪シグルドの話なんて、誰でも知っているだろうが。なぁ？」

エイリクが俺を見る。確かに救済教会の本部がある聖地には、神が作った神剣が突き刺さっているそうだ。そして剣豪シグルドの名も、当代一の剣士として有名である。

「うるせぇ！　人類最強であるシグルドの話は、いつでもどこでも盛り上がれるだろうが！」

「はぁ？　馬鹿言ってんじゃねぇぞ、最強の男は暗殺ギルドを壊滅させた暗殺者、夜霧に決まっているだろうが！」

エイリクが言い返す。夜霧といえばこの世界を裏で牛耳っていたと言われる暗殺ギルドに所属していた暗殺者だ。しかし夜霧は、たった一人で暗殺ギルドに反旗を翻《ひるがえ》した。そして襲い来る暗殺者を返り討ちにし、ついには首領を殺して壊滅させたと聞く。

「夜霧なんて、本当に実在するかどうかも怪しい男だ。だが俺は東クロッカ王国で開かれた御前試合で、シグルドの試し切りをこの目で見ているんだよ。御前試合ではシグルドのために、身の丈を超えるほどの鉄球が用意された。とても剣で切れるようなものじゃねぇ。しかしシグルドはこれを易々と切ってみせた。あの恐るべき獅子のごとき双眸《そうぼう》。あいつは別格だ。俺達とは生物としての格が違う」

キルドネが首を横に振って唸る。シグルドを見たことがある冒険者は、あれこそが最強の剣士だと誰もが口を揃える。

「シグルドは八大ダンジョンの一つ、黒竜のダンジョンに挑んでいると言う。シグルドなら八大ダンジョンを崩したとしてもおかしくねぇ。地上最強の剣士はシグルドだ」

「はっ、確かにシグルドは強いよ、それは認める。だが殺し合いの場でなら、夜霧に狙われて生き残れる奴はいないね。俺もあいつの強さを、この目で見たからな」

エイリクの言葉にキルドネが笑った。

「はぁ？　法螺吹くんじゃねぇよ。夜霧は姿すら見た者はいねぇんだ。殺しの瞬間なんて、お前が目撃できるわけねぇだろ」

「ああ、殺しの瞬間は見てねぇよ。だが見たんだ。何を言っているかわからねぇと思うが、まぁ聞け。あれは俺が北のカッサリア帝国にいた時のことだ」

エイリクが滔々《とうとう》と語り出した。

「俺が入った酒場に、ガンビノって奴隷商がいた。村を略奪しては、子供を捕らえて売り捌く男でな。誰がどう見てもクソ野郎だった。だが誰もガンビノには手出しできなかった。あいつはいつも二十人の護衛を連れていたからな。ガンビノは得意げに、太い葉巻を燻《くゆ》らせてやがったよ」

エイリクは顔を歪めて吐き捨てた。

「嫌な奴がいる店に入ったと思った俺は、さっさと飲んで出ていこうとした。その時だ、突然ガンビノがいた方向から叫び声が聞こえた。目を向ければ、さっきまで生きていたガンビノの首が切り裂かれていたんだ」

話すエイリクの顔は青ざめ、体がびくりと震える。

「俺がガンビノから目を離したのは一瞬だった。誰もガンビノ達に近づいていないし、去ってもいない。それどころかガンビノの葉巻から立ち上る煙は、しっかりと形を残していた。二十人の護衛や店の人間にも気づかれず、それどころか煙草の煙すら動かさない手並み。あんなことができるのは夜霧に間違いねぇ。あいつに狙われたら、誰も生きていられねぇ」

続くエイリクの言葉に、キルドネは黙るほかなかった。

「風の噂だが、夜霧も八大ダンジョンに挑んでいるという」

「はぁ？　なんで暗殺者がダンジョンにいるんだよ！」

「詳しい理由は俺も知らん。誰かが八大ダンジョンの一つを攻略してみろと、依頼したとかしなかったとか。だが、夜霧なら本当に攻略してしまうかもな」

エイリクは遠い目をしながら頷く。

「ふざけんな！　ダンジョンは冒険者の縄張りだ。いくら凄腕の暗殺者でも、ダンジョンでは通じねぇよ。八大ダンジョン攻略の一番乗りは、シグルドに間違いねぇ」

そこは譲れないとキルドネが唾《つば》を飛ばす。そしてエイリクとキルドネはどちらが最強か、誰が最初に八大ダンジョンを攻略するかで言い合いを始める。

側で聞いている俺としては、酒を奢ってもいないのに面白い話が聞けて嬉しい限りだ。

俺はエイリクの仲間である、青い髪のストレガに目を向けた。

「お前は誰が一番強いと思う？」

さらに面白い話を聞けるかと思って水を向けると、ストレガは笑った。

「決まっている。魔法都市ガン・ドロノフの天才、灰燼《かいじん》の魔女ことアルタイル・ヴァーミリオンだ」

ストレガが断言したのは、これまたよく聞く名前だった。魔法貴族ヴァーミリオン家の令嬢であるアルタイルは、魔法都市始まって以来の天才と呼び声高い。

「ジェイクはブレナ荒野に、ドーラーンの大穴と呼ばれる場所を知っているか？　その場所にはもとはドーラーン砦《とりで》と呼ばれる砦が存在したが、アルタイルが魔法で砦ごと吹き飛ばしたと言う。その時アルタイルはまだ十代の若さだったそうだが、クラスⅧの魔法を単独で発動させたそうだ」

ストレガはまるで自分のことのように誇らしげに語った。クラスⅧやⅨの魔法は、単独での発動がほぼ不可能とされており、複数の魔導士でようやく使用可能と聞く。それを十歳の少女がやってのけたとするのなら、確かに天才だろう。

「そういえばアルタイルも八大ダンジョンに挑んでいるらしい。彼女の魔法をくらえば、どんなモンスターでもひとたまりもない。最初に八大ダンジョンを攻略するのは彼女かもな」

ストレガが頷いていると、二つの声が同時に上がった。

「おいおい待てよ、剣士の戦いに、魔法出すのはずるいだろ！」

「夜霧だったら、魔法を使う前に仕留めるね！」

エイリクとキルドネが口を揃える。対するストレガは、仕方ないと首を横に振る。

「わかりましたそれでいいです。ですが一番かわいい冒険者はアルタイルです。異論は認めません」

「おい、こいつ救済教会の信者全員を敵に回したぞ」

「一番かわいい冒険者は、救済教会の聖女、クリスタニア様に決まっているだろうが！」

エイリクとキルドネがまた声を揃える。

「二人ともアルタイルの顔を見たことないからそう思うんですよ。あの子めっちゃ可愛いですよ」

「不信心者め、お前はクリスタニア様に会ったことがないからそんなことが言えるんだ。俺は以前エルピタ・エソに巡礼した時、クリスタニア様の説法を聞いたことがあるんだよ」

口を尖らせるストレガに対し、エイリクが唾を飛ばす。

「ふん、お前は説法を聞いただけか。俺はクリスタニア様に怪我を癒してもらったことがある」

キルドネは腕をまくり、二の腕にある傷あとを指差す。

「お前、まさか癒してもらうために自分で傷をつけたのか！」

「そんなことするかよ、ただモンスターとの戦いで、ちょっと回避を遅らせただけだ」

「おま、それはずっけぇだろ！」

エイリクがキルドネに食って掛かる。俺とストレガは笑うしかない。

クリスタニアは救済教会が百年ぶりに聖女と認定した女性だ。卓越した癒しの技を持ち、失われた手足すら再生させると言われている。そういえば救済教会はダンジョンの攻略を標榜《ひょうぼう》しており、クリスタニアもダンジョンの攻略に積極的だそうだ。嘘かほんとか、彼女もまた八大ダンジョンに挑んでいると言う。クリスタニアは僧侶であるため戦う力を持っていないが、彼女の仲間は負傷を恐れず戦うことができる。一番八大ダンジョンの攻略に近いのはクリスタニアかもしれなかった。

エイリクとキルドネ、そしてストレガも加わり誰が一番強いか最初に八大ダンジョンを攻略するかで言い合いを始める。どこの世界でも、誰が最強かの議論は男の大好物だ。

「全く頑固者共め。最強はシグルドに間違いないのに」

「そういうお前こそ、夜霧を知らんからそんなことが言えるんだ」

キルドネとエイリクが言いあう中、ストレガがやれやれと首を横に振る。

「一番かわいいのはアルタイルなのに」

「「お前は黙ってろ」」

エイリクとキルドネは仲良くストレガを睨む。側で聞いていた俺としては笑うしかない。

「まぁなんでもいいよ、その話の続きはまた今度やってくれ。面白い話を聞かせてくれたら、一杯奢るからさ」

俺が言うとエイリクとストレガは、ぶつぶつと言いながら店を出ていった。俺が笑って二人を見送ると、背後から声がかけられる。振り向くと金髪にくせ毛の女冒険者がいた。

「やぁ、アレサンドラ。今日も綺麗だね」

「フフッ、ジェイクはいつも正直者ね」

適当な褒め言葉に、アレサンドラが笑う。俺の言葉はただのリップサービスだが、最近ロードロックの女性は美しくなったと評判だ。

「その爪、新色かい？　綺麗だね、よく似合っているよ」

俺は目ざとく、アレサンドラの爪を見る。彼女の爪は光沢がある桃色に染まっていた。

「そうなの、わかる？　このマニキュア、ようやく手に入ったのよ」

アレサンドラは貯めていたコインを放出して、ようやく買えたと喜んでいた。

カジノダンジョンでは以前から研究していた化粧品や女性向けの服を、最近景品として並べ始めたのだ。人気は上々で、女性冒険者はこぞって買い求めてくれた。近くにある街ロードロックでも人気らしく、商人達が買いに来てくれる。ありがたい話だし、こうして褒めておけば需要が高まるので、見つけたらできるだけ褒めるようにしている。

「でも欲しい小物やアクセサリーもあるし、お金が足りないわ」

アレサンドラは顔を顰める。ファッションに散財した女性達は、誰もが金欠だ。

「ねぇジェイク。今夜食事でもどう？」

アレサンドラが、俺の肩に手を置いて誘う。

ジェイクは割とモテる。顔は整っているし何より金持ちで羽振りがいいため、女性から口説かれることも多い。もちろん金目当てだとわかっているが、悪い気はしない。

「ああ、いいね。でも今夜は駄目だ。ミンシアに誘われている」

「もう！　またあの女！　どこがいいのよ、あんなの！」

俺が断ると、怒ってアレサンドラは去っていった。

ちなみにミンシアとは、俺が操っている仮の姿の一つだ。女装趣味があるわけではないのだが、女性のニーズを調べるために作った。ただ最近では誘いを断る理由に使うことが多い。

それから俺は二時間程酒場で飲み、冒険者達との交流を深めた。特に最近の話題は、カジノダンジョンの上に造られる街のことでもちきりだった。

どうやらカジノダンジョンの上に、冒険者ギルドの支部を造るつもりらしい。ギルドに付随して買い取り所や武具の修繕を行う工房、武具そのものを売る商店なども建てるようだ。さらに従業員用の住居の建設も考えているらしく、ちょっとした街といった規模になる予定だそうだ。しかもこれを発案したのが、冒険者であるカイトだと言うのだから驚きだ。

カイトは最初にカジノダンジョンに来てくれた冒険者だった。その後もカジノに居ついてくれたが、まさかカジノの上にギルドを造ろうとするとは思わなかった。しかしこれはありがたい話だ。ダンジョンコアはダンジョン内部からだけではなく、周辺からもマナを吸収してポイントに変換できる。ダンジョンの上に人が住むようになれば、そこからもポイントが獲得できるだろう。

最初にカジノに来てくれたカイトが、こういう形で俺に利益をもたらしてくれるとは思わなかった。ぜひ頑張ってもらいたい。

冒険者達と話を終えた俺は、ジェイクの名義で借りているホテルの部屋に戻る。

ホテルでも高めの部屋に入ると、大きな寝台の上で横になった。

「憑依、解除」

目を瞑《つむ》り宣言すると、一瞬浮遊感が体を襲う。そしてゆっくりと目を開けると、いつも使っている俺の部屋だった。憑依してパペットを操作している間、俺は椅子に座り、眠ったような状態となっている。俺は椅子から立ち上がると軽く伸びをした。憑依している間どれだけパペットを動かそうと、本体は全く動いていないので、体が固まるのだ。

ケラマがいるモニタールームに行こうと、俺は部屋の扉を抜けて一本の細長い廊下に出た。この廊下はモニタールームやダンジョンコアがある部屋に繋がっている。

モニタールームに向かおうとすると、廊下を歩く人影が見えた。

小柄で青い髪にショートカットの女性だった。黒い服に長いスカート、白いエプロンを身に着けている。いわゆるクラッシックタイプのメイド服だ。俺は彼女に声をかけた。

「マリア、ちょっといいか?」

俺が声をかけると、スカートを翻して女性が振り返る。端整な顔立ちに青白い肌。黒い瞳は大きいが、その焦点は合っておらずどこか虚ろであった。

マリアは俺が作ったモンスターだ。だが生きてはいない。『動く死体』いわゆるゾンビだった。

「調子はどうだ?」

俺は明るく声をかけた。もちろんゾンビに体調も何もないのだが、会話のきっかけだ。

俺の問いに対し、マリアは焦点の合わぬ瞳で俺を見つめる。その小さな唇は閉じられたまま、ゆっくりと、かなり間をおいてマリアはコクンと頷いた。

「そうか、それはよかった」

独特な間を持つマリアのペースに俺は合わせる。ゾンビ娘として作ってしまったのは、誰を隠そう俺である。基本的なデザインはケラマに丸投げしたのだが、その時、何故か俺はアンデッド系モンスターと言う注文をつけてしまったのだ。スケルトンばかり作っていたので、アンデッド系縛りにしなければいけないと思い込んでいた。

マリアを作ってすぐに、俺は自分の無意味な思い込みに気づいた。だが作ったからには捨てるわけにもいかない。それにマリアはなかなか役に立っていた。

「さっきカジノを見てきたんだが、君達が作った服や化粧品は好評だったぞ。さすが景品開発部門だな。おかげで助かっている」

俺はマリアを褒めた。カジノの景品に服や化粧品を加える試みは、ずっと前から行《おこな》っていた。しかし男の俺が作った物はどうにも野暮ったく、景品化は遅々として進まなかった。

そのため女性の人格を持つマリアを生み出し、服や化粧品の開発をさせたのだ。

「次回作の試作品を見たいんだけれど、景品開発部に顔を出していいか？」

尋ねるとマリアは間を置いた後またコクンと頷く。マリアには知性も与えているし、声帯もあるのでちゃんと喋れる。だが口を利くことは稀《まれ》だ。何故喋らないのかはわからないが、これも個性と思って気にしないことにしている。

「それではいこうか」

俺は景品開発部に向かって歩く。その後ろをマリアがメイドよろしくついてくる。少し歩くと『景品開発部』とプレートに書かれた扉が見えてきた。俺は扉をノックした、しかし返事はない。

「入るよ」

扉を開けると、そこは縦長の部屋だった。長い机が中央に置かれており、両脇の壁は棚で埋め尽くされていた。棚の中には、瓶に入れられた薬草や染料が並べられている。中には粉末にされた宝石や金粉なども あった。

部屋の中には、マリアと同じ服装の女性が二人いた。黄色い髪をしたセミロングの女性は、すり鉢を片手に薬草を潰している。別の場所では、緑の髪にロングヘアの女性が裁縫をしていた。

「やぁ、メリア、アリア」

俺が声をかけると、二人は顔だけをこちらに向けた。その顔は後ろにいるマリアと酷似している。

彼女達はマリアの妹として作ったゾンビ娘達だ。マリア一人では手が足りないので、追加で二人作ったのだ。その時マリアに、顔と体形は同じにしてほしいと言われた。ただ全てが同じだと見分けがつかないので、髪の色と髪型だけは変えてもらっている。青い髪にショートが長女のマリア、黄色い髪にセミロングが次女のメリア、緑の髪にロングヘアが三女のアリアだ。

「二人共、元気か？」

俺はわかりきっている問いをここでもした。マリア達ゾンビ娘は何故か無口なので、こちらから話しかけないと何日も会話がない状態になる。それはよくないので、答えがわかりきっていても声をかけることにしている。

俺の声かけに対し、やはり二人は口頭での返事をしなかった。だがマリアと同じくコクンと首を頷かせる。

元気なのはいいことだと、俺も頷いておく。

「さっき上で見てきたが、化粧品は好評だ。メリア、君の作ったマニキュアは人気だったぞ。アリア、君の作った服も好評だ。だが好評すぎて、同じ服を着ている人をちらほら見かけた。同じ服でも色違いや小物で、変化をつけられるようにすべきだな」

俺が話していくと、メリアとアリアが頷く。感情に乏しく何を考えているかわからないが、ちゃんと話は聞いてくれる。何を考えているかは永遠の謎だが。

「マリア、新たに作った化粧品を見せてくれるか？」

俺が促すとマリアが頷き、口紅にファンデーション、アイシャドーにマニキュアを並べてくれる。これらは全て彼女達の手作りだ。ダンジョンコアで化粧品を作ることもできるのだが、コアでは細かな調整が面倒だった。化粧品だとほんの僅かな発色の違いが重要になってくる。そのためマリア達が調合した物を、複製することにしているのだ。

俺はマリア達が作った化粧品を、手に塗って使用感を確かめる。正直、男の俺に化粧品の良し悪しはわからない。だが下の者が作った物を、最後に確認するのは上に立つ者の義務である。

「使用している材料に、毒性のあるものはないな」

俺は大事なことを確認した。昔の化粧品は、鉛やら毒のある鉱物などが使われていたと聞く。化粧品が毒だとなれば、危険視されてダンジョンが攻略されるかもしれない。化粧品の安全性は最重要項目だった。

俺の問いに対して、マリアは再度頷く。その頷きは、先程よりも強い気がした。彼女もそこは抜かりがないと言うことだろう。

「複製機の調子はどうだ？　数は足りているか？」

俺は景品開発部の奥に目を向けた。この部屋の奥には、品物を複製できる装置がある。もととなるオリジナルは必要だが、品物さえあれば複製できる便利装置だ。さらにその隣にはカジノの景品交換所に通じる転移陣も存在し、景品を円滑に送ることが可能だ。

マリアはこの問いにも頷いた。

「そうか、何か必要なものがあったらすぐに言ってくれよ。なんでも揃えるからな」

俺は念を押しておく。マリア達は無口なので、必要なものがあってもなかなか言わないケースがある。マリア達との意思疎通は、よく行《おこな》っておかねばならない。

俺の言葉に、マリアはまた頷いた。

「それじゃぁ、これからもよろしく頼むよ」

最後にそう言うと、マリア達三人娘が揃って頷いた。


景品開発部を出た俺は、モニタールームに入った。

壁一面が画面で覆いつくされた部屋では、机の上に座るケラマが体ごとこちらを向く。

「戻られましたか、マダラメ様」

俺は返事をしながら、毛玉のようなケラマを見る。

ポイントには余裕があるし、ケラマの体を人型にするのは可能だった。しかしケラマはこれで十分だと言う。本人がそれでいいならいいとしているが、やはり不便ではなかろうか？

人型の体を与えるべきかと考えていると、ケラマは居住まいを正してこちらを見る。

「実はマダラメ様に、お話しすることがあります」

「どうした、改まって」

「おめでとうございます、マダラメ様。今日は貴方がダンジョンマスターとなって一年目の日です」

「おおっ！　そうか、今日で一年か！」

ケラマの祝辞を聞き、俺はそうだったのかと驚いた。

この世界の一年は十二ヶ月で三百六十日と、俺が居た世界と近い暦となっている。

「そろそろだと思っていたが、今日で一年目か」

「はい。私とマダラメ様がお会いしたのも今日ということになりますね。この一年、ありがとうございました。マダラメ様のような主を持てて、私は幸せ者です」

「うれしいこと言ってくれるじゃないか」

俺も顔がほころぶ。一年を生き延びられたことより、ケラマの言葉がうれしい。

「一年目の記念日を迎えたわけですが、マダラメ様には良いニュースと悪いニュースがあります」

「へぇ、その言い回しを実際言われたのは初めてだ」

「では良いニュースから」

ケラマは俺の返答を待たずに続ける。どうやら選ばせてはくれないらしい。

「マスターとして一年を生き延びたことにより、マダラメ様はダンジョンソサエティに出入りする権利を獲得されました」

「ソサエティ？　なんだそれ？」

「ダンジョンソサエティとは、ダンジョンマスター同士で集まることができる、共用のダンジョンのことです。一年を生き延びることができたダンジョンマスターは、専用の転移陣を設けて出入りが可能となります。この転移陣は無料で設置可能ですので、設置をお勧めします」

ケラマの言葉に俺は驚く。そんな寄り合い場所があるとは知らなかった。

「ソサエティのことは、一年経つまでは教えてもらえないのか？」

「はい。一年を生き残ることができないマスターは多いですから。それに新人を食い物にするマスターもいますので、必要な措置だとご理解ください」

ケラマの言葉に、俺は納得した。ライバルを蹴落とすために新人に嘘を教えたり、囲い込んだりする奴は出てくるだろう。

「それで、そのソサエティではどんなことができるんだ？」

「情報交換を主にした社交場ですが、モンスターの交換や売り買いもできます。ほかにもポイントを用いることで、ソサエティの土地を購入できます。購入した土地では商売を行うことが可能です。飲食店やサービス業などで稼いでいるマスターもいますよ」

「なら、カジノダンジョンの二号店を開くのもありだな」

うまくいけば副収入になるかもしれない。

「後はポイントの貸し借りもできます」

「へぇ、ポイントを貸してくれるのか。俺も借りられるか？」

「可能です。ですがすぐには難しいでしょう。貸し出しには審査があると聞いています。おそらく担保を求められることでしょう」

俺はうんうんと頷く。借金に審査があり、担保を確認されるのは当然だ。

「しかし担保って、モンスターとかか？」

「いいえ、担保はダンジョンそのものになります。返済が遅れて強制執行となった場合、ダンジョンが削られ、ポイントに変換されます」

「おいおい、取り立てがキツイな」

「削られたダンジョンの変換率は、作成に用いた額の十分の一です。つまり十ポイントの返済には、百ポイントかけて作ったダンジョンが削られます。下手をするとダンジョンのほとんどを失うことになるかもしれません。一方でポイントを貸すことにも、当然ですがリスクが伴います。貸した相手のダンジョンが攻略された場合は、取り立てが不可能となります。ポイントの貸し借りはよく考えて行《おこな》ってください」

ケラマが念押しする。たしかにご利用は計画的にしたほうがよさそうだった。いや、以前金関係で失敗した身としては、本気で気をつけようと思う。

「それらの点にさえ気をつけていれば、ソサエティはよい場所だと思いますよ。マスター同士の交流はよい刺激となるでしょう。友人や恋人もできるかもしれませんよ」

「おお、それはいいな」

これは朗報だった。ダンジョンに籠もっていると困るのが友人の不在だ。

ケラマは俺にとって最高の相棒であるが、どこまで行っても俺が作った存在だ。俺の言うことには基本逆らえない。主従関係がある以上、どうしても越えられない一線がある。

「ほかのダンジョンマスターは、俺と同じ世界から来ているのか？」

俺は根本的なことを尋ねた。同じ日本人や地球人がいるなら、話も合いそうだ。

「絶対にないとは言いませんが、マダラメ様と同じ世界の方はまず居《お》られないでしょう。むしろ姿が異なるマスターと、会うことを覚悟しておいてください。マダラメ様からすれば、モンスターに見える相手のほうが多いと思われます」

残念である。どうやら同胞には会えないらしい。

「しかし交流するのはいいな。情報は多いに越したことはないし、遊び相手も欲しいしね」

俺の予想では攻略までは長い時間がかかる。友達は必要だ。

「よし。じゃぁ早速、転移陣を設置しようか」

「お待ちください、マダラメ様。悪いニュースがあります」

ソサエティに行こうとする俺を、ケラマが止めた。

「そうだったな。それで悪いニュースはなんだ？」

「実は……召喚状が届いております」

「召喚状？」

「はい、マダラメ様は査問会に召喚されました」

「査問会？　なんだそれは？」

俺は首を傾げた。査問され、召喚されるようなことをした覚えがない。

「それが……マダラメ様のダンジョン運営に問題があるとして、訴えられました。訴えたダンジョンマスターは八名。グランドエイトのダンジョンマスター達です」

どうやら友人を作る前に、敵ができていたようだった。

グランドエイト。

俗に八大ダンジョンと言われる、世界最大級のダンジョンを統べるマスターの総称であった。

彼らのダンジョンは深淵《しんえん》にして強大。あまたの冒険者を返り討ちにし、不動の地位を築いている。

全てのダンジョンマスターの頂点にして支配者。それがグランドエイトである。

我が副官であるケラマはグランドエイトの偉大さを説明しながら、スケルトンを操り一枚の紙を差し出した。


白銀のダンジョン、総ポイント二億二千万ポイント。

蠱毒《こどく》のダンジョン、総ポイント一億九千万ポイント。

黒竜のダンジョン、総ポイント一億八千万ポイント。

魅惑のダンジョン、総ポイント一億四千万ポイント。

欲望のダンジョン、総ポイント一億四千万ポイント。

天女のダンジョン、総ポイント一億二千万ポイント。

凶刃のダンジョン、総ポイント一億一千万ポイント。

紅蓮のダンジョン、総ポイント一億九百万ポイント。


「そこに書かれている総ポイントとは、これまでダンジョンで得たポイントの全てです」

「ほぉ、最低でも一億以上の連中か。ところで、俺の総ポイントは幾らだ?」

「我らがカジノダンジョンの総ポイントは、四百万ポイントほどです」

ケラマがすぐに答える。現在保有しているポイントは二百五十万ほどなので、ダンジョンの作成や景品として出ていった分を合わせればそんなものなのだろう。

「で、一億も二億も持っている奴らが、桁が二つも違う格下相手になんでいちゃもんつけてくるんだ？　我がダンジョンに、一体何の問題があると言うのか」

俺が胸を張ると、我が副官ケラマは視線をそらした。

まぁ自分で言っておいてなんだが、問題しかないだろう。何せ俺のダンジョンは、まだ一人も人を殺していないのだ。ダンジョンの在り方としては、かなり間違っているのだろう。だが文句を言われる筋合いはない。

「建前はいろいろでしょうが、一番の問題点は一日の獲得ポイントでしょう。現在カジノダンジョンでは、平均して一日一万ポイントを稼いでおります。マダラメ様はこれを半年足らずで達成されました。しかしこれは過去に例がないほど早いと言えます。また一日に一万ポイントを得ているダンジョンマスターは、五十も居ません。グランドエイトの最高峰。白銀のダンジョンですら、一日の最高獲得ポイントは三十万程です」

「ダンジョンの頂点でもそんなものなのか」

俺は頭の中で計算した。一日三十万ポイント。確かにすごいが、これは強力な冒険者を殺して手に入れた瞬間最大ポイントのはずだ。一年で平均すれば半分程度とみていいはず。

「つまり、突然現れた俺が目障りでしょうがないと」

「おそらくは……」

「やれやれ、出る杭は打たれるか。これ以上伸びないっていうのに」

俺はポリポリと頭を掻く。どうしたものか。

「それで、査問会ってのはいつだ？」

「明日の正午です」

「早いな。無視したらどうなるんだ？」

「送られてきた召喚状は、強制能力を持ちます。使用しなくても時間になれば発動し、無理やり転移させられます」

「俺に準備の時間を与えないつもりか」

俺は顎を撫でた。強制能力がある召喚状で呼びつけると言うことは、それなりに相手にも準備があると言うことだろう。無策で挑めばいいようにカモにされるだけだ。それは面白くない。

相手のことは何もわからないが、向こうも俺のことを知らない。予想されうる最悪を想定し、手を打つ必要がある。

「ケラマ、手を貸してくれ。対策を練るぞ。まずはグランドエイトの情報を集めよう」

俺の言葉にケラマが頷く。忙しくなりそうだった。


一組の男女が暗い通路を走っていた。男は鎧姿に剣を持ち、戦士であることがわかる。女は白い僧服に杖を持ち、僧侶であることがわかった。

前を走る男の顔には、恐怖が張り付いている。とにかく全力で足を動かし、この場から逃げようとしていた。だが後ろを走る女の足が絡まり、短い悲鳴を上げて転倒する。

「ロドリック！　待って！」

女に名を呼ばれた男、ロドリックは足を止めた。しかし助けには戻らない。一歩でも早く逃げたいのだ。助けに戻ることなどできなかった。

「なにしている⁉　早く立て、ドローテ！　置いていくぞ！」

ロドリックの叱咤《しった》に、ドローテと呼ばれた女は立ち上がった。ロドリックの言葉が脅しではなく、本気だと気づいたからだ。

ドローテが立ち上がったのを見て、ロドリックはすぐに走り出した。ドローテが後ろで待ってと言っていたが、聞いている余裕がなかった。頭の中は恐怖と後悔で一杯だった。

ロドリック達は新進気鋭の冒険者パーティーだった。幾つものダンジョンを攻略し、ロドリック自身、辺境最強の剣士と呼ばれていた。あとはその名を世界中に広めるだけだと、八大ダンジョンの一つである黒竜のダンジョンに挑んだ。

最初は順調だったのだ。ダンジョンの上層や中層にいるモンスターは大したことはなく、簡単に倒すことができた。悪名高き黒竜のダンジョンも、この程度かと笑っていたものだった。

だが深層に差し掛かった時だ。ただ一度の戦いで、ロドリック達のパーティーは半壊した。

最初に現れたのは、血のように赤い大剣を持つ竜人《りゅうじん》だった。漆黒の鎧の下には、黒い鱗に包まれた尾をしならせている。

竜人とは人間に近い体を持ち、人間と同等の知性、竜のごとき頑健な肉体を持つと言われていた。特に黒竜のダンジョンでは武装した竜人で構成される、竜騎兵と呼ばれるモンスター軍団がいると聞いていた。これがその竜騎兵だろうと、ロドリック達は気を引き締めた。

油断はなかった。少なくともロドリックは最大限の警戒をしていたし、仲間達も同じはずだった。だがパーティーは瞬く間に瓦解した。

最初に殺されたのは、重騎士のディーボだった。鋼鉄の鎧に大盾を持つディーボは、これまで何度も敵の攻撃を防いできた頼れる盾役だ。しかし黒い竜人が大剣を掲げ斬り込んできたかと思うと、ディーボの体が盾ごと真っ二つに両断された。

突然の仲間の死に驚いたが、それだけで崩れるほどロドリック達もやわではなかった。これまで窮地は何度も経験している。仲間の死も乗り越えてきた。動揺しつつも即座に陣形を組みなおし、迎撃体制を構築した。魔導士のジャニスが魔力を練り、僧侶のドローテは攻撃を防ぐ防御魔法を使用し、斧使いである巨漢のダスティンが赤い闘気を身に纏う。ロドリックも赤い闘気を練りつつ敏捷性を上昇させるポーションを一気飲みして、攻撃を畳みかける準備を整えた。そしてディーボを殺したモンスターに、斬りかかろうとしたその時だった。

大剣を持つ竜人の背後から、さらに三体の武装した竜騎兵が現れた。

ロドリックとダスティンは、敵を倒すことから防御に切り替えた。盾役のディーボが死んだ以上、後衛を守るのが自分達の仕事だ。時間を稼いでいる間に、魔導士のジャニスが魔法で敵を薙ぎ払う。これまで何度も繰り返してきた定番の戦術。だがロドリックは、時間稼ぎすらできなかった。

肉体を強化する力、闘気を込めたダスティンの一撃は、岩をたやすく打ち砕く。しかし竜騎兵は鈍色の盾でその一撃を受けると、力任せに跳ね返した。ロドリックは自慢の剣技で竜騎兵に切りつけたが、アイテムを使用して敏捷性を上げているにもかかわらず、全ての攻撃が完璧に防がれた。それどころか竜騎兵は舞うような剣技を見せ、ロドリックを上回る手数で反撃してくる。

ロドリックもダスティンも、新手の竜騎兵二体を相手にするのが精一杯。残り一体が二人の脇を抜けて後衛に襲い掛かる。斥候のチャックが短剣で応戦するが、彼は本職の前衛ではない。すぐに押され始める。だがその時、ジャニスの魔法が完成した。

六重の円環が連なる魔法陣からは、巨大な火の球が生まれ出る。火炎系クラスⅥに属する『灼熱火球《ファランド》』だ。

「ロドリック！　退いて！」

杖の上に巨大な火の球を生み出したジャニスは、杖を振って大火球を投擲《とうてき》する。

ロドリック達は即座に後退し、魔法の範囲外に逃れた。一方四体のモンスターはジャニスの放った魔法の直撃を受け、炎に包まれた。

ロドリックは勝利を確信した。ジャニスのクラスⅥの魔法は、ロドリック達の中で最高の火力を誇る。この魔法をくらって無事だった奴は今までいない。

「気をつけろ、生き残りがいるかも知れない」

ロドリックは油断せずに身構えた、その時だった。燃え盛る炎から、黒い闘気があふれ出して炎を吹き飛ばした。黒い闘気の中心には、黒い鱗の竜人が佇んでいる。あれほどの猛火を受けたと言うのに、漆黒の鱗と鎧に焼けた形跡が一切ない。体を包む闘気が、魔法の炎を遮断したのだ。

「な、なんだ？　この、闘気は？」

あふれ出る黒い闘気を見て、ロドリックは全身から汗が噴き出た。

「おい、なんだよこれ⁉　黒い闘気なんて、聞いたことがねーぞ！」

ダスティンが悲鳴のような声で叫ぶ。

闘気は黄色から橙、赤と色が濃くなるにつれ強くなると言われている。黒い闘気なんて、ロドリックも見たことがなかった。だがこの現象を、ロドリックは剣の師匠から聞いたことがある。

「ま、まさか、これが『黒気《こっき》』なのか？」

「どういうことだ！　ロドリック！」

「闘気は強くなればなるほど、色が濃くなる。つまり、最終的に黒に到達すると言われている……闘気の上限。それが黒気だ……」

ロドリックは震える声で告げた。

「そ、そんな馬鹿げた話……」

ダスティンは信じられないと声を詰まらせる。ロドリック自身、師匠の話を全く信じていなかった。闘気はわずかに濃くするだけでも長い修行を必要とする。黒く見えるほど濃くするなど、どう考えても不可能に思えたからだ。しかし今、その黒気がロドリック達の前で迸《ほとばし》っている。

黒い闘気を纏う竜人の背後では、三体の竜騎兵が控えていた。竜騎兵の体にも火傷は見られない。竜騎兵が装備している鎧や盾を見れば、淡く青い光で包まれていた。魔法の力を持つ防具が、ジャニスの魔法を防いだのだ。

「そ、そんな……クラスⅥの魔法を完全に遮断する防具なんて、反則じゃない！」

ジャニスが杖を落とす。魔法はクラスⅠからⅨまでの位階が存在するが、クラスⅨとⅧの魔法は単独で発動が不可能とされており、複数の魔導士が協力してやっと使用可能な究極の魔法だ。クラスⅥの魔法を完全に防御する防具で身を固められては、魔導士には打つ手がほぼなくなってしまう。

「ふざけるなよ。こんなの……勝てるわけねぇだろうが……」

知らずとロドリックの口から言葉が漏れる。だがさらなる絶望が押し寄せる。ジャニスの炎が消え去ると、通路の奥からさらに竜騎兵が現れた。その数は少なく見積もっても十体以上。軍隊のように整列して行進してくる。

ドローテが嗚呼《ああ》と、絶望の声を漏らす。四体が相手でも手も足も出ない強敵。その竜騎兵がこんなにいては、勝てるわけがなかった。ロドリックも放心し、どうすればいいかわからない。

悲鳴がロドリックを正気に戻した。斥候のチャックが竜騎兵に攻撃され倒れていた。倒れたチャックに竜騎兵が血刀を振り下ろす。悲鳴と血とチャックの左腕が宙を舞う。別の場所ではダスティンの声が上がる。ダスティンの前には黒気を纏う竜人が立っていた。ダスティンは雄叫びとも悲鳴とも取れる声を上げて、斧を振り上げ黒い竜人に振り下ろした。

ダスティンの斧を前に、黒い竜人は大剣で受けようとはしなかった。ただつまらなそうに左手を伸ばすと、いとも簡単に斧の柄を掴んでみせた。斧を止められたダスティンだが、そのまま押し切ろうと全身の力を籠める。

ダスティンは両手、黒い竜騎兵は片手である。しかしダスティンの斧は前へと進まなかった。黒い竜騎兵が赤い口を開く。笑っているのだ。黒い竜騎兵が左手を振るうと、ダスティンの手からあっさりと斧が奪われた。まるで大人が子供から刃物を奪いとったような光景だった。

ダスティンは空になった自分の手が信じられないと目を丸くしている。そこに左から衝撃。黒い竜騎兵が尾をしならせ、ダスティンの頬を叩いたのだ。

ダスティンは素手で抵抗しようとしたが、尾の一撃は速く、ダスティンの苦鳴だけがダンジョンに響く。

仲間達が死に、殺されていくさまを見て、ロドリックの戦意は完全に喪失した。後ろに一歩下がった次の瞬間には、振り向き走り出していた。

勝てるわけがなかった。

我先にと逃げ出したロドリックに、ドローテとジャニスが続こうとする。しかしジャニスが足を絡ませ転倒した。

助けを呼ぶ仲間の声を、ロドリックは無視して走った。勝てるわけがなかった。あんなに強いモンスターに勝てる奴なんているわけがない。ロドリックは、八大ダンジョンに挑んだことを、いや、冒険者になったことを後悔しながら走った。

上の階に逃げれば助かると、ロドリックは下ってきた階段を目指す。すると廊下が途切れ、広間に出た。広間の奥には上へと続く階段が見える。

「ドローテ！　階段だぞ！」

この時になってロドリックは、ようやく後ろを振り返る余裕ができた。そして後ろにいたドローテを見る。息も絶え絶えのドローテだが、階段を見て笑顔を見せた。その時だった。颶風がロドリックの横を駆け抜け、ドローテの上半身が消失した。

「え？」

ロドリックは訳がわからなかった。ドローテの下半身は目の前にあった。白い僧服に包まれたお腹から足にかけては、その場に残っている。だが上半身が消え失せていた。お腹からは白い背骨の断面や赤黒い内臓がはみ出ている。

放心するロドリックの頭上から、何かが降り注ぐ。額に触れた液体を左手で拭うと、ドロリとした粘つく何かだ。手が赤く染まっていることに気づき、ロドリックはようやく血だとわかった。

ロドリックが驚き見上げると、そこには巨大な竜の顔があった。赤い鱗に包まれた竜は、長い首をくねらせロドリックを見下ろしている。刃のような牙が並ぶ口の間には、ドローテの上半身があった。腰の下からは内臓がこぼれ、白い骨がむき出しとなっている。だがそんな姿になっても、まだドローテは生きていた。恐怖で強張った顔で、必死に助けを求めて右手を伸ばす。しかし無情にも竜の口が閉じられ、牙の間にドローテの顔が消えていく。唯一伸ばされた右手だけが牙の間から外に伸び、咀嚼《そしゃく》されるたびにびくびくと指が震えた。

棒立ちとなるロドリックに、逃げてきた通路から何かが投げられる。放物線を描き、地面に落ちて転がるその物体は、ロドリックの足下で停止した。

それは仲間であるダスティンの首だった。いかめしい顔は涙で濡れてくしゃくしゃになっている。

通路の影から、黒い鱗の竜騎兵が大剣を背負い出てくる。背後にはさらに何体もの竜騎兵が続く。新たに出てきた竜騎兵達は、全身が血で汚れていた。しかし竜騎兵の体に傷はない。全てが返り血だった。ある竜騎兵はチャックの頭をボールのように弄《もてあそ》び、別の竜騎兵は首から内臓をぶら下げ遊んでいた。頭にある二本の角に、白い女の腕を突き刺している者もいた。

竜騎兵達は残虐にも、殺した相手の遺体でふざけているのだ。そして最後に、大きな槍を持つ竜騎兵が現れる。その長い竿には、四肢を切り落とされた女が括りつけられていた。

見捨ててきたジャニスだった。

服をはぎ取られ白い乳房をさらけ出しているジャニスは、目は虚ろながら口はまだ動いていた。タスケテと声にならぬ願いを託されたが、ロドリックにはどうすることもできなかった。目の前で仲間の遺体が弄ばれ、仲間が死にそうになっていても怒りすらわいてこなかった。

背後からは連なる足音が聞こえる。目指していた階段からは、何体もの竜騎兵が降りてきていた。部屋には巨大な竜がロドリックを見下ろし、前には大剣を掲げる黒い竜騎兵。唯一の逃げ道と考えていた階段も、降りてきた竜騎兵が塞いでいる。

ロドリックの四肢からは力が抜け去り、手にしていた剣を落とした。

目の前では黒い鱗の竜騎兵が、巨大な大剣を掲げている。だがロドリックには攻撃を防ごうとする気力すらなかった。ただどこで人生を間違えたのかと、後悔しながら考えていた。しかしその答えが出る前に、巨大な大剣が顔にめり込んだ。

漆黒の鱗を持つ竜人が、身の丈を超える大剣を振り下ろした。

戦意を失った冒険者は、攻撃を防ごうともせず両断される。敵を倒した竜人は、つまらない奴を相手にしたと、乱暴に大剣を振るって血のりを払う。そこに声が掛けられた。

「我が主、ドゴスガラ様」

ドゴスガラと呼ばれた竜人が、縦に割れた瞳孔を声がした方に向ける。そこには黒い執事服から緑の鱗をのぞかせる竜人が立っていた。

「ラグナか。どうした、何の用だ？」

「どうしたもこうしたもありません。何故じっとしていてくれないのです？　自ら進んで敵を倒すなど、駆け出しのダンジョンマスターがすることではありませんか。貴方はグランドエイトの一人、人間達が言う八大ダンジョンの主なのですよ？」

ラグナと呼ばれた竜人が、ぶつぶつと言葉を連ねる。

「やらせろ、敵をこの手で倒さんと勘が鈍る」

「大した相手ではなかったでしょうに」

「まぁな、つまらん相手だった。最後ぐらい抵抗すると思ったのだがな」

ドゴスガラは先程切り伏せた、冒険者の死体を見下ろした。

「この程度の敵は、私と竜騎兵にお任せください。ダンジョンマスターたる者、本来は最下層から動かないものなのですよ？」

ラグナが小言を再開すると、ドゴスガラは鱗で眉間に皺を寄せた。

「ええい、うるさい奴だ。お前は俺に小言を言うためにいるのか⁉」

「はい、そのとおりです。そうお作りになったのはドゴスガラ様でしょう？」

恐れることなく、ラグナは言い返す。すると顔を顰めていたドゴスガラが笑った。

「全く、口の減らない副官だ。お前など作るべきではなかった」

「そうですか、では減らず口ついでに、そろそろお時間では？　今日はグランドエイトの会合があったと記憶しておりますが？」

「ん？　そうだったか？　議題は何だったかな？」

「マダラメとかいう、新人のダンジョンマスターの査問会のはずです」

淀みなく答えるラグナに対し、ドゴスガラが頷いた。

「ああ、そうだったそうだった。今度は歯ごたえのある奴が相手だといいんだけどな」

ドゴスガラは、血に濡れた大剣を一振りして背負った。

断竜剣《だんりゅうけん》ギルゲレン。こいつを使うにふさわしい相手であることを願いながら。


召喚状に同封された転移の呪文書を使用すると、青い光が俺の視界を包み込んだ。しかし光はすぐに消え去る。だが見えるのは俺の部屋ではなく、整然とした大きなホールだった。

転移した場所は、すでに査問会の会場のようだった。俺の周囲は全て腰程の高さの手すりに覆われ、手すりを乗り越えないと外に出られない。しかも手を伸ばすと謎の力で弾かれた。転移した場所は査問会の会場であり、被告人席であり、そして牢獄ですらあった。

俺が周囲を見回すと、一段高いところから八人の男女が大きな窓を背にし、逆光を背景にこちらを見下ろしている。ケラマから聞いた話では、おそらくここはソサエティの中心にあるという、グランドエイトしか入ることができない『八柱の館《グランドホール》』その評議会場であろう。八個の窓からはソサエティの空を望むことができた。ガラスの向こうには青い空が広がり、空中に四角い石が浮かんでいる。実にファンタジーな光景だ。

俺が外を眺めていると、木槌が二度叩かれてアーチ状の高い天井に響く。視線を向けると褐色の肌に銀の髪、銀の鎧を身に着けた女性がいた。

「それではこれより査問会を始める。罪人は名前を述べよ」

褐色肌の女性が鋭い声で命じる。初めて会う相手だが、下調べをしたのでグランドエイトの予備知識はあった。銀髪銀目、褐色の肌に銀の鎧を身に着けるこの女性は、グランドエイトの主席にして白銀のダンジョンの主、シルヴァーナだろう。月ごとのポイント収支を集計した順位表、通称ダンジョンランキングでも、常に一位を保持し続けている不動の頂点だ。

「罪人は早く名前を述べよ！」

シルヴァーナが柳眉を逆立て、苛立ちの声を俺に向ける。だが俺は知らない顔をした。

「罪人って誰だ？　そんな悪い奴がどこかにいるのか？」

俺はとぼけた声を出して、周りを見回す。シルヴァーナが眉を上げた。

「お前に決まっているだろうが！　ダンジョンマスターマダラメ！」

なんだ、名前を知っているじゃないか。しかし心外だ。

「そんなことを言われても、答えることはできない。俺は罪人じゃないからな」

「ふん、減らず口だけは一人前のようですね」

俺が言い返すと、シルヴァーナの右に座る、長い黒髪に丸眼鏡の男が鼻で笑った。背の高いこの男は、グランドエイトの次席、蟲毒のダンジョンの主、メグワイヤであろう。その知略と策略で冒険者だけでなく、数々のダンジョンマスターも葬ってきたという話だ。

「口を慎め！　小童！　俺達はお前が生まれる前から、グランドエイトなのだ！」

シルヴァーナの左から落雷のごとき声を落とすのは、漆黒の鱗に包まれた人型の竜のような姿をした男だった。巨大な大剣を背負うこの男はグランドエイトの三席、黒竜のダンジョンの主、ドゴスガラだろう。グランドエイトきっての武闘派で、背の大剣断竜剣ギルゲレンを振るい、何人もの冒険者を血祭りにあげたという話だ。

グランドエイトの上位三人が俺を睨みつける。だが俺は表情を変えることなく答えた。

「ここは査問会だろ？　罪を裁く場所ではなく、罪があったかどうかを調べる場所のはずだ」

俺は堂々と胸を張った。あえて最初から俺を罪人と呼び、自分達のペースで押し切ろうとしたのだろう。周囲を取り囲む配置や光を背にして一段上から見下ろしているのも、全ては雰囲気でこちらの気勢を削ぎ、主導権を握るための演出だ。だがその手にはのらない。

するとメグワイヤの右から甘ったるい声が響く。

「やぁねぇ、身の程わきまえていない奴の言葉って。現実が見えてないんだから」

メグワイヤの右には、鏡を覗き込みながら白粉《おしろい》を塗りつける男がいた。太い顎は白く塗りたくられ、口には毒々しい紫の口紅を付けている。光沢のある緑のジャケットは襟が大きく、どうやら女性物らしい。だが筋肉質で肩幅が大きいため、あまり似合っているとは言い難い。なかなかインパクトのある姿をしたこの男は、グランドエイトが四席、魅惑のダンジョンの主であるエンミだろう。

「全くだ、査問会を額面通り受け取る馬鹿がいるとはな。呼ばれた時点で有罪が決定してるんだよ」

エンミの右で笑うのは、ハンバーガーを手に持つ男だった。査問会がすでに始まっていると言うのに食事をやめるつもりはなく、クチャクチャと今も咀嚼している。その体は数人分の体積を誇り、でかい口をあけて笑うと、歯に付いた食べカスが見える。なんとも汚いこの男は、グランドエイトが五席、欲望のダンジョンの主であるソジュだ。

「有罪？　何の有罪だ？　俺はダンジョンルールを順守している」

「ふざけるな！　調べはついている！　高額の金を払わなければ扉を開かないようにするなど、ダンジョンの理念に反する」

俺が反論すると、シルヴァーナが褐色の指を突きつける。

「知っていますか、ドゴスガラ様。聞けばこの男、ダンジョンで未だ一人も殺していないのだとか」

甲高い声で話すのは、ドゴスガラの左に座る女性だった。銀杏《いちょう》のように広がる髪には何本もの簪《かんざし》が挿され、肩に天女のような光り輝く羽衣を掛けている。紫の扇を広げ口元を隠す女性は、グランドエイトの六席、天女のダンジョンの主、ユリンだ。彼女はドゴスガラの女でもあるらしい。

「なんと情けない、そのようなダンジョンマスターがいるとはな」

「全くだ、ダンジョンマスターの面汚しよ」

続く声は俺の背後から聞こえてきた。俺は肩越しに見ると、そこに二人の男がいた。二本の短剣を背負う男と、炎でできたローブを身に着けている男だった。

武器を帯びているのは、グランドエイトの七席、凶刃のダンジョンの主、ジューダであろう。

炎のローブを着ているのは、グランドエイトの末席、紅蓮のダンジョンの主、カーインだ。

周囲全て敵だらけだが、彼らの非難はお笑い草だ。

「人を殺していないからなんだと言うのだ。ダンジョンルールに人を殺せというルールはない」

「しかし我らグランドエイトは認めない」

シルヴァーナが、刃のように鋭い銀の瞳を俺に向ける。

「別にお前達に認めてもらわなくて結構」

俺が言い返したその時だった。全周囲から強力な圧力が放たれ、俺の体を苛《さいな》んだ。

「殺すぞ、新米のガキが！」

憤怒の形相を見せるドゴスガラが怒鳴る。他のグランドエイト達も怒鳴ることはしないものの、顔が先程とは一変していた。変化していたのは顔だけではない。八人の体から、恐るべき圧力が発せられていた。

この世界の生物は、誰もがマナを内包している。そしてマナは体を強化する闘気や、魔法を操る魔力に変換できるという。

グランドエイトとして長きにわたり君臨している彼らは、その身に膨大なマナを蓄えていた。体から迸る闘気や魔力は、放出されるだけで俺を捻り潰せるほどの圧力を秘めている。

「ほぉ、こいつはすごい。長く生きればそれだけの力を持つことができるのか。さすがグランドエイトだ。俺は間違いなく、この中で一番弱いだろうな」

俺はこの中で最弱であることを宣言した。争いになれば戦いにすらならないだろう。

「だがダンジョンマスターは不老不死だ。ダンジョンコアが壊されない限り死ぬことはないぞ」

俺は涼しい顔で言ってやった。ダンジョンマスターはどれほど体が傷ついても、ダンジョンコアが体を癒し、時間を掛けて再生するはずだ。すると笑声が四方から飛んできた。

「馬鹿の浅知恵だな。死ぬことがないのなら、一生閉じ込めておけばいいだけの話だ」

メグワイヤが簡単な解決方法を提示する。確かにそれは効果的な方法だ。不死身であっても無敵ではない。そしてダンジョンに戻れなければ、モンスターの生産やダンジョンの構築ができない。そうなればダンジョンは攻略される。だがその程度は想定済みだ。

「好きにすればいい。この体はパペットだ。俺が本体で来ているとでも？」

俺が笑うと鈴を転がしたような笑い声が響く。紫の扇で口元を隠すユリンだ。

「愚かな童よ。その程度のことは想定済み」

ユリンは扇をぴしゃりと閉じると、俺を取り囲む手すりに向ける。

「その手すりに施された結界は、憑依した者の精神を閉じ込める。お前の精神は、二度と自らの体に戻ることは叶わぬ。お前はもはや我らの飴玉。あとは、精神を痛めつける魔法や魔道具を用いるだけよ。さてどのような鳴き声を聞かせてくれるか」

　ユリンが鼠をいたぶる猫のような笑みを見せる。

「その程度で私達の上手《うわて》を取ったつもりなんて、可愛い子猫ちゃんね」

「お前ごときの小細工、見抜けぬ我らだと思ったか」

　エンミがホホと笑い、ソジュが贅肉を揺らす。

「私達に大口を叩いた罪、その身をもって償ってもらおう。なに、たっぷりと可愛がってやる」

　ユリンが赤い紅の引かれた口を酷薄に歪ませる。

「ユリン、君が手を煩わすまでもない」

「そうだ、拷問は俺達がやろう」

　我先にと名乗り出たのは、ジューダとカーインだ。グランドエイト達が俺を取り囲んで笑うが、俺も笑い返してやる。

「楽しんでいるところ悪いが、俺は憑依してここに来ているのではないぞ」

　俺が言ってやると、グランドエイトの笑声が止まった。

「お前達が憑依対策をすることも、当然想定済みだ。この体はパペットだが、精神を憑依させているわけではない。専用の魔道具を使って遠隔操作している」

　俺は居並ぶ八人に教えてやる。カジノダンジョンの自室にいる俺は、ＶＲゴーグル型の魔道具を用いて、パペットを操っていた。そのため精神は今も本体にあり、囚われてはいない。

「傀儡をよこすとは！　この臆病者め！」

ドゴスガラが叫ぶが、罠に嵌め、力で解決しようとしていた奴に言われたくはない。それに罵るしかできないということは、もう連中に打つ手はないということだ。

グランドエイトなんて、偉そうに名乗っているが底が浅い。これまで何も知らない新人や、格下ばかり相手にしてきたのだろう。だがこれは好機だ。相手の反応は全て想定内。ならば知恵比べではこっちが勝つ。準備をしてきた次の手が打てる。

「さて、俺に貴方達の言うことを聞く義理はない。しかしなんでも一方的というのもよくないだろう。件《くだん》の扉を開けるシンボルだが、俺の出す条件を呑むのなら、ある程度なら緩和してもいい」

俺の譲歩と交渉の言葉に、八人の顔色が変わる。

「条件だと！　新参者が我らと同格のつもりか！」

「落ち着けドゴスガラ、一応その条件とやらを聞いてやろう」

怒り狂う竜人の隣で、シルヴァーナが鋭利な目を向ける。脅しが効かないとなれば、話し合いに応じる。シルヴァーナは切り替えが早い。

ここまでは俺の予想通り。だがここから先は、乗るか反るかの大博打だ。下手をすれば俺のダンジョンは滅びる。失敗の代償は死だ。

勝負の緊張感に総毛が逆立つ。胸が焦げ、喉の奥がひりつく。火を呑むような興奮。

極上のギャンブルをしてもなかなか味わえない、最高のスリルだった。

「その条件とは……」

俺はグランドエイトに条件を突き付けた。

カジノダンジョンがあるラーガス山の麓に、一軒の小屋が建てられていた。小屋の内部には机が置かれ、椅子にはロードロックの冒険者であるカイトが座っていた。

カイトは机に向かい、書類に記入をする。そして全てを書き終えペンを置いた。

「よし、これで一区切りついたかな」

カイトは記入漏れや間違いがないかを確認し一息ついた。

「お疲れ様、カイト。これでここにギルドの支部を建てるのも、めどがついてきたわね」

メリンダが労いの言葉とともに、お茶の入ったカップを机に置いてくれる。カイトはお茶を一口含んだ。安い茶葉ではあるがおいしかった。

カジノダンジョンが発見されて、そろそろ一年が経とうとしていた。半年前、カイトはカジノダンジョンの上に、冒険者ギルドの支部を建ててはどうかとギルド長のギランに提案した。すると怒鳴られつつも称賛されると言う稀有《けう》な体験をし、気がつけばカイトは支部建設の準責任者のような立場になってしまった。

「全く、思い付きを口にするもんじゃないよ、まさかこんなに大変な仕事になるとは」

「仕方ないよ、いくつも店や家を建てることになったんだから」

肩を叩くカイトに、メリンダが笑いかける。カイトとしてはカジノの上に小屋を建てて、ギルドの支部とするつもりだった。しかしこれが利権関係でもめにもめた。ロードロックでもカジノダンジョンの特異性は噂になっており、利権に食い込もうと商人達が連合を組んで待ったをかけた。

彼らは自分達にも一枚噛ませろと言ってきた。商人達が加わったことで予算が大幅に増えたが、その分規模も大きくなった。ギルド支部や買い取り所だけではなく、商人達の商館も建てることになった。もはや街と言えるほどの規模になりつつある。

「まさか区画整理をさせられるとは思わなかったよ。周囲の森を切り開き、建設業者を手配して資材を確保するとか、冒険者の仕事じゃないよ」

カイトが不平を漏らすと、メリンダが苦笑いを浮かべた。

正直、一介の冒険者には手に余る話だった。だがなんとか交渉を終え、街を建設する仕事は軌道に乗ろうとしていた。大変ではあるが、なかなか充実した時間だった。

「そうそうカイト。この前ダンジョンマスターから依頼があった、追加の料理人だけど」

メリンダの言葉に、カイトは視線を上げた。そういえばここのダンジョンマスターが、また追加で料理人が欲しいと言ってきたのだ。ただカイトは忙しかったので、メリンダに任せたのだ。

「何人か見繕って、揃えることができたわよ」

「ありがとう助かるよ。ここにきてさらに料理人を雇うなんて、またレストランを増やすのかな？」

カイトは首を傾げた。元冒険者のガララが経営しているレストランは、好評で問題ないはずだ。

何故追加で人を欲しがるのかわからない。

「そうかもね。でもこのダンジョンが何をするのかなんて、予想つかないから」

メリンダの言葉にカイトは笑う。確かにこのダンジョンは予想できないことの連続だ。少し前だが、化粧品が景品に並んだ時も大騒ぎとなった。女性冒険者がこぞって買い求め、冒険者ギルドもこれは売れると考え、髪用油と同様に独占して市場に卸している。ギランは資金を得られて大喜びだが、商人達がギルドの独占に不満を持ち始めていた。これは注意が必要だった。とはいえ、それはギルドが考える問題で、カイトが心配することではない。

「メリンダ。新しいレストランができたら食事にでも行こうか」

「いいわね」

メリンダはあまり気にせず返事をしていた。だがカイトは彼女には感謝の気持ちがあった。

支部を造る責任者のような立場になってしまったせいで、カイトのパーティーは解散することになった。これにはひと悶着《もんちゃく》あり、すんなり解散とはいかなかった。皆が引退を考えるには早く、生きるために仕事も必要だったからだ。

その時に仲間を説得してくれたのが、メリンダだった。彼女はギランに掛け合い、ガンツにトレフ、アセルにシエルと言った仲間達を、カジノダンジョンの警備隊に入れるよう働きかけてくれた。おかげで仲間達は仕事にあぶれることもなく、カジノで一緒に働いている。

メリンダには公私ともに助けになってもらっていた。

ギルドの支部が完成したら、メリンダともちゃんとしなければいけない。新しいレストランで食事をしながら、二人の未来について話をするのもいいだろうと、カイトは思いをはせた。

「カイトさん！」

メリンダとのことを考えていると、あわただしい足音と共に一人の男性が小屋に入ってくる。黒髪に褐色の肌の青年は、ギルドで雇っている若手の冒険者カルだ。

「どうしたカル君。君もお茶でも飲むかい？」

「大変です！　ダンジョンに、ダンジョンに！」

カルは驚きのあまり言葉が続けられず、とにかくダンジョンのある方向を指差す。カイトはそのしぐさで、何か異変が起きたのを察した。

「まさか！　ダンジョンがまた変化したのか？」

カイトが問うと、カルが勢いよく何度も頷いた。

「クソ！　ここ最近おとなしかったのに！」

カイトは歯噛みした。この半年程は大きな変化がなく、ギルドの支部造りに支障がなかった。だがようやくめどが立ち始めた矢先にこれか！

「行くぞ、メリンダ！　カル君は案内してくれ！」

カイトは小屋に置いた剣を掴んだ。とにかく何が起きたのか確認しないことには始まらない。

「変化が起きた場所はどこだ？　カジノか？　浴場？　それとも奥に続く扉が開かれたのか？」

カイトは最悪の予想をしながら小屋から飛び出る。小屋はカジノの入口の横に建てられているので、小屋を出ればもうそこがカジノだ。

「入口のすぐ横です、そこに大きな通路が！」

カルの言うとおり、入口からカジノにかけての通路の途中に、これまでになかった通路がぽっかりと口を開けていた。ほかの冒険者が入らないように、警備隊が封鎖してくれている。だがすでに耳目を集め、大きな人だかりとなっていた。

「すまない、どいてくれ」

「あっ、カイト。いいところに」

カイトは人をかきわけて進み、通路を封鎖している警備隊の前に出る。人々を押しとどめているのはカイトの知っている相手だった。以前一緒に冒険していたシエルとアセルだ。シエルはカイトを見てほっと顔を緩ませる。

「シエル、アセル。中に誰か人をやったか？　ギルド長には知らせたか？」

カイトは矢継ぎ早に質問し、行動を確認する。

「中はガンツとトレフが調べに行った。ギルト長には早馬を走らせたよ！」

「よし、それでいい。このまま誰も入れないでくれ！」

アセルの答えに満足したカイトは、メリンダやカルと共に新たにできた通路に入る。突然出現した通路は、それほど広いものではなさそうだった。真っ直ぐに廊下が伸びており、突き当たりは行き止まりとなっている。そして左右にそれぞれ四つ、合計八個の部屋があるようだった。入口に扉はなく、外からでも部屋の中が見える。一番近くの右手前の部屋には、二人の警備隊が呆然と立ち尽くしていた。斧を手にしたガンツと、僧服姿に眼鏡のトレフだ。

「おい、ガンツ、トレフ。大丈夫か？」

「あっ！　カイトさん、これを！」

カイトが歩み寄ると、トレフは茫然とした顔で前を指差す。指の先には、十人が楽に乗れるような台座があった。その上には複雑な幾何学模様が描かれ、淡い光を放っている。

「これは？　魔法陣か⁉　なんて複雑な造りだ」

カイトは驚きに目を見開いた。魔法陣とは、魔力を供給することで発動する魔道具だ。熱を生み出したり、物を凍らせたりと様々な種類がある。しかしこんなに複雑な魔法陣は見たことがない。

「カイト、これ転移陣よ！」

「なんだと！　これが？」

メリンダの言葉にカイトはさらに驚く。

千年以上前に書かれた書物には、人類はかつて一瞬で移動を可能にする転移術を使用できたらしい。だが神のごとき英知は現在では失われ、巨大なダンジョンの奥深くで、ごくたまに発見されると聞く。それがまさか、ダンジョンの入口近くに出現するとは信じられない。

「これはどこと繋がっているんだ？　誰か使ってみたのか？」

「お、おう。俺がさっき使って、向こう側に行ってみた」

「ガンツ、どこだ？　どこと繋がっていた？　ダンジョンの奥深くか？　そこに何があった？」

「それが……」

カイトがガンツの肩を掴んで問いただすが、ガンツは何と言っていいのかわからず言葉を濁す。

「カイト、前！」

メリンダが指を向ける先では、魔法陣が強く光り輝いていた。転移陣が発動し、誰かがこちらに転移しようとしているのだ。

カイトは剣を抜き身構えた。光が収まると、台座の上に六人の男女が立っていた。モンスターではなく人間だ。武器や鎧を身に着けていることから、一日で冒険者とわかった。

「ん？　お前達は誰だ？」

転移してきた冒険者達が、転移陣の前で身構えるカイト達を誰何《すいか》する。カイトも相手が誰かわからなかった。ロードロックの冒険者の顔は全て頭に入っている。しかし目の前にいる六人は見たことがない。しかも物腰からしてかなりできる。話しかけてきた冒険者は、体から僅かに赤い闘気が漏れ出ていた。闘気の色は濃く、カイト以上の力量の持ち主だ。

「ここはカジノダンジョンです、貴方達はどこから来たので？」

「カジノダンジョンだと？　なんだそれは？　ここは白銀のダンジョンではないのか？」

「白銀のダンジョンですって？」

カイトは声を跳ね上げた。白銀のダンジョンとは、その名を知らぬ者はいないダンジョンの最高峰。八大ダンジョンの一角だ。

「この転移陣は、白銀のダンジョンと繋がっているのか！」

カイトがガンツに目を向けると、古なじみの戦士は何度も太い顎を頷かせた。

「まさか、八大ダンジョンの一つと繋がるなんて……」

カイトは茫然と立ち尽くした。そして恐るべき事実に気づいてしまった。

八大ダンジョンはその名のとおり八個存在する。そして新たに設けられた部屋も八個だ。その全てに同様の転移陣があるとしたら……。

戦慄するカイトの耳に、騒がしい声が聞こえてくる。

「ん？　ここはどこだ？　天女のダンジョンではないようだが？」

「おい、お前達は誰だ？　黒竜のダンジョンでは見ない顔だが？」

「なにを言っている？　ここは蟲毒のダンジョンだぞ？」

カイトは慌てて踵《きびす》を返し、転移陣がある部屋から廊下に出た。するとほかの部屋から続々と、見慣れぬ冒険者達が出てきている。誰もが皆、高レベルの冒険者達だった。

「はっ、ははははっ」

カイトは乾いた笑い声をあげた。このダンジョンには何度も驚かされてきたが、これはその中でも最大級だ。まさかこんなことが起きるとは思わなかった。

カイトは頭の中で、でき上がりかけていたギルド支部建設の計画書を破り捨てた。

これからどうなるのか、カイトにもわからない。だが一つ確実なことは、カイトが計画したことは絶対にうまくいかないということだ。

カイトは大きく息を吐いた。

今日までやってきた仕事が全て白紙になった。徒労感が全身にのしかかる。しかし気落ちしている場合ではなかった。目の前では何人もの冒険者達が、転移陣を通じてカジノダンジョンにやってきている。警備隊では彼らを捌きされず、どうしていいのかわからない。ギランはまだ来られないだろうし、とにかく現場を仕切れる人間が必要だった。そしてそれはたぶん自分しかいない。

カイトは息を吸い込み気合いを入れなおした。

「皆さん、聞いてください！」

カイトは大きく声を張り上げた。


ジェイクの姿をしたパペットに憑依した俺は、人が増えたカジノをぶらついていた。

八大ダンジョンと繋げたおかげで、大量の人がカジノにやってきている。その数はとどまることを知らず、さらに増え続けている。

「ようジェイク。今日はもう帰るのか？」

親しくしている警備隊のダンが声をかけてくる。

「ああ、今日はもう帰るよ。そっちは上がりか？」

「いや、まだ仕事だ。八大ダンジョンと繋がったせいで、警備隊も大忙しだ」

ダンが嘆く。確かに一気に人が流れ込んで来たので大変だろう。

「そっちは大変だろうが、俺はいろんな話が聞けてうれしいよ」

俺は今日も酒を奢り、八大ダンジョンに挑んでいる冒険者に話を聞いた。特にどんなダンジョンでどんなモンスターが出て、どんな罠があるのか知りたいことは沢山あった。

「おいおい、俺達ロードロックの冒険者も忘れないでくれよ」

「わかっているさ、人が増えて揉め事も増えそうだからな。日頃の感謝も込めて今度奢るよ」

「よっしゃ、約束だぜ！」

奢る約束に、ダンは破顔する。

「しかしお前もそうだが、あちこちで景気のいい話が聞こえてくるな。ギルド長は儲けているみたいだし、商人達もここぞとばかりに金を使っている。一体どれだけ金が動いているんだか」

ダンが呆れた声で話す。転移陣の効果は、八大ダンジョンに挑んでいた冒険者が来るようになっただけではない。転移陣を用いた移動が可能となったことで、流通革命が起きているのだ。

利に聡い商人達はすぐに転移陣の有用性に気づき、商売に活用し始めている。

「商人達だけじゃない。ここでもだ。昨日もスロットでスリーセブンが出たって聞くぜ」

他人の大当たりがうらやましいのか、ダンがぼやく。

「スリーセブンは、これまでもたまに出ていただろ」

「でも三日前にも、スリーセブンが出たばっかりだ。こんなことあるか？」

ダンがぼやくが、彼の意見は正しかった。

実はスリーセブンは基本出ないようになっている。集客力を上げるために、週に一度ぐらいのペースで、人が多い時間を狙って出していたのだ。ただ最近は新たにやってきた人をリピーターにするため、スリーセブンを出す比率を増やしている。おかげでカジノにはまる人が増えてくれている。

だが昔からの常連は、違和感に気づき始めているのだ。

「人が増えたからだろ」

俺は適当にごまかしながら、気をつけようと自戒した。少し派手にやりすぎたようだ。

「幸運はいつも、俺の前を素通りしちまう」

「腐るなよ。まじめに努力してればいいこともあるさ」

不公平だと嘆くダンに、俺は笑って応えた。

「次の奢りで、一番いい酒を奢ってやるよ」

「その言葉、忘れるなよ！」

「ああ、今度な」

タダ酒の約束にダンが破顔する。俺は手を振って別れた。そしてカジノを抜けて宿に戻り、憑依の接続を切った。意識が自分の体に戻ると、そこは自分の部屋だった。

俺はケラマが待つモニタールームへと向かった。壁一面にモニターが設置された部屋では、大きな机が置かれ、そこに黒い毛玉こと我が副官のケラマが乗っていた。

「ただいま、ケラマ」

「おかえりなさいませ、マダラメ様。お喜びください。昨日獲得したポイントは、差し引き二十万ポイントを超えました。おそらく今日も達成可能でしょう。この分だと二十五万ぐらいまでは上がるのではないでしょうか？」

ケラマの声はいつもより高い。副官も興奮している。

「おおっ、思ったより伸びるな」

グランドエイトのダンジョンと、転移陣を繋げてはや三週間。初日には獲得ポイントが十倍となり、ポイントはさらに増加し続けていたが、ついに二十倍にまでなった。

「しかし査問会を切り抜けつつも、かような手を打たれるとは、うまく丸め込みましたね」

「丸め込んだとは人聞きが悪い。まぁ、俺が一番得をする結果になったがな」

俺はグランドエイトとの話し合いを思い出した。


「転移陣を通じて、我らのダンジョンと繋げるだと？」

俺が出した条件に、シルヴァーナをはじめグランドエイトのお歴々が顔を顰めた。

「なぁ？　そんなことができるのか？」

ドゴスガラがメグワイヤを窺うが、メグワイヤもわからないと首を横に振る。

これまでダンジョン同士を、転移陣で繋げようと考えた者がいなかったのだろう。こんな話は前代未聞だと、グランドエイトも互いに顔を見合わせる。だがすでに実例があるのだ。

「可能だ。そもそもこのソサエティが、一つのダンジョンなのだ」

俺が指摘すると、グランドエイトが驚きと気づきに目を見開く。ソサエティは主のいない空白のダンジョン。ソサエティと自分のダンジョンを転移陣で繋げることができるのだから、当然ほかのダンジョンとも繋げることができるはず。ケラマにも確認したが、原理的には可能だと言っていた。

「もちろんこれには両者の合意が必要だ。しかし合意すればできる。やるか？」

「馬鹿馬鹿しい、ありえないな」

俺の説明を、メグワイヤが眼鏡を直しながら一蹴する。

「転移陣を設けてダンジョンを繋げる。それはなかなか面白い提案だ。しかしお前のダンジョンと繋げることなどありえん。お前の前にいるのはグランドエイトだぞ？　昨日今日できたばかりのダンジョンとは格が違う」

メグワイヤの言葉に、ほかのグランドエイト達も同調する。

「そもそも信用できない。ダンジョンを繋げるには、幾つかの約束をせねばならないだろう。だがお前は都合が悪くなれば逃げてしまう。そんな奴と約束をすることはできない」

メグワイヤの言葉はもっともだった。すぐに逃げる相手と交渉しても意味がない。

「ではこうしよう。俺のダンジョンコアを賭けよう」

俺が言うと、グランドエイト達が騒然とした。

「お前、言っている意味がわかっているのか？」

ドゴスガラが、ふざけているのならば殺すぞと怒りをにじませる。

ダンジョンコアを賭ける。これはダンジョンマスターの間で使われている比喩らしい。意味は自身が持つダンジョンの資産、つまり総ポイント分のポイントを賭けると言う意味だ。

自分の命を懸けると言っているに等しい。

「もちろんわかっている。転移陣を通してとはいえ、他者のダンジョンと繋がるんだ。信用できない奴と組めないだろう。だからどちらかが約束を破った場合、違約金ならぬ違約ポイントを支払うことにしよう。支払額は俺のダンジョンの総ポイントでどうだ？」

俺の提案に、グランドエイト達が目を見合わせる。違約ポイントが俺の総ポイントとなると、違反した瞬間に俺は死ぬことになる。一方で栄えあるグランドエイトにとっては、その程度は大した出費ではない。この条件は俺だけにリスクがある提案だった。

「どうかな？　まぁそれでも無理というのなら、引き下がるほかないが。ああ、君達は俺の存在が気に食わないようだから、二度とソサエティに来ないことを誓うよ」

俺は右足を引き帰るそぶりを見せる。もちろんここからは脱出できないようなので、操作している魔道具の接続を切るだけだが。

「待て、少し考えさせろ」

シルヴァーナが銀色の目を閉じた。その脳裏には数字が行きかっているはずだ。だが考える時間は無駄だ。計算ではなく感情がすでに答えを出している。

「……いいだろう」

シルヴァーナが細い顎を引いた。隣に居るドゴスガラが抗議の声を上げるが、俺には初めからわかっていた結果だった。

シルヴァーナにしてみれば、生意気な俺を何としてでも叩き潰したいだろう。それにここで俺を逃がせば、グランドエイトの沽券《こけん》にもかかわる。しかし俺がソサエティに来なければ、その機会は永遠に失われる。答えは初めから出ているのだ。

「だが転移陣でダンジョンを繋げると言ったが、どこに配置するつもりだ？　まさかコアのすぐ隣につけろと言うのではないだろうな？」

「そんなことは言わない。場所は入口のすぐ横を指定したい。俺も全員の転移陣を入口付近に固めて配置するつもりだ。細かい条件はあとで詰めるが、おおむねそんなところだ」

「その転移陣を設置すれば、そちらも奥へと続く扉の条件を緩和すると？」

シルヴァーナの問いに俺は頷く。

「そうだな。今は二つ合わせて二十万コインだから、両方合わせて千コインに値下げしてもいい」

俺はさも今考えたように話した。しかし実際は事前にケラマと協議した内容だ。この条件なら、グランドエイトは確実に呑む。

「無料にしろ」

黒い鱗のドゴスガラが、ケラマも想定外の無茶を言う。

「それはできない。ダンジョンの奥へと続く関門に、安い金額はつけられない。あと細かい条件として、シンボルは原則ワンセットだけ。使用されるか、ダンジョンの外に持ち出されると消滅して新たに補充される。また同様の設備をダンジョンには設けず、これ一つとする。こんなところかな」

俺の出す条件に、シルヴァーナはしばらく考えて頷いた。

「わかった、いいだろう。その条件を呑もう」

「シルヴァーナ！　正気か、こんな奴の条件を呑むなど！」

ドゴスガラが反対の声を上げるが、シルヴァーナは取り合わない。

「落ち着け、ドゴスガラ。条件さえ緩和されれば、こいつのダンジョンなどすぐに攻略される」

メグワイヤがドゴスガラを宥《なだ》める。ほかのグランドエイト達も、それならばと同調する。

「それで、条件の緩和は今日からなのだろうな？」

「転移陣の設置を今日してくれるなら、今日緩和しよう」

シルヴァーナが条件を突きつけてくるが、こっちも条件で返す。だがドゴスガラの説得を考えれば、数日は必要だろう。それでなくても細かな取り決めをするのに、何日か必要だ。その間に俺も準備を整えておかないといけない。

「それでどうだ？　これ以上話すことがないのなら、査問は終わりかな？」

俺の問いにグランドエイトの面々が顔を顰めた。しかし話が決まった以上、これで終わりにするしかない。

「閉会」

シルヴァーナは嫌そうな顔で木槌を叩き、査問会を終了させた。

グランドエイトとの会合を思い出すと、俺は笑いが止まらなかった。連中が俺の口車に乗ってくれたおかげで、八大ダンジョンに挑むような高レベルの冒険者が、我がダンジョンに流れ込んでいる。さらにここに来れば八大ダンジョンに挑めると、周辺の国々からも冒険者が集まっていた。手に入るポイントはさらに増えるだろう。

「事前にホテルやレストランを拡張しておいて正解でしたね」

「ああ、それでも足りないけどな」

新たにやってきた冒険者達が、寝床と食事を欲していることは明白だった。だから俺は宿を増設し、新たに料理人の手配を頼んだ。冒険者達は他に寝泊まりする場所がないので、カジノのホテルやレストランを使用してくれている。おかげで大量のポイントが手に入るので、笑いが止まらない。

「でもまだまだ忙しくなるぞ。さっき見てきたが、人で溢れている。さらにカジノを増築しないと」

俺はカジノの混雑ぶりを思い返した。すでにカジノフロアを地下三階にまで追加し、浴場も増設していた。だがまだ足りない。

「マリア達三人からも、景品の補充が追いつかないと報告があがってきております。景品交換所の増設も必須でしょう」

ケラマが報告する。どうやらゾンビ三人娘も大変らしい。

「わかった、複製機をもう一つ増やしてみよう。あとマリア達の下に、スケルトンをそれぞれに二体ずつつけよう。交換所の増築はスケルトンの数が揃ってからだな」

俺は当座の方針を固めた。とりあえずはそれで何とかしてもらおう。

「マダラメ様。増築案なのですが、転移陣を設置した向かいに、大部屋を造ってみてはどうでしょうか？　ダンジョン攻略に向かう冒険者が、集まれる場所を作ってやれば便利かと」

「いいアイデアだな。適当に座れる場所や水場。あとでかいトイレも造ってやるか」

俺は頭の中で図面を引いた。八大ダンジョンに挑む冒険者達には、ここが居心地のいい場所だと認識してもらいたい。そしてできるだけ長居してもらいたい。

「地上に街を造る計画があるようですが、きっと今回のことで計画が前倒しとなるでしょうね」

「ああ、来年ごろにでき始めるかと思っていたが、この分だと今年中に形になるかもな」

ケラマの言葉に俺は頷く。ロードロックの連中も馬鹿じゃなければ、このダンジョンを押さえる価値を理解しているはずだ。とにかく建物を建てて、ここの支配権を明確にしようとするだろう。そうなれば地上に住む人からもポイントが得られるだろう。ありがたい話だ。

「あとやっぱり、値下げしたシンボルは使われる気配すらないな」

「値下げに気付くまでに、一週間はかかりましたからね。グランドエイトのダンジョンマスター達は、悔しがっていることでしょうね」

ケラマが口元を僅かに歪めた。グランドエイト達は、シンボルを値下げすれば俺のダンジョンはすぐに攻略されると考えていた。だがシンボルの値下げに気づいた冒険者達は、一度だけシンボルを使ってダンジョンの奥に入った。だがそれ以降は誰も奥に足を踏み入れてはいない。

「ですが、マダラメ様。このままでは、また文句を言ってくるのではありませんか？」

「かもね、でも言われても相手にする必要はないよ。何せシンボルは冒険者達が持っているんだ。今も詰め所の金庫にあるんだろ？」

「はい、一応監視しておりますが、金庫に入れられたきり、持ち出されてはおりません」

ケラマの報告に俺は頷いた。

奥へと続くシンボルは、現在冒険者達の手で厳重に保管され、警備隊の金庫に納められている。

「それなら仕方がないよな。冒険者が使わないことを決めたのだから」

俺は誰にするでもない言い訳をした。冒険者達が攻略しないことを決めたのだから、俺にはどうすることもできない。

「ところでマダラメ様、一つ問題が……」

ケラマが言いにくそうに言葉を濁す。

「現在開発中のアイテムですが、作成にポイントが多くかかっておりまして」

ケラマがモニタールームの一番端にある、二つの画面に目を向けた。そこには緑の盾を構える一体のスケルトンが映っていた。スケルトンが盾を構える方向から、突然炎が浮き出しスケルトンを襲う。だが緑の盾が炎をはじき防いでいた。また別の画面では、真っ赤に燃える溶岩が床を覆っていた。その溶岩の上を、一体のスケルトンが歩いている。すぐに燃え落ちそうなものだが、スケルトンが履く赤いブーツと身を纏う外套《がいとう》が、高熱を遮断していた。

どれもポイントをつぎ込んで作った、高価な防具ばかりである。

我がダンジョンを攻略しようとする冒険者は居らず、全く必要のないものだった。だがこれは俺が直々に命じて作らせたものだ。

「なに、かまわない。以前言った通り、こっちは採算度外視でやってくれ」

「しかしよかったのですか？　節約しなければいけないのでは？」

「わかっている。でも必要なことだ」

俺はケラマに言い含めた。現在我がダンジョンは好調である。しかしここから先は地獄が待っている。だが逃げることはできない。何故ならば地獄の蓋を開けたのは、ほかならぬ俺自身だからだ。

「問題は俺達が持ちこたえることができるか、そしてどこが最初に落ちるかだ」

世界に名を知られる白銀のダンジョン。その最下層はさながら宮殿のごとき壮麗さを誇っていた。白を基調に銀の装飾が施された一室で、主たるシルヴァーナは白磁のティーカップを傾けた。

グランドエイトの最高峰として忙しい毎日を送るシルヴァーナにとって、お茶のひと時は心休まる時間のはずだった。しかしこの一ヶ月程、落ち着けたためしがなかった。

全ては新参者の、ダンジョンマスターマダラメが原因であった。お茶を飲んでいても、脳裏に奴のしたり顔がちらつき苛立ちが募る。

マダラメは思わぬ方法で攻略されないダンジョンを造り、一年目にして上位に食い込んできた。まさかギャンブルを用いて開かない扉を作るとは、考えもつかない方法だった。正直うまい方法だと思う。だがこれを模倣することはできなかった。シルヴァーナもコインやシンボルを用いて、似たような扉を造ろうとしてみた。だがどうやっても設置できなかったのだ。

どうやら取得手段がその場に提示してあるだけでなく、地下一階に設置してあることも、また一つの条件だったのだろう。

地下奥深くにマダラメが造ったような扉を設けた場合、冒険者を長時間拘束することになる。幾多の戦闘を乗り越えてやってきた冒険者を、長時間拘束する仕掛けは公平とは言えないのだろう。それに何度も往復させ、挑戦させるのも攻略する側に大きな負担となる。

一方マダラメのダンジョンは、地下一階に扉の仕掛けがある。あれならいつでも誰でも挑戦でき、時間をかければ必ず開くようになっている。

真似をするならば、地下一階にあの仕掛けを設けなければいけない。だがシルヴァーナには同じことができなかった。

　グランドエイトの頂点としてのプライドもあるが、ただ冒険者を阻んでも意味がないのだ。冒険者に長時間滞在してもらい、ポイントを落としてもらわなければいけない。しかしこれまで何人もの冒険者を殺してきた手前、マダラメと同じような設備を造っても信用はされない。それに地下一階で冒険者を足止めしては、これまで造った広大なダンジョンが無駄となってしまう。

　ダンジョンは拡大することはできても、縮小することはできない。すでに少なくない維持費がかかっており、ポイントが手に入らなければ破産してしまう。

　マダラメの真似ができるのは、ダンジョンマスターになりたての者だけだ。しかしダンジョンマスターとして活動し、一年が経たなければソサエティに来ることはできない。一年を生き延びることができたマスターは、すでに大きなダンジョンを造ってしまっている。そうなるとマダラメと同じ方法をとることはできない。

　考えれば考えるほどよくできていた。それだけに腹が立った。

　腹が立つといえば、人間の冒険者達にも腹が立った。

　マダラメと交渉の末、せっかくシンボルの獲得条件を緩和したというのに、冒険者達はマダラメのダンジョンを一向に攻略しようとしない。

　シルヴァーナはあんなイカサマダンジョン、シンボルさえ手に入ればすぐに攻略されると高をくくっていた。だがシンボルを獲得しても、冒険者達は攻略しなかった。どうやらマダラメのダンジョンは、周辺地域の経済に食い込んでいるらしい。しかも現在シンボルは冒険者達の手にあり、厳重に金庫に保管してあると言う。

シンボルを冒険者が入手していないのであれば、さらなる条件緩和や別の要求をすることもできた。しかし冒険者達が入手していて使用しないのであれば、さすがに問題にできない。

おそらくマダラメはこうなることがわかっていたのだ。『シンボルを一組だけ、フロア内にある限り、別のシンボルを再配置しない』と言う、ついでのように付け加えられた条件は、この状況を見越しての処置だったのだ。

全てはマダラメの思惑通り。全て奴の手の平の上だったと言うことになる。だが何より腹立たしいのは、マダラメとダンジョンを繋げたことで、ポイント収入が大幅に増えたと言うことだった。ほかのダンジョンを攻略していた冒険者達が、シルヴァーナのダンジョンに訪れるだけでなく、やってくる回転率が以前より高くなったのだ。以前は近くの街まで一日か二日かけて往復していたが、マダラメのダンジョンには宿泊施設があり、食事さえできるらしい。利便性が上がり、回転数の増加に繋がったのだ。

相対的に見て一番得をしているのはマダラメのダンジョンだろう。だがシルヴァーナもこれまでの倍の収入となっているため文句は言えない。

マダラメの提案で全員が得をする結果となり、ほかのグランドエイトも大喜びだ。ドゴスガラなどダンジョンを繋げることをあれほど嫌がっていたのに、そんなことも忘れて遊び呆けている。

だが誰もこの状況が、マダラメの思惑通りであることに気づいていない。

「我が君」

部屋の扉がノックされた。入室を許可すると、執事服に片眼鏡を掛けた白髪の老人が入ってくる。副官であるクリムトだ。手袋に包まれた手は銀の盆を持ち、何通かの封筒が載せられていた。

「幾つかのダンジョンから、転移陣を用いてダンジョンを繋げてほしいという打診が来ております」

「またか、これで何度目だ……？」

シルヴァーナは溜息を吐いた。このところ同様の申し込みがあとを絶たない。転移陣の有用性が証明され、ほかのダンジョンマスターもダンジョンを連結させようと動きを見せているのだ。

シルヴァーナは顎に手を当てた。今回マダラメのダンジョンと連結したことで、多くの利益を得ることができた。しかしこれはマダラメのダンジョンでなくても同じことができる。すでにマダラメに利用価値はない。今のうちに消しておくべきか？

シルヴァーナはマダラメを潰す方法を考えた。だがその時、クリムトが言いにくそうに口を開く。

「それと我が君。実はダンジョンマスターマダラメからも、手紙が届いております」

「奴から？」

マダラメの名はシルヴァーナの琴線に触れ、わずかに声が跳ね上がる。

クリムトが盆の上に載った手紙を差し出す。シルヴァーナは手を伸ばしかけたが引っ込めた。

「お前が読め」

シルヴァーナは自分では読まず、クリムトに読ませることにした。

マダラメに対してやや過剰になっていることを、シルヴァーナは自覚していた。自分で読まないほうがよいような気がしたのだ。

「わかりました、では失礼して」

クリムトが手紙を開封して一読する。読むと堅物のクリムトが口元をほころばせた。

「なんだ？　どうかしたか？」

「ははっ、こ奴め、我が君に泣きついてきております」

「泣きつく？」

「どうやらダンジョンを繋げてくれと、ほかのマスターから毎日のように打診があるようです」

クリムトの言葉に、シルヴァーナはああと頷いた。

シルヴァーナのところにもダンジョン連結を願う打診はきているが、全て上位のダンジョンだけだ。下位の者は恐れ多いのか言ってもない。しかしマダラメのダンジョンは違う。いかに獲得ポイントが多かろうが、しょせん奴は新参者。歴史も浅く格も足りない。だがマダラメのダンジョンと連結すれば、それはグランドエイトのダンジョンと連結したに等しい。ほとんどのダンジョンマスターが、マダラメに話を持ちかけるだろう。

「多くの打診に困り果てておるようです。さらに連結の際の条件や、契約の法整備など決まっておらず、このままではいずれ大きな問題になるであろうと訴えております」

「それはそうだろうな」

ダンジョンマスターにとってダンジョンは不可侵の城であり、ほかのダンジョンマスターに犯されることはない絶対の領域だ。しかし転移陣を通じてとは言え、ダンジョン同士の連結はその不可侵の城に灰色の部分を作ってしまう。

どこに転移陣を設けるのか？　問題があった時の対処は？　連結をやめる時はどうするのか？

現状ガイドラインも何もなく、口約束で全てを決めるのには無理がある。

「つきましてはグランドエイト主導で管理委員会を設けて、契約時の条件やガイドライン、違反や解約時の罰金、罰則の法整備などをしてみてはどうかと言ってきております」

クリムトが手紙の続きを読み上げる。何を言ってくるかと思ったが、以外にまともな話だった。

正直新たな法律を作るのは、面倒な仕事だった。だがマダラメの言うように放置は得策ではない。

下位のダンジョンマスターが上位の者とダンジョンを連結させた場合、下位の者のほうがポイント的にはうまみがある。そうなれば上位の者はダンジョンを連結させる際に、ポイントの上納を求めるだろう。下手をすると下の者を食い物にするマスターが現れかねない。下位の者が泣くのは別に構わないが、新たな勢力が台頭してグランドエイトの牙城を揺るがされるのは困る。

現在グランドエイトの支配は盤石だが、それ故に不満を持つ者達もいる。特にダンジョンランキング九位のロンデミオと十位のガルガンチュは、表面上にはシルヴァーナに恭順の意を示している。だが本心は知れたものではない。一波乱起こせるとなれば、必ず動くだろう。

ダンジョン連結の問題を放置すれば、連中の野心を呼び起こすことになるかもしれない。

手綱を握るためにも、マダラメの言う通り委員会を設置すべきだ。そして委員会を通さないダンジョンの連結を禁止し、申請の際に一定のポイントを委員会に納めさせる。こうすればダンジョン間の無秩序な連結を制限できるし、グランドエイトの支配権がさらに強まる。

マダラメの発案と言うことは気に入らないが、悪い考えではない。

「それで、クリムトよ。マダラメはその委員会に、自分も入りたいと言ってきているのか？」

だとすれば思い上がりもいいところだ。マダラメはなかなか面白い考えを持つ男だ。先見性もある。だがそれだけだ。アイデアは貰うが、利益や権利を分け与えてやるつもりはない。

「いえ、さすがに分はわきまえているようで、そのようなことは一言も」

シルヴァーナは少し意外だった。目ざとい奴だと思っていたが、それほどでもないのか？

いや、油断は禁物だ。この前もそれでしてやられたのだ。マダラメに対して警戒を緩めるべきではない。いっそのこと、奴のダンジョンとの連結を切るか？

シルヴァーナはマダラメとの連結を切り、奴を孤立させて潰す方法を再度考えた。だがすぐにこの思考を放棄する。ほかのグランドエイトが邪魔する未来が見えたからだ。

グランドエイトは自分達の支配を固定化するため、緩い連帯を組んでいる。そのため直接争うことはないが、水面下では自分の利益を最大化しようと、いがみ合っているのだ。

マダラメのダンジョンと連結したことで、すでに明確な利益が出てしまっている。利益を捨てろと言えば、ほかのダンジョンマスターが反対する。単独で動いてマダラメを排除することも考えたが、危険な綱渡りとなる。もしほかのグランドエイトに察知されれば、抜け駆けしようとしているとみなされ、逆に危険な立場となってしまう。

マダラメに攻撃を加えつつ、それでいて全員の利益になるように動かなければならない。しかしそんなうまい方法は……。

思考するシルヴァーナの脳裏に、先程の手紙がよぎった。

「クリムト、マダラメの手紙をよこせ！」

シルヴァーナはクリムトに読ませていた手紙を奪い、改めて読み直した。すると自然と笑いがこみあげてきた。

「あいつも意外に抜けているな」

シルヴァーナはマダラメを倒す方法を思いついた。やり方は奴の手紙に書かれていた。

「グランドエイトを招集しろ。ダンジョン六法第四法にもとづき、総会を開きルールの追加を行う」

ダンジョン六法
一つ、ダンジョンマスターはダンジョンを造らねばならない。

二つ、ダンジョンは必ず攻略できねばならない。

三つ、ダンジョンマスターはダンジョンルールを守らなければならない。

四つ、ダンジョンルールは不可侵である。ただし、ダンジョンランキング一位から十位の者が提案し、全マスターの過半数の同意が得られた場合のみ、ルールの追加が可能となる。

五つ、追加されるルールは、全てのダンジョンマスターに公平公正でなければならない。

六つ、追加されるルールは、過去に作られたルールと矛盾してはいけない。


ダンジョンソサエティの中心には、八本の塔からなる八柱の館が聳えていた。

塔は円形に連なり、中心には青い屋根に白い外観をした美しい館が鎮座している。この館こそ、グランドエイトが意思決定を下す評議会場であった。

高い天井は緩やかなアーチを描き、八枚の窓からは外の光が注ぎ込まれていた。室内には八個の椅子が円形に配置され、うち七つがすでに埋まっている。白銀のダンジョンの主、シルヴァーナだけが不在であった。

グランドエイトの大半が集っていたが、室内に会話はない。誰もが押し黙り、異様なまでの緊迫感が巨大なホールを支配していた。時折誰かが咳払いをし、茶を飲み、身じろぎをする。その一挙手一投足に皆が反応し、緊張の糸は緩むどころか張り詰めるばかりだった。

グランドエイトの異様なまでの警戒は、ここに集った理由にある。

シルヴァーナがダンジョンルールの追加を行うと招集したが、当のシルヴァーナがまだ来ていないのだ。誰もがシルヴァーナの所在を知りたがったが、声に出して問うことができなかった。何故ならばダンジョンルールの追加は、ライバルを陥れるために行われるからだ。

追加されるダンジョンルールは、自分を標的にしたものかもしれない。何も知らないのは自分だけであり、周りの全てが敵に見える。評議会場には不安と猜疑《さいぎ》と苛立ちが充満していた。

互いが互いを疑う中、緊張の糸を切るように扉が開かれた。

「遅れてすまない。少し調整に手間取っていた」

銀の鎧と褐色の肌を持つシルヴァーナが、歩きながら謝罪して席に着く。

「おい、シルヴァーナよ。今日の議題は何だ？」

待ち切れなかったドゴスガラがすぐさま問う。

「もちろんダンジョンの連結についてだ。多くのマスターがダンジョンの連結を考えている。無秩序なダンジョン連結が行われる前に、ダンジョンルールとして盛り込むべきだと思って招集した」

シルヴァーナの説明を聞き、七人は安堵の息を漏らす。だがすぐに疑問の声が湧き出た。

「わざわざダンジョンルールに持ち込むほどのことですか？」

メグワイヤが眼鏡を直しながら尋ねる。

ダンジョンルールの追加は、簡単に行えることではない。

まず高額の申請書をダンジョンコアで作成せねばならず、さらに総会を開き、全てのダンジョンマスターを一堂に集めなければならない。自発的な参加で全員を招集するなど不可能であるため、時間指定で発動する召喚状を送り、強制参加としなければならない。

どれも高額のポイントが必要となる。グランドエイトで分散して負担するとしても、馬鹿にならない出費だ。軽々しく行うことではない。

「口約束では心もとないですが、ダンジョンマスター間で使用される契約書でいいのでは？」

メグワイヤの提案に、エンミとソジュが頷く。しかしシルヴァーナは首を横に振った。

ダンジョンコアで作成可能な契約書は、違反者にはポイントを強制徴収する機能がある。しかしそれでは駄目なのだ。

「確かに契約書は便利だが、相手がサインしなければ意味がない。特にソサエティを全く使用しないダンジョンマスターには、あまり意味がない」

シルヴァーナの言葉に、七人はマダラメの顔を思い浮かべた。

「それで、どのようなルールを盛り込むつもりなのです？」

「ぎりぎりまで草案を詰めていたが、これで行こうと思う」

メグワイヤの問いに対し、シルヴァーナは書類の束を渡した。一同が書類を覗き込む。


ダンジョン連結におけるルール。

一つ、ダンジョンの連結は転移陣のみとする。

二つ、転移陣の設置場所は、入口と同じフロアに設けること。

三つ、入口から転移陣に至るまでの道のりは、常に円滑な通行を保証しなければならない。罠を設けてはならず、施錠可能な扉も造ってはならない。

四つ、ダンジョンを連結する際、連結時点でダンジョンランキングが下位のダンジョンマスターは、上位のダンジョンマスターに連結ポイントを払わなければならない。連結ポイントは両ダンジョンマスターと、中立たる審査委員会による三者の合意によって決定される。

補足、すでにダンジョンを連結してしまっている場合は、三者による話し合いで決定される。ただし合意に至らぬ場合は、連結ポイントは審査委員会が決定する。

五つ、ダンジョン連結の契約破棄は、一方的に行《おこな》ってはならない。両ダンジョンマスターの同意を持って行うものとする。

六つ、ダンジョン連結を一方的に断った場合、連結した相手に違約ポイントを支払わなければならない。違約ポイントは審査委員会が決定する。

七つ、審査委員会は、ダンジョンランキング上位八名が就任するものとする。


シルヴァーナが書いた書類を一読して、メグワイヤは頷いた。

「なるほど、確かにこれはルールに盛り込む価値がありますね」

「ん？　これのどこがそんなにいいんだ？」

ドゴスガラが首を傾げる。メグワイヤは呆れて書類を叩いた。

「一から三まではそのままの意味です。問題はそれ以降です。まず四に関してですが、三者の合意が必要ということです。言いかえれば、審査委員会が首を縦に振らなければダンジョンを連結することはできない。さらに連結ポイントや違約ポイントの設定なども、審査委員会が決定できます。そして審査委員会とは我々です。つまり、我々には大きな権限が与えられることとなります。審査料などの名目でポイントを納めさせれば、大きな収入となるでしょう」

なるほど、とドゴスガラだけが頷く。

「ですがここでの重要な点は。四に付随する補足項目です。すでに連結しているダンジョンがある場合は、我々が好きに連結ポイントを設定できます」

「それがどうして重要なんだ？　連結してあるダンジョンなんて、ほとんどないだろう？」

「ほとんどどころか、現在連結されているダンジョンはたった一つだけです」

「ん？　ああ、そうか！」

「はい、マダラメのダンジョンだけです」

メグワイヤの言葉に全員が頷いた。

「マダラメのダンジョンは我らと連結したことで、獲得ポイントを大きく上昇させました。それでも我らには及びませんが、また何をしでかすかわかりません」

「連結ポイントをあいつから搾り取るってことか！」

笑うドゴスガラにメグワイヤも頷く。

「現在マダラメのダンジョンは、一日平均二十五万ポイントを稼いでいるはずです。我ら八人で、それぞれ毎日四万ポイントずつ徴収しましょう。貯蓄がどれだけあるかはわかりませんが、それでも半年もすればポイントが枯渇するはずです」

「できるだけ長く吸い上げるつもりか。解約を申し出てきたらどうする？」

「解約できないように違約ポイントを吹っ掛けておきましょう。一千万程度だと、もしかしたら工面するかもしれません。一億でどうです？」

メグワイヤの言葉に、ほかの七人は笑った。

一億ものポイント、保有しているのはグランドエイトぐらいだ。しかも一人につき一億であるから、全員と解約しようとすれば、八億ポイントを支払う必要がある。絶対に解約できない。

マダラメのダンジョンは必ず破滅する。だが誰も慈悲をかけようなど思わなかった。

突然出てきた新参者が、自分達に対して大きな面をしたのだ。ふさわしい末路と言えた。

そして一週間後、ソサエティで総会が開かれた。全てのダンジョンマスターが集められ、新たなダンジョンルールがほぼ満場一致で採択された。可決され、新たに施行されることとなったダンジョンルールを見ながら、シルヴァーナは満足だった。

ダンジョンマスターの中には、このルールがもつ裏の意味に気づいた者もいたが、声に出して反対する者はいない。それはマダラメも同じであった。補足事項がもつ意味には気づいただろうが、反対しても意味がないと悟ったのだろう。

シルヴァーナは自らのダンジョンに戻ると、さっそく連結ポイントを請求した。グランドエイト全員分を含めれば、八人で三十二万ポイントだ。これにはさすがに泣きついてくるだろうと思ったが、マダラメは手紙一通送ることとすらせず、ただ静かにポイントが支払われた。

振り込まれたポイントを見て、シルヴァーナは何故か嫌な予感がした。何か嵌められた気がしたのだ。しかしそんなことはないはずだった。全てはシルヴァーナが考えたことだし、仮にこれがマダラメの計画だったとしても、自分の首を絞めるようなことをするわけがない。何より何か手があるとしても、元手となるポイントが減っていく。下手な行動は死期を早めるだけである。

いずれ限界は来る。マダラメはただ強がっているだけ。

シルヴァーナは不安をかき消した。だが念のためポイントを浪費せず、温存することにした。

俺は総会からダンジョンに戻ると、その足でモニタールームに向かった。壁中が画面で埋め尽くされた部屋では、黒い毛玉の姿をしたケラマが不安そうな顔で俺を見つめた。

「グランドエイトから、連結ポイントの請求が来ております。八人で三十二万ポイントです」

「そうか、払ってやれ」

俺は短く指示した。ケラマは頷き支払いの手続きをとる。

「どうするのですか？　これまでに貯めたポイントがありますが、半年と経たずに破綻しますよ？」

「ポイントの消費を抑えるしかないな。あと有効な手と言えば配当率を下げることだが……」

「しかし配当率を変更すれば、客足が遠のくのではありませんか？」

ケラマの言葉はもっともだった。配当を絞れば、一時的によくなるだろう。しかし信用を落としては今後が成り立たない。

「そうだな、配当率はこのままでいこう。代わりに安いポイントで作れる景品を値下げしよう。今一番人気なのは化粧品だな。安くして量を増やそう」

俺は今後の方針を指示する。化粧品は安く作れるので、ポイント的においしいのだ。これらの景品が集中的に交換されれば、相対的に節約できる。

「あとはこれまで禁じ手としてきたが、コインの換金を行おう。ただし、手数料として一定額を差し引き、換金されすぎないようにしてくれ。適切な手数料を計算してくれるか？」

「単純な計算でしたらおまかせください。しかしそれで大丈夫でしょうか？」

ケラマの顔は不安げだ。実際、出ていく分を減らすだけでは駄目だ。

「客を増やさないといけないな」

俺は息を吐いた。出ていく分を減らすのも大事だが、入る分を増やさねばならない。

「そうだな……ボクシングでもやるか。ラスベガスではあれが華だ」

俺の呟きを聞いたケラマは、ボクシングとは何だと首を傾けた。


カイトはその日、ダンジョンの上に造られた仮設の小屋でメリンダとお茶を楽しんでいた。

小屋から外を眺めると、多くの人が行きかい賑わいを見せている。

冒険者だけではなく、商人らしき人も多かった。往来する人々を見てカイトは呟く。

「最近は知らない顔も増えたな……」

一ヶ月前までは見知った顔ばかりだったが、もう知らない顔のほうが多いぐらいだった。

「それは仕方がないわよ、何せ八大ダンジョンと繋がったんだから」

メリンダの言うことはもっともだった。世界各地と繋がったことにより、多くの人がロードロックとカジノダンジョンに来るようになった。

「ダンジョンも急に大きくなったしね。そのせいか化粧品が安く大量に出るようになって、私はうれしいけれど」

「ギルド長は独占が崩れたと、不平不満たらたらだったけれどね」

カイトが言うと、メリンダは苦笑いを浮かべた。

供給量が増加したことで、ギルドも独占ができなくなった。冒険者ギルドのギルド長ギランは、利益を失い苛立っている。

「叔父さんには悪いけど、ちょうどいい機会だったと思うよ。多くの人が来るようになって、その分需要が急増した。独占し続けていたら、多分問題になっていたよ」

ギランの顔は広いが、その権力が届くのもロードロック周辺までだ。さすがに世界各地の商人達を、全て黙らせるほどの力はない。それに八大ダンジョンからやってきた商人達は、いち早く金の臭いを嗅ぎつけて連合する動きを見せていた。

カジノに街をつくる計画にも出資する意向を示し、ギルドに利権を独占させない構えだ。

「商人達はやり手だよ。うまく付き合っていくしかない」

「でも治安の悪化は心配よね。コインが換金できるようになって、カジノに居つく人も増えたし」

「ああ、あれは問題だ。何とかしないとな」

メリンダが言ったことは、カイトにとっても頭が痛い問題だった。

これまでカジノはコインの換金には応じていなかった。しかし最近は一定の手数料を取られるが、換金が可能となったのだ。おかげでロードロックの食い詰め者が居つくようになり、治安悪化の一因となっている。

どうした物かと考えていると、小屋に青年が入ってくる。仕事を手伝ってくれているカルだ。

「カイトさん。参加者名簿、まとめてきましたよ」

カルは手に持っていた書類を差し出す。

「ありがとう。それで、マイソンは参加してくれるって?」

「はい、今日会って参加の意思を確認してきました。本人もやる気のようです」

マイソンとは、ロードロックに住む冒険者だ。二メートル近い身長に、無類の体力を持つ前衛だ。特に格闘技に精通しており、素手での喧嘩なら無敗を誇る。

「やったわね、これで勝ち目が出てきたじゃない」

メリンダが喜ぶ。カイトも頷きながら小屋の壁に張られた一枚の張り紙に目を向けた。

『バトルチャンピオン開催！　参加者募集中！』と大きな文字で書かれている。

これは少し前に、カジノダンジョンに張り出されたものだ。

ダンジョン主催の格闘技の試合らしく、ルールはいたって簡単。素手による一対一の戦いだ。

優勝者には初代バトルチャンプの名誉と共に、ダンジョンから賞金が支払われるらしい。

この催しに、腕に覚えのある冒険者達が色めき立った。

カイト達としては、何としてでも地元から優勝者を出したいところだ。しかし八大ダンジョンを攻略している高レベル冒険者も、優勝を目指してバトルチャンピオンの参加を表明している。彼らは侮れない力を持っているが、マイソンが出てくれるとなれば勝機はある。

「よし、これで盛り上がることは間違いなしだな。しかしこれからが大変だぞ」

カイトは自分の左手を拳で叩き、気合いを入れた。

最初の催しであるため、前例がなく忙しいことは請け合いだ。しかもここのダンジョンマスターときたら、闘技場を造り賞金まで用意したくせに、運営そのものは冒険者ギルドに一任した。

冒険者のことを理解しているギルドに、催しを盛り上げてほしいからだと言っていたが。多分面倒だったからだと思う。

「ああそうだカイト。僧侶の都合がついたから、そっちは安心して」

「助かるよ。それはダンジョンマスターからの依頼だったからね、早めに用意できてよかった」

メリンダの手際の良さに、カイトは頷く。

バトルチャンピオンの開催はまだ先だが、負傷した選手を治療する僧侶の確保を、ダンジョンマスターに依頼されていたのだ。

「しかしダンジョンマスターが最初に言ったのが、人命尊重なんだから世も末よね。利権に目がくらんでいるギルド長は、見習ってほしいものだわ」

メリンダが笑うが全くそのとおりだった。

各地の腕自慢が集うバトルチャンピオンの裏では、当然のように誰が勝つかの賭けが行われている。本来であれば主催者であるカジノが、賭博を取り仕切るべきであった。しかしカジノダンジョンはこの賭博運営権を、冒険者ギルドにタダでくれたのだ。

おかげでギランは大金が手に入ると大喜びだ。一方カジノは莫大な利権には目もくれず、負傷した選手には手厚い治療をしてくれと言ってきた。メリンダの言うように、何もかもが間違っている。

カイトは最近、カジノダンジョンが何を考えているのかわかってきた。カジノダンジョンは、決して人命尊重というわけではない。ただ危険視されるのを恐れているのだ。

どれほど目新しいものがあり、有用であってもダンジョンはダンジョンだ。いつ危険視され、潰す方向に話が転がるかわからない。そうならないために、ダンジョンマスターは毛筋ほどの危険も冒さず、冒険者の身の安全を最優先に考えているのだ。

そこまで考えて、カイトは不意に怖くなった。

よくよく考えれば、これはすごく怖いことだった。

見返りもなく命を救ってくれる者などいない。もちろん相手が善人と考えることもできるが、ここはダンジョンであり、相手はダンジョンマスターだ。自分達とは違う生き物なのである。信用していい相手ではない。

今のところ危険性はないが、相手の狙いが読めないだけに不気味だった。何故ここまで徹底して危険視されるのを恐れるのか？　その裏で何をしているのか？　その真の目的は？

いやそもそもダンジョンマスターは、何故ダンジョンを造るのか？　どうしてダンジョンなどというものが存在するのか？

当たり前すぎて誰も考えたことがないことに、カイトは今更ながら気がついた。そして不意に怖くなり、体が震えた。

「どうしたの？　カイト？」

「いや……何でもない」

カイトは口ではそう言ったが、内心の恐怖は消えなかった。

カジノに新設されたコロシアムは、熱気に包まれていた。

歓声と怒号がまじりあい、観客が踏み鳴らす足音がダンジョンを震わせる。闘技場に筋骨たくましい二人の冒険者が現れると、歓声は衝撃となり、いっそう激しさを増した。興奮は天井知らずに上昇を続け、冷めることを知らぬ大炎となり猛り続ける。

バトルチャンピオンがついに開催された。俺とケラマはモニタールームでイベントの開催を眺めていた。しかしモニタールームに佇む俺とケラマの間には、会場のような熱気はない。俺は椅子に腰かけ、静かに息を吐く。机の上にいるケラマもそれは同じだ。何もせずじっとしていた。

俺はモニター画面の一番上に目を向けた。そこには現在保有しているポイントが表示されている。ポイントは毎日のように減っていった。だがやることはない。何もしてはいけないのだ。

俺は視線をモニタールームの隅へと向けた。そこには小さな机があり、チェス盤が置かれていた。この世界にはチェスは存在しておらず、俺が景品に加えるために作った物だ。ただ今では俺とケラマの暇つぶしの道具になっている。

盤上を見れば、俺の白い駒はケラマの黒い駒に圧倒されていた。すでに戦力差は大きく形勢はケラマの有利となっている。

当初は俺がケラマに教えていたのだが、ケラマは瞬く間にルールや定石を覚え、俺を上回る腕前となっていた。もはや俺が勝てることの方が少なくなってきている。

俺は盤上の駒に改めて目を留めた。最近は遊ぶ気にもならないため、盤の上にはうっすらと埃が積もっていた。形勢は完全にケラマに有利であるため、もう投了してもいいかもしれない。だが俺はまだあきらめてはいなかった。

形勢は確かに悪い。戦力差は明らかである。しかしまだ勝ち筋は残っていた。

ただ一筋、わずかな光明が俺には見えている。
ならばそれに全力を掛けるだけであった。

第五章　旧き支配者達の退場

新たにダンジョンルールが追加され、五ヶ月が経過した。

グランドエイトの頂点に立つシルヴァーナの前に、一人の男が跪《ひざまず》いた。

「頼む、助けてくれ！」

助命を懇願する男に、シルヴァーナは憐憫《れんびん》の情を向けた。

「ドゴスガラ……」

シルヴァーナが声を向けた先には、黒い鱗を持つ竜人がいた。幾重にも枝分かれした角は王冠のように起立し、連なる鱗は鋼のような光沢を放っている。武闘派を掲げるグランドエイトの雄が、今や恥も外聞もなく跪いていた。

「ド、ドゴスガラ様」

グランドエイトの六席、天女のダンジョンの主ユリンが、紫の扇を落としドゴスガラに駆け寄る。白い手を肩にかけるが、ドゴスガラは立たず頭を下げ続ける。

「頼む。シルヴァーナ、メグワイヤ。少しでいいんだ。モンスターを貸してくれ」

頭を下げるドゴスガラを見て、ユリンが愕然とする。

ユリンはドゴスガラの情婦であり、ドゴスガラ傘下のダンジョンマスターだ。自分の男が頭を下げる姿は、見たくなかっただろう。

「ドゴスガラ、お前のダンジョンは攻略されかけているのか？」

シルヴァーナの言葉を、ドゴスガラは否定しなかった。

五ヶ月前まで、ドゴスガラのダンジョンは盤石であった。ダンジョンは深く、強力なモンスター軍団が守りについていた。襲い来る冒険者達を撃退し、ダンジョンコアに寄せ付けなかった。

「冒険者達が来るのが早すぎる。防衛が追い付かない。全てはマダラメ、奴のせいだ」

頭を下げるドゴスガラが、苦い声を上げる。シルヴァーナは眉間に皺を寄せた。

五ヶ月前、シルヴァーナをはじめとするグランドエイトのダンジョンは、マダラメのダンジョンと転移陣を通じて連結した。

これにはいい側面もあった。ダンジョンを連結したことにより、多くの冒険者がグランドエイトのダンジョンにやってくることになった。

グランドエイトのダンジョンは、どれも人里離れた場所にある。一方マダラメのダンジョンはロードロックという街に近く、冒険者は補給や休息が容易にできた。必然、グランドエイトのダンジョンに挑む間隔が早くなる。

またロードロックやその周辺に住む冒険者も、グランドエイトのダンジョンに挑むようになった。ダンジョンに挑む冒険者が増えれば、その分獲得できるポイントも増加する。グランドエイトは過去に例がないほど獲得ポイントを伸ばし、絶好調であった。だがこの好調は危険も孕《はら》んでいた。

「冒険者の侵攻を止められない。モンスターを配置してもすぐに殺される。ダンジョンを深くしても、簡単に攻略される。止めようがない」

唸るドゴスガラの声には、いつもの力強さがなかった。

ドゴスガラが直面している問題は、シルヴァーナの白銀のダンジョンでも起きていることだった。やってくる冒険者の数が増えるということは、それだけ攻略速度も上がるということだった。しかもある時を境に、冒険者の攻略速度が急速に上昇した。

シルヴァーナは慌ててダンジョンの強化を図り、今は何とか防衛ができている。しかしドゴスガラは防衛に失敗したのだ。

「マダラメの野郎、ダンジョンの景品に、俺のダンジョンを攻略するのに適したアイテムを並べてやがる。おかげで俺の竜達が殺されている」

ドゴスガラが苦い声を漏らす。シルヴァーナの顔にも怒りの皺が走る。

冒険者達の攻略速度が突然速まったので、シルヴァーナも独自に調査した。そしてわかったのだが、冒険者達がシルヴァーナのダンジョンを攻略するのに適した、武具やアイテムを装備していたのだ。しかも多くの冒険者が、同じ物を持っていた。何者かがグラントエイト攻略用の武具を供給しているのだ。

「マダラメめ！　ダンジョンマスターの裏切り者め！　あの野郎！」

ドゴスガラが拳で床を叩く。ダンジョンマスターは、冒険者をおびき寄せるために宝箱を設置する。しかしこの中に武具を入れる者は少ない。何故ならば強力な武具を冒険者に与えれば、自分のダンジョンが攻略されてしまうからだ。だがマダラメのカジノダンジョンは攻略される心配がない。

そのため奴は景品に、対グランドエイト用の強力な装備を置けるのだ。

「お前の竜騎兵はどうした」

「殺された、ほとんど全滅だ」

シルヴァーナの問いに、ドゴスガラが首を横に振った。この告白には誰もが息を呑んだ。

竜騎兵は武闘派で鳴らしているドゴスガラが、常々自慢している強力なモンスター軍団だ。主戦力を失った今、ドゴスガラは自らを守る盾を失ったに等しい。

「ド、ドゴスガラ様。では、私の天女達をお貸しします」

ユリンが自分のモンスターの貸し出しを申し出るも、ドゴスガラは首を横に振った。

「俺のダンジョンでは、お前のモンスターを十分に使いこなせないだろう」

ドゴスガラの言葉に、ユリンは言葉を詰まらせる。ユリンのダンジョンは美しい天女達が冒険者を幻惑し、隙を突く戦法を得意としている。搦手《からめて》が主体であり、モンスターと連動した罠やダンジョンの構成が不可欠。モンスターだけを移動させても意味がない。

「頼む、シルヴァーナ。少しの間でいい。お前の白銀騎士団を貸してくれ。そうすれば時間が稼げる。その間にモンスター軍団を鍛え上げる。その時間が欲しいんだ」

ドゴスガラが再度頭を下げた。モンスターはただ生み出せばいいというものではない。生み出したばかりのモンスターは経験が足らず、同じような戦い方しかできない。強くするにはモンスター同士を戦い合わせ、経験を積ませなければならないのだ。当然それには多くのポイントと時間がかかる。ドゴスガラにはモンスター軍団を再建する時間がないのだ。

「メグワイヤ、攻略組はそれほど多くはない。最前線を進んでいる一つか二つのパーティーを潰せればいいんだ。お前の毒殺部隊を貸してくれ」

ドゴスガラはメグワイヤにも頼み込む。メグワイヤは毒殺を得意とする、暗殺部隊を持っている。これまで幾多の冒険者を、葬ってきた実績がある。

「シルヴァーナ様、メグワイヤ様。私からもお願いします。どうかドゴスガラ様をお助けください」

ハッとしたユリンが、すぐにドゴスガラの横に跪き、指を揃えて顔を地面につける。

「ユ、ユリン」

グランドエイトの七席、背に刃を背負うのは凶刃のダンジョンの主であるジューダだ。彼はドゴスガラのために、顔を地につけるユリンに驚いていた。

「か、顔を上げるんだ、ユリン。汚れる」

グランドエイトの八席、紅蓮のダンジョンの主カーインも、なりふり構わぬ姿に慌てる。

ジューダとカーインが、ユリンに気があることは明白であった。シルヴァーナも、ユリンが男のためにそこまでするとは思わなかった。

「頼む。シルヴァーナ、メグワイヤ。後生だ」

「お願いします。どうかドゴスガラ様をお助け下さい」

頭を下げる二人を見ながら、シルヴァーナは熟考した。

シルヴァーナの白銀騎士団が時間を稼ぎ、メグワイヤの毒殺部隊が攻略組を倒せば、ドゴスガラのダンジョンを救うことはできるかもしれない。しかし……。

「すまないが、モンスターを貸すことはできない」

シルヴァーナは首を横に振った。メグワイヤは視線を背け、返答もしない。

貸せるわけがなかった。主力となるモンスターを貸している間は、自分達が無防備となってしまう。それにモンスター軍団が返り討ちにあってしまえば、今度は自分が丸裸となる。

「ああ、そんな……」

ユリンは嘆き悲しみ、ジューダとカーインに涙目を向ける。

「お願い、助けて。ジューダ、カーイン」

ユリンは二人に縋《すが》る。

想い人に頼られ、ジューダとカーインの目と心も泳ぐ。しかし唸りながら首を横に振った。

「すまない。俺達のモンスターでは……」

「とても冒険者を倒せるとは思えない……」

ジューダとカーインの声は、最後になるほど弱くなっていった。

グランドエイトと名乗ってはいるが、実力で八つの椅子を勝ち取ったのは、主席のシルヴァーナに次席のメグワイヤ、そして三席のドゴスガラだけである。四席のエンミと五席のソジュは、メグワイヤ傘下のダンジョンマスターだ。メグワイヤがグランドエイト内で影響力を持つために、自分の手駒を引き上げた。そして六席のユリンはドゴスガラに引き上げてもらっており、こちらも実力ではない。

七席のジューダと八席のカーインがグランドエイトに就任したのは、当時グランドエイト内で派闘争いがあり、二席に欠員が出たのだ。ジューダとカーインは繰り上げで就任しただけで、これも実力というよりは運に近い。ドゴスガラのダンジョンを攻略するほどの冒険者を、倒せるモンスターを持っていないだろう。

助けが得られないとわかり、ドゴスガラの体から力が抜けうなだれる。その時だった。突如ドゴスガラの体が青い光に包まれた。

「な、なんだこれは！」

突然のことにドゴスガラも驚き、光を払おうとする。だが光は消えることなくドゴスガラの体を包み込んだ。そして次の瞬間、ドゴスガラの姿がかき消えた。

「ドゴスガラ様！」

ユリンがドゴスガラの消えた場所に駆け寄るも、ドゴスガラは影も形も消え去っていた。

「い、今のは、まさか……強制、帰還……か！」

メグワイヤがずれた眼鏡をそのままに、声を絞り出す。シルヴァーナも続く言葉が出ない。

強制帰還とは、ダンジョンの機能の一つだ。

ダンジョンコアが置かれた最下層。そこに侵入者が到達した時、ソサエティに来ていたダンジョンマスターは、自らのダンジョンに強制帰還させられるのだ。

噂では聞いていたが、シルヴァーナも実際に見るのは初めてだった。

「ああっ！　ドゴスガラ様！　ドゴスガラ様！」

ユリンはドゴスガラが消えた場所で咽《むせ》び泣く。強制帰還されたということは、ドゴスガラのダンジョンは、今日にも攻略されるかもしれない。先程の別れがドゴスガラの最後かもしれないのだ。

ユリンが泣き続ける。普段は優雅に振る舞っているが、所詮はドゴスガラの情婦。窮地にあって一人で判断する行動力はない。嘆くことしかできない女だ。

シルヴァーナには慰めの言葉もなかった。そしてそんなことをしている場合ではない。自分のダンジョンでも、冒険者の数は増えている。ドゴスガラの窮地は、明日は我が身かもしれないのだ。

シルヴァーナは傍らのメグワイヤを見た。シルヴァーナにとってメグワイヤとはライバルであると同時に、現在のグランドエイトの体制を作り上げた盟友でもある。

メグワイヤは眼鏡の奥にある目を閉じた。

「……マダラメに違約ポイントを払い、ダンジョンの連結を断つ」

突然呟くようにメグワイヤが宣言した。

「なっ、そんな！　我らを裏切るというのですか！」

ユリンが非難の目を向ける。だがメグワイヤは怒鳴り返した。

「裏切ったのはお前らだろうが！」

メグワイヤは眼鏡の下の目を剥き、ユリンとジューダ、カーインを睨む。

「マダラメのダンジョンは、あと一ヶ月でポイントが枯渇するだろう。どれほど粘っても二ヶ月は持たん。我がダンジョンは、あと四ヶ月は守れる。だがお前達はどうだ！」

吠えるメグワイヤに、ユリンとジューダ、カーインは俯く。ドゴスガラのダンジョンが攻略の憂《う》き目《め》に遭っているように、三人のダンジョンも同じく窮地に陥っているはずだ。

「武闘派を気取っていたドゴスガラがあのざまだ。奴が落ちればその分マダラメの破綻は延びる。さらに二つ三つ落ちれば収支はプラスに転じるだろう。そうなれば奴のダンジョンは潰れない！」

メグワイヤの言葉に、誰もが息を呑む。それだけの真実味があった。グランドエイトのダンジョンは、冒険者達には八大ダンジョンの名で知られている。もしその一つを攻略する者が現れれば、次は自分達だと冒険者は奮起するだろう。

「足を引っ張ったのはお前らだ！　間抜け共が！」

メグワイヤが罵る。シルヴァーナは息を吐いた。

「メグワイヤ。ダンジョンの連結を断つのはいいが、違約ポイントを払えるのか？」

シルヴァーナは盟友に問うた。ダンジョンの連結を一方的に断つ場合は、違約ポイントを支払わねばならない。そのポイントは一億ポイント。これはダンジョンルールに記載されているため、違反することはできない。一方的に連結を断てば、自動的に一億ポイントがマダラメに振り込まれる。

「ソサエティの資産を全て売り払い、モンスターも売りに出す。そうすればなんとかなるはずだ」

「しかしそんなことをすれば、ダンジョンを攻略されてしまうぞ」

「わかっている！　一時的にだが、宝箱を設置せずやり過ごす」

メグワイヤが顔を歪めながら答えた。

「しかしお前、そんなことをすれば……」

シルヴァーナは驚いた。メグワイヤが言った方法は、半ば禁じ手とも言えるものだった。

冒険者がダンジョンに挑む主な理由は二つ。

一つ目はダンジョンを攻略した名誉。そして二つ目がダンジョンから出る宝だ。

宝箱を設置しなければ、冒険者達は利益が出ない。採算が合わないとなれば、冒険者達は来なくなるだろう。しかしこの方法は諸刃の剣だ。

一度身入りが悪いという悪評が立てば、今後も冒険者が寄り付かなくなる。そうなればダンジョンの立て直しも難しく、先細るばかり。結果待っているのは破滅の未来だ。

これを知らないメグワイヤではない。かつて多くのダンジョンマスター達が、この方法を選んでは自滅していったのを見てきた。

「言いたいことはわかっている。だがこれしか方法がない。後の破滅より今の破滅だ」

それだけ言うと、メグワイヤはエンミとソジュを連れて、部屋から出ていく。

残るは嘆くばかりのユリンと、彼女を慰めようと狼狽《うろた》えるジューダとカーインであった。

たった半年前まで、自分達グランドエイトの地位は盤石であった。しかしマダラメの口車にのった今、崩壊の危機に瀕《ひん》している。だが今そのことを悔やんでいる場合ではない。すぐにでもダンジョンに戻り、守りを固めねばならなかった。

ダンジョンコアの前で、黒い鱗を持つドゴスガラが息を吐いた。コアの表面には巨大な剣を持つ剣士を先頭に、帰還していく冒険者の姿が映し出されている。

ドゴスガラのダンジョンは、最下層にまで冒険者の侵入を許してしまった。とにかく冒険者を撃退すべく、ドゴスガラは湯水のようにポイントを浪費して、モンスターを生み出し放った。そしてなんとか冒険者の撃退に成功した。

「帰って、いった……か」

ドゴスガラは安堵の息を漏らした。コアには百体以上のモンスターの死骸が映っている。生み出したばかりとはいえ、これだけの数を繰り出したにもかかわらず、剣士をリーダーとしたパーティーは一人も欠けてはいなかった。いずれ体力が回復すれば、またやってくるだろう。

奴らがまた来ると思うと、ドゴスガラの体は震えた。

剣士のパーティーがダンジョンの深層に到達した時、ドゴスガラは大した奴らではないと高をくくっていた。というのも剣士のパーティーは、ダンジョンの深層に到達するまでに、長い時間を掛けていたのだ。何度も中層を行ったり来たりしており、これまで目立った活躍を見せていなかった。

経験を積んでいても、才能の乏しい中堅パーティー。そう思っていた。

どうせつまらぬ相手だろうと思いつつも、ドゴスガラは叩き潰しに向かった。

育成中の火竜が三体に竜騎兵が三十体。中堅パーティーを叩きつぶすには十分すぎるほどの戦力だった。だが結果は悪夢のような光景だった。

今もドゴスガラの脳裏に焼き付いている。獅子のごとき双眸を持つ剣士。パーティーのリーダーが動いたと思った瞬間、一撃で火竜の首が叩き落とされた。血と共に鱗が飛び散るなか、颶風《ぐふう》のように駆け抜ける刃が、鍛え上げた竜騎兵を紙のように切り裂いていく。

恐るべき剣技の冴え。だが何より恐ろしかったのは、剣士が放った闘気だった。

剣士が放ったのは、金色の闘気だった。

ドゴスガラは長い戦いの末に、漆黒の闘気を帯びるに至っている。

闘気は黄色から橙、赤へと色が濃くなるほど力が強くなると言われており、色を濃くし続けていれば、最終的に黒に到達する。この黒き闘気、黒気こそが最高の闘気だと思っていた。だがその更に上があるなど、聞いたこともなかった。

ドゴスガラのダンジョンは八大ダンジョンと恐れられ、あまたの冒険者が訪れていた。しかし金色の闘気を帯びた物など、一人もいなかった。

見たこともない闘気から発せられる力は、まさに圧倒的。あまりに強く、あまりに速い。

ドゴスガラは救援に来た副官のラグナのおかげで、何とか逃げ帰ることができた。しかしこれは運が良かっただけだ。あそこで死んでいてもおかしくはなかった。

剣士の野獣のごとき目を思い出せば、今もドゴスガラの体が震える。やってきたパーティーはどれも熟練の腕利きだったが、あの剣士だけは別格だった。これまで長く中層にとどまっていたのは、ほかのメンバーの経験を積ませるためだろう。つまり連中は攻略の準備をずっとしていたのだ。

「おのれ！　あんな奴らが牙を研いでいたことに気づかなかったとは……」

ドゴスガラは拳を握り締めた。

「あのパーティーさえ、あの剣士さえ殺せれば……」

ドゴスガラはダンジョンコアに映し出された、自らのダンジョンを見た。しかしすでに問題は剣士が率いるパーティーだけではなかった。冒険者達の数や来訪速度が増加したことにより、ドゴスガラのダンジョンは全体が脅かされていた。

上層にいた冒険者が中層になだれ込み、中層にいた者達が深層に到達しつつある。今までならば、ドゴスガラが竜騎兵を率いて冒険者の間引きを行えた。しかし手足となる竜騎兵を失った今、それもできない。

コアを見ればあちこちでモンスターが殺され、ダンジョンは今や虫食い状態だ。全体が軋《きし》み声をあげているようだった。

ダンジョンコアに表示されているポイントを見れば、まだ余裕があった。しかし全体の収支を見ればマイナスだ。軸となるモンスター軍団を失った今、ポイントがあっても立て直しができない。

ドゴスガラがダンジョンコアを前にして顔を歪めていると、コアルームの扉がノックされた。入室を許可すると、執事服を着た竜人が入ってくる。副官モンスターであるラグナだ。

「ドゴスガラ様。ユリン様より、至急の書状が届きました」

ラグナは四角い手紙が置かれた、銀の盆を差し出す。

ドゴスガラは奪うように手紙を受け取り、中を確認した。ドゴスガラは先程までソサエティにいた。だが冒険者達が最下層に到達したことで、ダンジョンの機能である強制帰還が発動したのだ。グランドエイトの会合が、その後どうなったのか知りたかった。

手紙にはドゴスガラを案じるユリンの言葉が連なっていた。しかしそんなことはどうでもいいと読み飛ばし、ドゴスガラがいなくなったあとの顛末《てんまつ》を読む。

手紙を持つドゴスガラの手が震えた。

「な、なんだと、こんなことがあるか！」

怒りのままに、ドゴスガラは手紙を破り捨てた。手紙にはメグワイヤがマダラメに違約ポイントを払い、ダンジョンの連結を断つということが書かれていた。

「これではマダラメの軍門に降《くだ》るようなものではないか！」

ドゴスガラの怒声が響き渡る。

全く信じられなかった。どいつもこいつも役に立たない連中ばかりだ。

こんな時こそグランドエイトが一丸とならねばならないのに、頂点に立つシルヴァーナは日和見！　賢いつもりのメグワイヤは何の知恵も出せず、エンミとソジュはただの腰巾着。ユリンは嘆くことしかできず、ジューダとカーインも頼りにはならない。

「役立たず共が！　間抜けが！」

ドゴスガラは拳を振るい、コアを殴りつけた。

「ドゴスガラ様、お気を確かに」

荒れるドゴスガラを宥めようと、ラグナが手を伸ばすがドゴスガラは振り払った。

「クソ！　クソ！　クソ！　どうしてこうなった⁉」

ドゴスガラはわけがわからなかった。ついこの間まで全てが順調だったのだ。それが何故、生きるか死ぬかの瀬戸際に立たされなければいけないのか！

あの剣士は明日にでもやってくるかもしれない。もはやメグワイヤのように、宝箱を置かないという手も取れない。たとえ財宝がなかったとしても、連中は八大ダンジョン攻略という栄誉のためにやってくる。

死ぬ、自分は死ぬ。ダンジョンが攻略される。

恐怖がドゴスガラを暴れさせた。宥めようとするラグナを殴り、蹴りもした。暴力を振るっている間だけは、問題を忘れることができた。だが力尽きればそれもできない。

ドゴスガラは尻餅をついた。

残るのは全身の疲労と倒れた自分の副官、押し寄せる死という現実だけである。

荒い息がおさまって汗が冷えてくると、やるせなさが押し寄せてくる。だがもはや暴力に逃げることはできない。問題を直視せねばならなかった。

自分は終わりだ、死ぬのである。グランドエイトだったという虚飾も剥がれ落ち、もはや何者でもない。みじめだった。自分は敗北したのだ。だがこのままでは終われなかった。

「……ラグナ、生きているか?」

「は、はい」

ラグナは起きようとするが、体が痛むのか起き上がれないでいた。

「起きなくていい。そのままでいろ……すまなかった」

ドゴスガラは謝罪した。ラグナは最初に作り、今までずっと支えてくれていた副官だった。であると言うのに無体なことをしてしまった。

「俺は死ぬ。助からん。だが俺も武闘派で鳴らしたグランドエイトの一人だ。このままでは終わらん。お前の命を俺にくれ。刺し違えてでも元凶となったマダラメを殺す」

「しかし、どうやって？」

ラグナの目は不安に揺れていた。確かにダンジョンマスターを殺すことは不可能だ。ダンジョンコアを破壊せぬ限り、ダンジョンマスターは不死である。それにマダラメは用心してソサエティにやってこない。自らのダンジョンに篭られていては、手出しのしようがなかった。しかしドゴスガラには秘策があった。自分が今落ち目であるからこそ、付け入る隙が生まれるはずだ。

「手はある。メグワイヤに連絡を取れ」

「メグワイヤ様に、ですか？」

ラグナが問い返す。傘下のダンジョンマスターではなく、ライバルとも言えるメグワイヤと連絡を取る意味がわからないのだろう。しかし今、メグワイヤだけが自分に協力してくれる仲間だった。

「マダラメめ！　必ず道連れにしてくれる！」

ドゴスガラの怨嗟《えんさ》の声が、地底に響き渡った。


カジノダンジョンの最下層。モニタールームの中で、俺は息を潜めるように座っていた。

モニターに映るカジノは盛況である。コインと現金の交換に応じたため、冒険者だけでなくロードロックの住人も我がダンジョンにやってくるようになった。

最もこれは良くないことでもある。完全にギャンブルの場となってしまったため、街のごろつきが幅を利かせ始めているのだ。

ダンジョンの治安は徐々に悪化し始めている。幸い武力においてはごろつき以上の冒険者が多数存在するため、まだ大きな問題にはなっていない。だがこのままではいけないだろう。

俺はモニターが設置された壁の一番上を見た。そこには現在のポイントが表示されている。

グランドエイトに連結ポイントを支払っているため、ポイントは日ごとに目減りしていた。このままでは破綻することは目に見えている。

正直苦しい。あと二十日もしないうちに、ポイントが枯渇するだろう。なりふり構わず延命に走ったとしても、二ヶ月はもたない。

どうしようもない焦燥感が体を苛む。だが自分が苦しい以上に、グランドエイト達も苦しいはずだ。ダンジョンを連結したことにより、多くの冒険者がグランドエイトのダンジョンに訪れている。人が増えればそれだけ攻略の速度も速まる。グランドエイトが攻略速度を読み違えれば、一気にダンジョンが攻略されるはずだ。

それに俺は冒険者を支援するため、グランドエイトのダンジョン攻略に適したアイテムを、カジノの景品に加えていた。竜のブレスを防ぐ竜鱗《りゅうりん》の盾に、毒の霧を防ぐ破毒の面。高熱を防ぐ火鼠の衣とブーツに、魅了攻撃の耐性を高める悟りの書。

これらのアイテムを用いれば、グランドエイトのダンジョンを効率的に攻略できるはずだった。

実際多くの冒険者がこれらのアイテムに気づき、入手してはグランドエイトのダンジョンに挑んでいる。グランドエイト達も内実は厳しいはずだ。しかしどれほど攻略が進んでいるかは、俺にはわからなかった。

遊戯に『洗面器ゲーム』というものがある。二人同時に水を張った洗面器に顔を入れ、息が苦しくなり、先に顔を上げたほうが負けと言うやつだ。

単純なゲームだが、深い心理戦がある。自分は苦しいが相手も苦しい。相手にどの程度の余裕があるかわからず、すでに顔を上げているかもしれない。だがまだ相手が耐えているかもしれず、プレイヤーの心には疑心暗鬼が渦巻き続ける。

今の状況がまさにこれであった。

減り続けていくポイントを見れば、まるで窒息しそうな気分になってくる。減っていくポイントを逆算すれば、終わりも見えてくるため焦燥は尚更だ。

脳裏にはグランドエイトとの和解案が浮かぶ。新たに追加されたダンジョンルールでは、ダンジョンの連結を一方的に断った場合は、違約ポイントを支払うことになっている。だが双方が合意していれば、違約ポイントの支払いは必要ない。

双方が苦しまずに済む解決方法だが、これはしてはいけないことだった。

下手《したて》に出れば、相手にこちらの限界を見抜かれてしまう。もちろんこれは逆も然り。グランドエイトから和解の打診があれば、俺も相手に余裕がないと見て和解を蹴るだろう。

焦燥や誘惑を振り払い、冷静に相手の息が切れるのを待つ。これが勝利のコツであった。

俺は静かに息を吐き、その時を待ち続けた。

突然モニタールームの扉が開き、スケルトンの鎖骨に乗ったケラマがやってくる。

「マッ、マダラメ様。グランドエイトのメグワイヤから、書状が届きました」

ケラマが乗るスケルトンは銀の盆を持ち、一通の手紙を載せていた。

俺は一呼吸置いてから手紙を受けとり、中を確認した。

「……違約ポイントを払うので、ダンジョンの連結を解除したいとの申し出だ」

俺の言葉を聞くと、ケラマは崩れ落ちるように座り込んだ。そのせいで鎖骨から落ちそうになる。

「大丈夫か？」

俺は右腕を伸ばし、ケラマを右手に乗せた。

「え、ええ。ですが、これで助かりましたね」

安堵の息を漏らすケラマだが、俺はまだ油断しない。

「いや、そうでもなさそうだ」

俺はケラマにメグワイヤの書状を渡した。

中には先程言ったように、ダンジョンの連結を断ちたいので違約ポイントを支払うとある。だが支払いの場にはダンジョンマスター本人が同席すること、場所は以前査問会が開かれた八柱の館、グランドエイト評議会場で行うとある。

「これの何か問題があるのですか？」

「うん、多分ね」

俺は椅子に座り天井を見上げた。

問題は最後まで勝ち切れるかどうか。

「借りるのなら、九と十かな？」

俺の呟きに、ケラマが体を傾けるように首を傾げた。

ダンジョンソサエティの一角に『竜の巣』と呼ばれるクラブが存在する。

グランドエイトの一人、ドゴスガラが所有していた店だった。

かつて隆盛を極めた日には、客は引きも切らず夜も眠ることはなかった。しかし今、竜の巣に客の姿はない。わずかな埃が、がらんとしたホールの宙を漂うのみであった。

静かすぎる店の中に、一人佇む男の姿があった。黒い鱗を持つドゴスガラである。

火が消えたような店に佇み、小さく嘆息した。

あれほど賑わいを見せた店には、もう客どころか従業員もいなかった。店に並べられている椅子やテーブル、ソファーには全て差し押さえと書かれた札が貼りつけられていた。

差し押さえの札はカウンターの奥にある酒瓶にも貼られ、店にある物は全て他人の手に渡っていた。そしてこの店もまた、売却がすでに決まっている。

ドゴスガラは目を瞑り、かつての栄華を思い返した。

多くのダンジョンマスターがドゴスガラの店に訪れ、外には行列ができるほどだった。店に入れるだけで箔がつくからと、招待を希望する者がドゴスガラに贈り物をした。

ドゴスガラの周囲には常に取り巻きが付き纏い、いつも誰かがいたものだった。しかし今やドゴスガラの周囲には誰もおらず、あれほどいた取り巻きは消え失せた。

「ふん。俺が築き上げたものは、こんなものか……」

ドゴスガラは鼻で笑った。自分が落ち目であり、助からないと周囲にも思われているのだ。現実を突きつけられた形だが、これはこれでスッキリした。

駆け出しの頃、まだ何者でもなかった自分に戻ったようだ。それに後がないとなれば腹も括れる。たとえ自分の死は避けられないにしても、マダラメだけは必ず殺すと覚悟を決める。

もちろんドゴスガラも無策ではない。ちゃんと計画があった。

ダンジョンマスターは不死である。ダンジョンコアを破壊しない限り、殺すことはできない。しかし死なないだけで、無敵ではないのだ。

ドゴスガラは懐から針のような短剣を取り出した。これは『停滞の楔《くさび》』と呼ばれる代物で、突き刺した相手を永続的に麻痺させることができる。

ダンジョンマスターが不死であっても、麻痺状態であれば動けない。停滞の楔をマダラメに突き刺して監禁する。そうすればダンジョンの運営ができなくなり、ダンジョンが崩壊する。あとはその時まで、マダラメを監禁し続ければいいのだ。

残る問題は、いかにしてマダラメをソサエティに引き摺り出すかということだった。

用心深く奸智《かんち》に長けたマダラメのこと、当然こちらの襲撃を警戒しているだろう。普通ならばソサエティに姿を現したりはしない。しかしメグワイヤの存在が、千載一遇の好機を生む。

メグワイヤはマダラメとのダンジョンの連結を、解消すると決めた。ただしこれには違約ポイントを支払わねばならない。その額は一億ポイント。取り巻きのエンミとソジュの分も合わせれば、三億ポイントもの支払いとなる。

ダンジョンマスターの間で、これほど高額のポイントが取引されたことは過去にない。取引の現場に、当事者同士が顔を合わせるのは当然のことと言えた。

ドゴスガラはメグワイヤと連絡をとり、打倒マダラメの策を語った。そしてマダラメの本体を誘い出すために、取引の場にマダラメを呼び出すように頼んだ。

メグワイヤとしても、マダラメのダンジョンが崩壊するのならば異論はない。あとは首尾よくマダラメを捕えられるかどうかだが、これればかりはその時になってみなければわからない。

ドゴスガラの中にも不安はあった。しかし心地よい不安だ。

駆け出しの頃は常に命の危険があり、緊張の連続だった。だがグランドエイトとなり安定した地位を得てからは、死の危険を感じることは久しくなかった。今は分厚い服を脱ぎ、裸になったような気分だ。無防備だが、肌で危険を感じることができる。

ドゴスガラは鱗に覆われた手を握りしめる。爪が手に食い込むが、やる気が満ちてくる。

気合いを入れていると、店の扉が勢いよく開かれた。一人の女が駆け込むように入ってくる。

「ああ！　ドゴスガラ様！　こちらにいらしたのですね！」

安堵の声はユリンのものであった。しかしドゴスガラは一瞬誰かわからなかった。何故ならユリンの姿が、いつもとだいぶ違っていたからだ。

普段であれば、ユリンは豪華で派手な色彩の服を何枚も重ね着していた。ほかにも扇や簪など装飾品をこれでもかと身に着け、顔も化粧を塗りたくりケバケバしいほどであった。しかし今は白い小袖の上に、同じく無地の打ち掛けを一枚羽織るのみ。いつも手にしている扇もなく、髪も結われていない。顔にも化粧はなく、涙で腫れた目が赤くなっている。

「よかった、ご無事でよかった……」

ユリンはドゴスガラのもとに駆け寄るなり、崩れ落ちるように膝をついた。

最後にユリンと別れたのは、強制帰還によるものだった。その後手紙は何度か来ていたが、ドゴスガラはマダラメを捕縛する計画に忙しく、返事をしている余裕がなく放置していた。

「私のダンジョンの深層にも、冒険者が現れました。私の天女達も殺されてしまい……。ドゴスガラ様、一体どうすれば……。お願いします、お助けください」

ユリンが縋りつく。ドゴスガラと同じように、ユリンも攻略の憂き目に瀕しているのだ。しかし助けを求められても、どうすることもできない。自分のダンジョンすら危うい状況なのだ。

ユリンは顔を袖で覆い、よよと泣く。涙に震えるユリンを、ドゴスガラは見下ろした。

頼りにならない女であった。

主体性がなく自立心もない。窮地にあって何の知恵もなく、嘆くことしかできない。

ユリンはドゴスガラの情婦でとおっている。だが本心で言えば、ドゴスガラはユリンが嫌いだった。自分の影響下にあり扱いやすいので、グランドエイトに引き上げて手駒にしていただけだ。

弱く役に立たない女。しかし細く震えるユリンの肩を見ていると、ドゴスガラは不意にユリンが愛おしく思えてきた。

役にこそ立たないが、それでも今自分の側にいてくれるのはユリンだけだった。

ドゴスガラに庇護欲と愛情が湧き起こり、震える肩に手を伸ばした。しかし肩に触れる寸前で、手は止まった。ドゴスガラは差し出した手を握り、目を閉じて息を吸い込む。

「……失せろ」

「え？」

ユリンが目尻に涙を溜めて顔を上げる。ドゴスガラは目を剥いて睨みつけた。

「失せろと言ったんだ、この役立たずが！」

ドゴスガラは足に縋りつくユリンを振り払った。

「お前のような何もできない女を、側に置いたせいでこのざまだ！　役立たずに用はない！」

ドゴスガラの声が、がらんとしたクラブに反響する。するとそれまで泣いていたユリンが、瞳孔を収縮させ呆然とする。

「あっ、ああ！　も、申しわけありません、ドゴスガラ様！」

ユリンはすがり寄り頭を下げる。

「私は自分のことばかりで、ドゴスガラ様のお立場も考えず。私のモンスターも、ポイントも、全て差し上げます。ですから、ですから！」

ステナイデ。

最後の言葉は息よりも小さかった。それほど捨てられることを恐れているのだろう。実際にモンスターやポイントを全て差し出せば、ユリンのダンジョンは瞬く間に攻略されてしまう。しかしユリンは自分の死より、捨てられることを恐れているのだ。

全てを差し出すユリンの献身。だがドゴスガラは一喝した。

「黙れ！　お前はこのドゴスガラが、女の情けを受けて生き延びる男と思っているのか！　お前など俺にとってはただの端女《はしため》、遊び女にしか過ぎん！　今すぐ俺の前から失せろ！」

ドゴスガラが怒鳴りつけると、ユリンは大きな瞳からハラハラと涙をこぼす。

「お許しください、お許しください、ドゴスガラ様！　なんでもします。なんでも致しますから、捨てないでください！」

ユリンはドゴスガラになおも縋りつこうとする。ドゴスガラは息を吸い込み、決意と共に右の拳を固めた。

「ええい、放せ！」

ドゴスガラは腕を振るい、ユリンの頬を打擲《ちょうちゃく》した。ユリンは悲鳴をあげて後ろに倒れる。さほど力を込めていなかったため、ユリンはすぐに身を起こした。

ドゴスガラは眉をひそめてユリンを見た。ユリンの右頬はわずかに赤くなり、歯で切ったのか口元からは血が滲んでいた。

ユリンは殴られたことが信じられず、呆然としていた。ドゴスガラはすぐに踵を返す。

「お前の顔は二度と見たくない。どこへなりと行ってしまえ！」

言い残すと、ドゴスガラは足早にクラブのホールから出た。そして急いで扉を閉める。

扉を完全に閉めると、ドゴスガラは静かに息を吐いた。

殴った右手は拳のままとなり、微かに震えていた。

自分より弱い者、それも女を殴るなど初めてだった。後味は悪い。しかし必要なことであった。

ドゴスガラは未練を振り払い、クラブから外へと出る。すると二人の男が外で待っていた。

二本の短剣を背負うのは、凶刃ダンジョンの主、ジューダ。燃える炎のローブを着込んでいるのは紅蓮のダンジョンの主、カーインだった。

「あっ、ドゴスガラ様」

ドゴスガラに気づきジューダが声を上げ、カーインが頭を下げる。

二人を見てドゴスガラは鼻を鳴らした。この二人がここにいるのは、ユリンが目的であった。

ジューダとカーインがユリンに惚れているのは、ソサエティでは周知の事実とされている。

自分達のダンジョンも攻略されているというのに、女の尻を追いかけるとは悠長な奴らである。

「こんな時でも待っているだけか？　ご苦労なことだな」

ドゴスガラは、ジューダとカーインを心底軽蔑した。

ユリンに惚れているのはいいとして、それならそれで女を得るべく行動すべきだ。

目上の相手の女であっても、惚れた女のために戦いを挑むと言うのであれば、ドゴスガラも男らしいと認めてやれた。だが二人はドゴスガラに挑まず、ユリンを奪う行動も見せない。そのくせ未練がましく後を追いかけてくる。根性のない連中である。

「店に入りたきゃ好きにしていいぞ、ここはもう俺のもんじゃねぇ」

店の前でまごついているジューダとカーインに、ドゴスガラは言葉を投げつけた。

意気地のない連中であるが、女一人の面倒ぐらい見られるだろう。

ドゴスガラはあとのことは知らんと、その場を立ち去った。

一方、クラブに残されたユリンは、呆然と座り込んでいた。そして焦点の合わぬ目で、ドゴスガラが去っていった扉を見つめる。

捨てられた、居なくなってしまった。

ユリンの頭の中で、捨てられた事実だけが乱反射していた。だがどこにも現実感はなく、夢だったのではないかとすら思えてくる。

ユリンは震える手で自分の右頬に触れた。

わずかに指先が触れただけだが痛みが走る。頬は熱を帯びていた。夢だと思い込もうとしても、痛みがそれを許してはくれない。

「……殴られた、……殴られた」

ユリンの口から、か細い声が漏れる。痛みはさほどない。だが殴られたという事実が衝撃だった。

ユリンも馬鹿ではない。自分がドゴスガラに愛されていないことは気づいていた。しかしそれでも良かった。たとえ都合よく利用されているだけだとしても、利用されている間は側にいさせてくれるから。

側に居られるならば、どれだけつれなくされても耐えることができた。しかし今まで殴られたことはない。側に寄るなと冷たくあしらわれても、暴力だけは振るわれたことがなかった。ドゴスガラは常々、女を殴るようなことはしないと言っていたからだ。

「それほど、私が嫌いなのですか？　もう私の顔を……見たくないのですか？」

ユリンは糸が切れた人形のように首を傾げ、いなくなったドゴスガラに語りかけた。

もちろん答えは返ってこない。代わりに忙しない足音が向かってくる。先を争うようにやってきたのは、同じグランドエイトのジューダとカーインであった。

「ああ、ユリン、ここにいたのか！」

「大丈夫か、どうした。何があった！」

ジューダとカーインは、ドゴスガラが絶対にかけない優しい声で話す。

ユリンも二人が自分に気があることは知っていた。だがそんなことはどうでも良かった。自分が愛しているのは、ただ一人なのだから。

「その顔はどうしたんだ！」

「まさか、あいつが！」

ジューダとカーインは競うように大丈夫かと尋ね、すぐに治療しようと言い合う。だがそんなことなどどうでも良かった。怪我のことも、二人のことも、ドゴスガラに捨てられたことを思えば、なんのこともなかった。

「なぁ、ユリン。聞いてくれ」

ジューダが膝をつき、カーインも腰を曲げてユリンの顔を覗き込む。

「俺達の現状はジリ貧だ。冒険者の進行を止めることができない」

ジューダの言葉は切実であった。ドゴスガラやユリンのダンジョンだけでなく、ジューダやカーインのダンジョンも攻略の憂き目に遭っているのだ。

これまでの状況に慢心し、ダンジョンとモンスターの強化を怠ったことが原因だった。

「ダンジョンの連結を切れば、なんとか持ち直せるかもしれないが……」

カーインが言葉を濁す。

確かにダンジョンの連結を断つことができれば、冒険者の流入速度は低下し、持ち直せるかもしれない。しかし一方的な解除には、一億もの違約ポイントを払う必要がある。

これはダンジョンルールに記載されたことであり、違反することはできない。ポイントが足りなければその分ダンジョンが削られて返済に充てられる。一億ものポイントとなれば、ダンジョンの全てを失うことになるだろう。

醜く痩せ細り、遥か格下の冒険者にダンジョンを攻略される。グランドエイトを名乗った者として、この最期だけは許容できない。

「実は今、俺はマダラメと交渉しているんだ……」

ジューダが苦しげに言葉を漏らす。

「ダンジョンの連結を一方的に断てば、違約ポイントを支払わなければならない。だが合意の上でなら不要だ」

「……ちょっと、何よ、それ」

ジューダの言葉は信じられないものだった。確かに合意の上でなら、違約ポイントを支払わずに済む。だがそれは相手の軍門に降るということだ。

「あ、ありえないでしょ、私達はグランドエイトなのよ！」

ユリンはなけなしの矜持《きょうじ》を振り絞った。

自分達は全ダンジョンマスターの、頂点に立つ八人なのだ。一方でマダラメは、最近ソサエティに来たばかりの新人だ。遥か格下の後輩に、頭を下げるなどありえなかった。

「仕方ないだろう。俺達に残された道はこれしかない」

「ドゴスガラももう死ぬ。俺達も身の振り方を考えないと。君だって死ぬんだぞ！」

ジューダとカーインが矢継ぎ早に説得する。しかしユリンには受け入れられなかった。

「嫌よ！　あの人を裏切るなんて、そんなことできるわけがないでしょ！」

「しかし、あいつは君を捨てたじゃないか！」

「そうだ！　君がそこまで尽くしてやる相手じゃない！」

ジューダとカーインに指摘され、ユリンはハッと気づき、自分の右頬に触れた。

殴られた頬は、痛みと共に熱を帯びていた。この暴行の痕を見れば、多くの者が同情するだろう。

今ならばドゴスガラに捨てられた女として、マダラメも哀れに思うかもしれない。そして恭順の意を示し軍門に降れば、上納金がわりにポイントを納めることになっても、一先ずは生き延びられる。しかし、しかしである。

頬に手を添え続ければ、痛みは容易く溶けていく。頬に帯びる熱は、冷え切った手をゆっくりと温めてくれた。

「今ならまだ間に合う」

「俺達が君を守ってみせる。だから」

ジューダとカーインがユリンの体に触れる。しかしユリンはその手を振り払った。

「私に触らないで！　貴方達の助けなんかいらない！」

ユリンは立ち上がった。

まだ何をすればいいのか、どうすればいいのかもわからなかった。これまで重要な判断は、全てドゴスガラが考えていてくれた。しかし今日ばかりは自分で考えねばいけない。

ユリンはとにかく行動すべく走り出した。背後でジューダとカーインが待ってくれと叫んでいたが、ユリンは止まらなかった。

「私にはあの人がいないと！　いえ、あの人には私がいないと！」

ユリンの足は、進むごとに力強さを増していった。


グランドエイトの居城である八柱の館は、八本の塔が円形に連なっている。それぞれの塔が八人のダンジョンマスターを象徴しており、内外にその権威を示していた。

八柱の館の第三塔では、グランドエイトのドゴスガラが静かに息を吐いた。

椅子に座るドゴスガラは、化石のように動かない。しかし眠っているわけではない。鱗に覆われた目は開かれ、縦に割れた瞳孔は窓の外に向けられている。

窓からはダンジョンソサエティの青空が覗き、そこにふわふわと一つの角柱が浮かんでいた。

空に浮かぶ石には、模様のように名が刻まれている。全てのダンジョンマスターの名前であった。

ドゴスガラは、視線を石の上部に走らせた。

石に刻まれる名前の順番は、先月のポイント収支の順位で決められる。そのためこの石は、通称ランキング盤と呼ばれていた。

ランキング盤の頂点には、シルヴァーナの名が黒い文字で記されている。そしてその次にメグワイヤの名が同じく黒い字で連なり、三番目にドゴスガラの名が赤く刻まれていた。さらにグランドエイトの名前が続き、エンミにソジュ、ユリンにカーインと続いている。

ランキング盤にはさらにダンジョンマスターの名が続き、赤と黒の名が入り乱れてまだら模様となっていた。名前を示す色が二種類に分かれているのは、その者がソサエティに来訪しているかを示している。赤色であればソサエティに居り、黒ければ不在を示す。

ドゴスガラの金色の瞳は、最下位に移った。そこには黒い文字でマダラメと書かれている。

マダラメは一年と少し前に現れた、新人のダンジョンマスターだった。ソサエティにやってきた当初は五十位後半だったが、現在は多額の連結ポイントをグランドエイトに支払っているため、収支はマイナスとなりランキングは最下位である。

ドゴスガラは眉を吊り上げ、マダラメの名を睨んだ。

マダラメはまごうことなき最下位のダンジョンマスターだった。しかし今、その底辺が頂点に君臨する八人を蝕《むしば》んでいた。マダラメはまさに獅子身中の虫。やつのせいでドゴスガラを始め、グランドエイトのダンジョンが攻略の憂き目に遭っている。

おそらくドゴスガラのダンジョンは、冒険者に攻略されてしまうだろう。今日、冒険者達が最下層に来てもおかしくはないのだ。

自分の死はもはや避けられぬと、ドゴスガラは覚悟していた。しかしただでは終われない。せめてマダラメに一撃をくれてやらねば気が済まなかった。

ドゴスガラは部屋の片隅に目を向けた。そこには身の丈を超えるほどの大剣が立てかけられている。血のように赤いこの剣こそ、ドゴスガラの愛剣、断竜剣ギルゲレンである。

この大剣は最初に作った武器であり、長年をかけて強化し続けてきた自慢の愛剣だった。この剣をマダラメの頭に叩き込むと、ドゴスガラは心に決めていた。

計画は十分練られている。ダンジョンマスターを麻痺させる停滞の楔は揃えてあった。さらに懐には三本の丸めた紙が収められている。これは転移の呪文書であった。

八柱の館はクラスⅧの強度を誇る結界に守られており、グランドエイトと入場を許可された者以外は入ることができない。しかし抜け穴は幾つか存在する。その一つが転移の呪文書であった。転移の呪文書を使用すれば、直接この場所にモンスターを呼び寄せることが可能だ。ただし転移の呪文書は高価であるため、ドゴスガラには三本しか用意できなかった。

召喚できるモンスターは三体。だが今のドゴスガラの手勢で最強の三体だ。マダラメのダンジョンは冒険者と戦っておらず、強いモンスターは存在しない。またマダラメ自身も戦う力を持っていないため、マダラメを捕らえるには十分な戦力と言えた。しかしドゴスガラには不安があった。

相手は奸智に長けたマダラメである。三体ではやはり心許ない。もっとモンスターを持ち込めればと思うが、ほかの手段はさらに多額のポイントを必要とする。現状ではこれが精一杯だった。

戦力に不安を感じるドゴスガラであったが、戦いを前にした怯懦《きょうだ》だと振り払う。そして居住まいを正し時が満ちるのを待った。ある時、部屋の扉がノックされた。

「ドゴスガラ様。ジューダです」

扉の向こうから聞こえてきた声は、意外な人物であった。面会の予定はない。ドゴスガラが入室を許可すると、背に二本の刃を帯びた男が入ってくる。

「よぉ久しぶりだな。マダラメとの交渉はうまくいっているか？」

ドゴスガラは皮肉を言った。ジューダとカーインがマダラメと交渉し、軍門に降ろうとしていることはすでに噂となっている。

生き残るために仕方がないとはいえ、裏切り行為であるという感は拭えない。蔑みの視線を向けるドゴスガラに対し、ジューダは無表情のまま、丸められた一枚の紙をドゴスガラに差し出す。

紙を受け取り広げてみると、ドゴスガラの目は驚きに開かれた。

「お前、これは！」

ジューダが差し出したのは、八柱の館を守る結界。それを破る呪文書であった。

ドゴスガラは自分の手にある物が、本物だと信じられなかった。何故なら八柱の館を覆う結界はクラスⅧレベルであり、現状これ以上の結界魔法は存在しない。そしてクラスⅧの結界を破るには、魔法の最高位、クラスⅨの魔法をもってするほかない。だがクラスⅨの魔法は簡単に使えるものではない。ダンジョンコアで作ることもできるが、最低でも一千万ポイントはする。

グランドエイトであっても、簡単に用意できるものではない。

「お前、どうやってこれを？」

「ちょっと貯金を崩して用意しました」

ジューダは簡単に言ってのけるが、持っている資産のほとんどを売り払ったはずだ。しかしこれさえあれば、外からいくらでもモンスターを呼び寄せることができる。

「外にモンスターを五十体控えさせています。結界が破れれば、直ぐに突入する手筈です」

ジューダは入念に準備を整えていた。

「ただ到着するまでは少し時間がかかります。それまでマダラメを足止めせねばなりません」

「……それはいいが、お前はマダラメについたんじゃなかったのか？」

ドゴスガラはジューダを改めて見た。するとジューダは顔に皺を刻み溜息を吐く。

「そうしたいところですが、ユリンが、彼女がそれをよしとしません。私も腹を括りました」

言い切るジューダの声は、どこか晴々としていた。

「へぇ、これまで情けない奴だと思っていたが、いい顔をするようになったじゃねーか」

「惚れた弱みです、致し方ありません」

顔を顰めるジューダに対し、ドゴスガラは笑った。惚れた女のために命を賭けるというのなら、それは男だ。

「よしわかった。やろう」

ドゴスガラは結界破りの呪文書を懐にしまった。

「マダラメを逃がさないことに関しては任せろ。転移の呪文書は三つある。逃しはしない」

ドゴスガラは自らの手の内を明かした。

「ただ一つ問題がある。マダラメが本当にやってくるかということだ。メグワイヤが違約ポイントの支払う時に、本人が来るようにと条件をつけたが、奴が守るかどうか」

ドゴスガラにとって、これが最大の懸念であった。どれほどマダラメを捕らえる準備を整えても、マダラメ本人が来なければどうしようもない。

「もし奴が来なければ中止せざるを得ない」

ドゴスガラの言葉に、ジューダが頷く。

「カーインも協力を申し出てくれています。あいつには転移陣の広場を見張らせています」

ジューダが広場の方向に視線を向けた。

八柱の館の向かいには大きな広場が存在する。そこには巨大な転移陣があり、通常ダンジョンマスターは、この転移陣を通じてでしかソサエティにやってくることができない。広場を見張っていれば、やってくるダンジョンマスターを捕らえることができる。

「マダラメが来れば、すぐに連絡を取る手筈となっています。その時にランキング盤を確認すれば、マダラメが本体かどうかは判別がつくはずです」

ジューダが左腕を掲げて銀色の腕輪を見せた。この腕輪は『囁《ささや》きの腕輪』と呼ばれるもので、通信機能を有している。ダンジョンマスターの間では広く使われているものだ。

「なるほど、それなら確実だな」

ドゴスガラは驚いた。ジューダはなかなかに段取りがいい。

「いえ、この程度。カーインにはそのままマダラメを、この館に連行するよう話してあります」

ジューダは謙遜する。だが小細工をさせる余地を与えず、監視をつける手並みは見事と言える。

「ところでドゴスガラ様。ほかのグランドエイトはどのように動くのでしょう。メグワイヤ様やエンミ様、ソジュ様は我らに加勢されるのですか？」

「いや、奴らはこの件には加わらない」

ドゴスガラは首を横に振った。

メグワイヤはマダラメを誘い出すことには協力してくれたが、ドゴスガラの襲撃には関与しないと明言していた。ドゴスガラが成功すればよし、失敗すれば知らないふりをするだろう。

「あとポイントの支払いの場に、シルヴァーナも立ち会うという」

「シルヴァーナ様が？」

ジューダの目が僅かに見開かれる。

「マダラメを警戒してのことだろう。シルヴァーナにとってもマダラメは敵であるため、俺達の邪魔はすまい」

ドゴスガラが答えると、ジューダは俯き何かを考え込んでいた。

「どうした、何か問題でもあるのか？」

「いえ、どうなるのか少し気になったもので」

「安心しろ、必ずうまくいく」

ドゴスガラはジューダの背中を叩いた。

準備は万端。あとはマダラメがやってくるのを待つだけであった。


グランドエイトの頂点に君臨するシルヴァーナは、自らのダンジョンで書類に目を走らせていた。

書かれている内容は、ダンジョンマスター達の動向である。

現在ダンジョンマスターが集うソサエティは、揺れに揺れていた。

全てはマダラメが原因である。シルヴァーナ達は奴の口車に乗り、ダンジョンを連結してしまった。おかげで多くの冒険者がやってきてしまい、グランドエイトのダンジョンは今やほとんどが攻略される寸前となっているのだ。

シルヴァーナのダンジョンはまだ大丈夫だが、ドゴスガラやユリン、ジューダにカーインのダンジョンはかなり際どいと噂されている。

これまでグランドエイトの支配は盤石であり、全てのダンジョンマスターはグランドエイトの傘下に入っていた。しかしグランドエイトが落ちるという事態を前にして、従順だったダンジョンマスター達が勝手に動き始めているのだ。もはや誰が味方で、誰が敵なのかもわからない状態である。

少しでも情報を手に入れなければ、足下すら危うかった。

書類を手にシルヴァーナが溜息を吐いていると、部屋の扉がノックされた。入室を許可すると、執事服に片眼鏡をしたクリムトが入ってくる。

「我が君。そろそろお時間です」

クリムトが部屋にある柱時計に手を向ける。時計の針は全てが頂点を指そうとしていた。

今日の正午、メグワイヤ、エンミ、ソジュがマダラメに対して、三億もの違約ポイントを払い、ダンジョンの連結を断つ。

過去に例がないほど大きな取引であるため、シルヴァーナは支払いの場に立ち会うことにした。

そろそろ出発したほうがいい時間である。しかしシルヴァーナは腰を上げず、読みかけていた書類に目を戻す。

「もう少し待ってくれ。ほかに手紙は来ていないか？　ロンデミオとガルガンチュからは？」

「いえ、お二方からは何も」

クリムトの返事に、シルヴァーナは銀色の目を閉じた。

盤石と思われていたグランドエイトの牙城が崩れることにより、ソサエティは大きく揺れていた。これを機にグランドエイトに入ろうと、これまで押さえつけられていたダンジョンマスター達が動き始めている。特にダンジョンランキング九位のロンデミオと、十位のガルガンチュは注意が必要だ。彼らを放置すれば、シルヴァーナの派閥も危うかった。

「ジューダとカーインの動きはどうだ？」

シルヴァーナはクリムトに目を向けた。同じグランドエイトのジューダとカーインは、マダラメの軍門に降ろうとしている。事態の推移によっては、彼らが敵となるかもしれなかった。

「そちらですが、以前は確かにジューダ様がマダラメとコンタクトをとっていたようです。しかし現在ではそういった動きは見られません」

クリムトの言葉を聞き、シルヴァーナは細い顎に指を当てる。

交渉は決裂したとみるべきかもしれない。しかし逆に考えれば交渉がまとまったからこそ、静かに潜伏しているのだともとれる。

「ユリンはどうか？　何か動きはあるか？」

「そちらは何も。自らの資産を売却した以外は、ダンジョンに籠もっておられるようです」

クリムトの報告を聞き、シルヴァーナは唸った。

ユリンは誰かの指示がなければ動けない女だった。ドゴスガラに捨てられたという話だし、自暴自棄となってダンジョンに引き籠もっているのかもしれない。それともドゴスガラの入れ知恵があり、何か計画のために潜伏しているのか？

ソサエティではそれぞれの思惑が入り乱れ、シルヴァーナにも全貌が見えなかった。違約ポイントを払うとしたメグワイヤ達も、何か陰謀を企んでいるだろう。ドゴスガラもこのままで終わるとは思えない。おそらく何かが起きるはずだ。備えておかねば事態の推移に取り残される。

「我が君、そろそろ」

クリムトが再度時計に目を向ける。確かにもう時間だった。

「そうだな、行こう」

シルヴァーナは腰を上げ、ソサエティに繋がる転移陣を目指した。

転移陣を通りソサエティに移動すると、そこは八柱の館であった。グランドエイトはその特権として、八柱の館に直通で行き来できる転移陣を持っているのだ。

転移したシルヴァーナは窓へと歩み寄り空を見上げる。空には宙に浮かぶ角石、ランキング盤がゆっくりと回転していた。

シルヴァーナは目を留め、最下位の名を探す。ランキング盤の一番下には、マダラメの名が黒い文字で刻まれていた。

「奴はまだ来ていない……か」

シルヴァーナは小さく呟いた。ランキング盤の文字の色は、ダンジョンマスターの在と不在を示している。赤色であればソサエティに来訪しており、黒色であれば来ていない。

マダラメの不在を確認し、シルヴァーナは一息ついた。そして銀の瞳を上に向ける。ランキング上位は全て赤色で埋まっていた。

マダラメに対する違約ポイントの支払いが、今日行われることはすでに噂になっている。野心を持つダンジョンマスター達は、誰もがソサエティに来て動向を見守っているのだ。

シルヴァーナは窓から離れ、塔の外に出た。八柱の館はその名が示すとおり八本の塔が円形に連なり、中心にはグランドエイト評議会場と呼ばれる館が存在する。グランドエイトが集まり最終決定を行う場所であり、かつてマダラメを呼びつけたのもここであった。

シルヴァーナが評議会場に入ると、そこにはすでに三つの椅子が埋まっていた。

長い黒髪に眼鏡をかけたメグワイヤ。その右隣にはファンデーションを顔に塗りたくる巨漢の男エンミ。さらに右隣ではハンバーガーやホットドッグ、ピザやドリンクを持ち込み、ガツガツと食べている肥満体のソジュだった。

シルヴァーナは眉をひそめ、メグワイヤを見た。メグワイヤは顔色に変化はない。しかしエンミとソジュは違った。

化粧をするエンミだが、先程から同じところを何度も直している。一方でいつも決まっている髪型は、襟足が跳ねていた。普段なら絶対にないことだ。ソジュも咀嚼の速度が普段より速い。いつもは美食のために食べているが、今は平静を装うために無理をしているのがわかる。

「メグワイヤ、動くつもりか」

シルヴァーナは椅子に座りながら問うた。するとメグワイヤは鼻で笑った。

「俺は動かんよ。俺はな」

メグワイヤの短い否定の言葉を聞き、シルヴァーナはメグワイヤが描いた絵図を理解した。

言葉通りメグワイヤは動かない。動くのはドゴスガラだ。おそらく交渉の場に、ドゴスガラが乗り込んできてマダラメを捕縛するのだろう。

「誘導したのか?」

「さて、何のことかな?」

メグワイヤが視線を逸らす。しかしシルヴァーナは確信を強めた。メグワイヤがとぼけるのは、真実を言い当てられたからだ。

ドゴスガラは武闘派で鳴らしていた男だ。自分が滅びるのならば、相手を道連れにしようとするのは予想できる。後はマダラメを誘い出す段取りをつければ、ドゴスガラはその状況を利用する。

ドゴスガラは自分で考えたつもりだろうが、実際はメグワイヤの誘導にのせられているだけだ。

「うまくいくと思っているのか？」

「最後ぐらい役に立ってもらわねば困る。あいつのせいでこうなっているのだからな」

メグワイヤが憎々しげに顔を歪めた。たとえマダラメを捕縛しても、ドゴスガラのダンジョンは攻略される。メグワイヤは最後にドゴスガラを使い捨てにするつもりなのだ。

「マダラメには、前回のような小細工はできん。ポイントがないからな」

メグワイヤの顔は自信に満ちていた。マダラメは連結ポイントを搾り取られている。ポイントがなければ、お得意の小細工を弄することもできない。

「問題はマダラメが来るかどうかだ」

メグワイヤは最大の懸念を口にする。確かにこればかりはどうすることもできない。

「もし来なければどうする？」

「その時は手持ちの一億でダンジョンを強化し、守りに入るしかないな」

メグワイヤが拳を固める。その時、メグワイヤがしている囁きの腕輪が鳴った。メグワイヤはすぐに腕輪に触れて通話する。そして小さく頷き返したあと、シルヴァーナを見た。

「ソサエティの広場を見張らせているマスターからだ。マダラメが広場に転移してきたらしい」

メグワイヤの言葉に、化粧をしていたエンミと食事をしていたソジュが手を止める。シルヴァーナはすぐさま窓の外に目を向けた。

評議会場の窓からは、空に浮かぶランキング盤が確認できた。シルヴァーナの銀の瞳が、最下位のマスターの名前を探す。ランキング盤の最も下に書かれている名前が、黒から赤へと変わる。マダラメがソサエティにやってきたのだ。

メグワイヤは腕輪の通信機能を使い、外にいるダンジョンマスターとやりとりする。

「広場ではカーインがマダラメと接触したらしい。このままここに連れてくるようだ」

「カーインが？」

「ドゴスガラの指示かもしれんな。何にしても、小細工を弄する時間を与えないのはいいことだ」

メグワイヤが感心している。ドゴスガラにしては気が利いた行動だ。

しばらくすると評議会場の分厚い扉が開かれ、ジャケットを着こんだ黒髪の男が入ってくる。ダンジョンマスターマダラメである。その背後には炎のローブを見に纏ったカーインもいる。

「お久しぶりだな、お歴々」

マダラメは不敵な笑みを見せる。その顔を見ると、シルヴァーナは眉をひそめた。

「お待たせして申しわけない。少しトラブってね」

「トラブル？　何かあったのか？」

シルヴァーナはマダラメではなく、その背後に立つカーインに目を向けた。

「あっ、シルヴァーナ様。その、マダラメが八柱の館に入る許可証を忘れてきたと言うので」

カーインがまるで言い訳するように答えた。

八柱の館は、グランドエイト以外が入れないように結界が張られている。正面から入るには、グランドエイトが発行した許可証が必要となるのだ。

「仕方なく私が結界を開けてやり、一緒に入ってきました」

続くカーインの話を聞き、シルヴァーナは眉間に皺を寄せる。こちらに揺さぶりをかけたつもりか、つまらないことをする。

「さぁ、取引を始めようか」

マダラメはパンと手を叩く。シルヴァーナは視線をメグワイヤやエンミにソジュ、そしてついてきたカーインにも向ける。

異論のある者は一人もいない。シルヴァーナは最後に窓の外に目を向けた。ランキング盤に書かれているマダラメの名は赤い。目の前にいるのは間違いなく本体だ。

「わかった、始めよう」

シルヴァーナが頷き、マダラメとカーインが評議会場に入る。そして扉を閉めようとしたその時だった。閉められかけた扉に、鱗で覆われた手が差し込まれる。

「待ってもらおう。俺も混ぜてもらうぜ」

無理やり評議会場に入ってきたのは、漆黒の鎧に巨大な大剣を背負うドゴスガラだった。その背後には二本の刃で武装するジューダもいる。

「久しぶりだな、お前ら」

ドゴスガラはぎらつく瞳でシルヴァーナ達を見回す。そして最後にマダラメを睨みつけた。

「マダラメ。お前のおかげで俺のダンジョンは攻略される寸前だ。攻略される前にお前を殺す」

ドゴスガラは大剣を右手で掴むと、血のように赤い刀身をマダラメに突きつけた。

断竜剣ギルゲレン。ドゴスガラの愛剣である。

ドゴスガラは左手で腰のポーチから、三本の紙束を取り出した。そして空中に投げると、紙束からは光の球体が生まれ、中から三体のモンスターが出現した。

転移の呪文書を用いて、八柱の館にモンスターを転移させたのだ。

現れたモンスターはどれも人型の竜の姿をしていた。黒い背広に剣を持つのは、ドゴスガラの副官モンスターであるラグナだ。残る二体は右手に剣、左手に盾を持ち。兜と胸当てを装備している。

ドゴスガラのダンジョンを守る竜騎兵、その生き残りだった。

ドゴスガラを中心にして、三体のモンスターがマダラメを取り囲む。

マダラメを守るモンスターは居らず、マダラメ自身も戦う力を持っていない。屈強なモンスターに取り囲まれ、マダラメにはもはや逃げ場がない。しかし絶体絶命の窮地にあっても、マダラメに動揺はない。静かに自分を取り囲むモンスターを見回す。

「全くお前らは考えが浅い。そんなことだから、お前らはそのざまなんだよ」

マダラメは溜息混じりに話すと、両手を上着のポケットに入れた。ポケットから手が出てくると、そこには六本の丸めた紙が握られている。

「まさか！　ありえない！」

メグワイヤの声をマダラメは鼻で笑い、六本の紙束を放り投げた。すると空中で紙束が光り、六体のモンスターが出現する。

現れた六体のうち、三体は人型をしたモンスターだった。モーター音を響かせ、目には赤いサーチアイ。体はシルバーメタリックの装甲で覆われ、四本の足で金属の体を支えている。そして同じく四本の腕には、剣、槍、棍棒、魔導筒が握られていた。

モンスターの中でも、マシーン兵と呼ばれる種族だった。

そして金属生命体の背後に浮遊するのは、三つの球体だった。一抱えもある球体の中央には、大きな目が一つ開かれ、周囲をギロリと見降ろしている。その体からは何本もの触手が伸び、紫電を帯びた黒い靄《もや》を纏っていた。イビルアイと呼ばれる魔法生物だった。

「馬鹿な、マシーン兵にイビルアイだと!? それも最上位《ハイエンド》モンスター、パワードマシンにダークネスアイ！　何故マダラメがこれほどのモンスターを持っている!?」

顔を蒼白にして叫ぶメグワイヤの言葉は、シルヴァーナの内心の代弁でもあった。

最上位モンスターとは、ダンジョンコアで作れるモンスターの中でも、最高額のモンスターだ。最低でも一体百万ポイント。しかもパワードマシンの装甲は、輝きからして魔法に対する処理がなされている。ダークネスアイも体に帯びた紫電から、強力な魔法スキルを所持していることがわかる。最上位モンスターにスキルや武装を付与しようとすれば、作成ポイントは桁外れに跳ね上がる。

「どうやってこれだけのモンスターを……。転移の呪文書だって用意できないはずだ」

驚くメグワイヤに対し、マダラメが笑いかける。

「ああ、ポイントなら借りた。このモンスターもな」

「馬鹿な、ありえない！　お前にポイントを貸す奴はいない。担保もないだろう！」

メグワイヤは額に汗を流す。マダラメにポイントはなく、抵抗する手段がないと判断したからこその今回の行動だったのだ。

「ああ、担保はある。メグワイヤ、お前だよ。お前の存在が俺の担保だ」

「ああ？　何を言っている？」

「忘れたのか？　お前は今日俺に三億ポイント支払うんだぞ。そしてこのことはソサエティ中に広がっている。まぁ噂を流したのは俺なのだが」

マダラメは将来的に手に入る、三億ポイントを担保としたのだ。

「ちなみにポイントを貸してくれたのは、ランキング九位のロンデミオと十位のガルガンチュだ。お前らをグランドエイトから引きずり下ろすという話をしてやれば、喜んで協力してくれたよ」

マダラメの言葉に、シルヴァーナは歯を噛みしめる。ロンデミオとガルガンチュは、グランドエイト体制下でずっと燻《くすぶ》っていた連中だ。下位に甘んじていた者達が、ここにきて反旗を翻したのだ。

「まだだ！」

ドゴスガラはポーチからもう一枚呪文書を取り出す。掲げられた呪文書から強烈な光が放たれた。光はすぐに収まったが、窓の外を見ると八柱の館の周囲で、光の壁が崩れていくのが見えた。

「これは！　八柱の館の結界を破ったのか！」

シルヴァーナはただただ驚いた。八柱の館を守る結界の強度は、クラスⅧ相当のものである。これを破るにはクラスⅨの呪文書が必要となる。よくそれだけのポイントを都合できたなと思うが、これでモンスターを館の内部に好きなだけ入れることができる。館の外に配置したモンスターが到着すれば、六対四の数の差が崩れる。

「たかが六体のモンスター！　ねじ伏せてみせる！」

ドゴスガラが大剣を手に吠える。体からは黒い闘気が噴き出した。同時に二体の竜騎兵が口から劫火のブレスを吐く。高熱が評議会場に吹き荒れるも、炎を縫ってパワードマシンが前進してくる。

ドゴスガラは黒気を断竜剣ギルゲレンに纏わせ振りかぶる。副官モンスターのラグナと竜騎兵もこれに続く。武闘派で鳴らしていたドゴスガラは、自身もモンスターを率いて冒険者と戦っていた。当然その副官や配下の竜騎兵も精鋭揃い。いかに最上位モンスターであろうと、生み出されたばかりのモンスターには引けを取らない。そのはずであった。

振り下ろしたドゴスガラの剣を、パワードマシンは剣と槍と棍棒を重ねて防いだ。自分の一撃を防がれ、ドゴスガラの瞳が驚愕に見開かれる。

闘気を纏わせたドゴスガラの一撃は、鋼鉄をたやすく切り裂く威力がある。それに耐えるとはシルヴァーナも驚きだった。ドゴスガラはそのまま力で押し切ろうとするも、別のパワードマシンが魔導筒から光線を発射して、ドゴスガラを撃つ。副官のラグナが闘気を帯びた剣で、光線を薙ぎ払った。しかしそこに三体目のパワードマシンが斬りかかる。ラグナは慌てて飛びのくも、パワードマシン達は連携をとり絶え間なく攻撃を仕掛けてくる。

「こいつら、連携を！」

ドゴスガラはラグナや配下の竜騎兵と共に戦うも、パワードマシン達はまるで三体が一体に見えるほどの連携を見せる。

「一度下がれ！」

絶え間なく続くパワードマシンの攻撃に耐えきれず、ドゴスガラが大剣を横に薙ぎ払いパワードマシン達と距離をとる。だがその時、後方に控えていたダークネスアイ達が、巨大な瞳を光らせる。

大きな目の前には、七重の円環で構成された魔法陣が浮かび上がり、巨大な電撃が迸る。二体の竜騎兵がドゴスガラの前に飛び出て盾を連ねるが、三条の電撃を受けて後方に倒れる。

「クラスⅦの魔法だと⁉」

シルヴァーナは信じられなかった。ダークネスアイが使用したのは、電撃系クラスⅦに属する『雷轟崩撃《ゴルッゴ》』だ。ドゴスガラは配下の竜騎兵にクラスⅥの魔法を完全無効化する防具を与えていた。

しかしダークネスアイは、その防御力を上回る攻撃を放てるのだ。

「おのれ、よくも！」

ラグナが剣を手に赤黒い闘気を練る。そこにパワードマシンが蜘蛛《くも》のように足を動かして迫る。

ラグナがドゴスガラ直伝の剣技を見せるも、パワードマシンは四本の腕を巧みに動かしラグナの剣戟《けんげき》を捌く。高度に知性化されたラグナでようやく互角。ドゴスガラの竜騎兵は押されていた。

「我が主よ、お気をつけください！　こいつら、強い！」

ラグナは剣戟の火花を飛び散らせながら顔を歪める。

マダラメが召喚したパワードマシンやダークネスアイは、ただポイントをつぎ込み生み出されただけのモンスターではない。十分に経験を積み、鍛え上げられている。

「馬鹿な、なぜマダラメがこれほど強いモンスターを持っている⁉」

ドゴスガラは納得がいかないと叫ぶと、マダラメが鼻で笑う。

「そのモンスターもロンデミオとガルガンチュから買ったやつだ。お前達がグランドエイトとしてふんぞり返っている間に、下の連中はずっと牙を研いでいたんだよ」

マダラメが蔑みの目をドゴスガラとグランドエイトに向ける。シルヴァーナは歯噛みした。シルヴァーナとて慢心していたつもりはない。だがシルヴァーナ達は自らの地位を守るため、グランドエイトの権力を強化して支配の構造を固定化した。

支配者としては当然の行動であったが、覆されることのない状況に徐々に油断が生まれていたのだ。一方で下位の者達は表面では従いつつも、虎視眈々《こしたんたん》と反撃の機会をうかがっていたのだ。

「さてと、旧き支配者には退場願おうか」

マダラメが冷酷な目でシルヴァーナ達グランドエイトを見る。その背後では三体のダークネスアイが浮かび、一つの魔法を練り上げていた。空中に描かれている魔法陣の円環は七を超え、八重になろうとしていた。

三体が協力して放つ、電撃系クラスⅧの魔法『雷帝殲滅覇《ゴルッギア》』だ。あれが放たれれば、ドゴスガラや竜騎兵達も無事では済まない。ドゴスガラ達は魔法を止めようとするも、パワードマシンに阻まれ近づけない。そしてついに八重の円環が完成する。

「我が主、お下がりを！」

ラグナがドゴスガラの前に立ち、盾となろうとする。だが防げるものではない。

魔法陣から無数の電撃が嵐のように放たれる。評議会場を閃光が包み、ドゴスガラ達に殺到した。

シルヴァーナの体を衝撃波が襲い、鼓膜を突き破る轟音が後から来る。シルヴァーナは顔の前に手を上げて爆風と閃光を防ぎ、腕の下からドゴスガラ達を見た。

跡形もなく吹き飛んだかと思ったが、ドゴスガラ達は生きていた。それどころか怪我一つ負っていなかった。ドゴスガラ達の周囲には銀色の紗幕《しゃまく》が取り囲み、魔法の猛威を完全に遮断していた。

「こっ、これは⁉」

自分を守る光の紗幕に、ドゴスガラ自身も驚く。すると評議会場の高い天井に、鈴を転がすような笑い声が響いた。

「いけませんわ、ドゴスガラ様」

伽羅《きゃら》の香を纏いやってきたのはユリンであった。手には紫の扇を持ち、何枚もの衣を重ね着している。肩には光り輝く羽衣をかけ、銀杏のように整えられた髪には何本もの簪が刺されていた。

「このような催しがあるのでしたら、私にも言っていただかないと。宴には華も必要でしょう？」

笑うユリンの背後には、空中に浮遊する二体の女性を従えていた。

宙を舞う女性は美しい顔立ちをしていたが、その髪は桃の枝でできており、満開の花弁を動くたびに零している。天女系最上位モンスター桃源天女《とうげんてんにょ》だ。

「ユ、ユリン。お前、どうして？」

ドゴスガラは目を丸くして驚いていた。シルヴァーナも、ここでユリンが来るとは思わなかった。

ユリンはドゴスガラに捨てられたと聞いていた。ユリンがドゴスガラを助ける理由はない。

「どうしてって、そんなの決まっているじゃないですか」

驚くドゴスガラに対し、ユリンは微笑む。

「貴方を愛しているからです。貴方に捨てられても、私の気持ちは変わりません。ずっとどこまでも、貴方と一緒にいたい。それが破滅への道であっても」

ユリンはてらいなく言ってのけた。無条件の愛情と行動に、ドゴスガラは絶句する。だがユリンはドゴスガラの答えを必要としておらず、当然のように横に並んだ。

「さぁ、行きましょう。ドゴスガラ様」

ユリンが手をマダラメへと向ける。ドゴスガラは大剣を構え応と答えた。

ドゴスガラとユリンを中心に、竜騎兵と桃源天女が陣形を組む。ドゴスガラの横に立つユリンが、紅の引かれた目尻をカーインに向けた。

「カーイン！　貴方も手伝いなさい！」

ユリンにピシャリと言われ、カーインは背筋を震わせる。だがすぐに決意し、炎のローブに手をやり、懐から転移の呪文書を取り出す。そして二体のモンスターを転移させた。

赤黒く燃える溶岩石でできた、身の丈三メートルの巨人が評議会場に現れる。溶岩系最上位モンスターの溶岩巨人だ。

溶岩巨人は自らの拳を打ち合わせ、轟音と共に火花を散らす。

「いくぞ！　マダラメを討ち取れ！」

断竜剣ギルゲレンを掲げたドゴスガラが、号令を発して七体のモンスターが襲いかかる。ドゴスガラが大剣を振るい、ユリンが魔法で援護。カーインも後方から炎の魔法を放つ。パワードマシンとダークネスアイも果敢に立ち向かったが、形勢はすでに逆転していた。

パワードマシンが四本の腕を操り暴れまわるも、ドゴスガラとラグナ、そして二体の竜騎兵が前進を阻む。ダークネスアイが電撃魔法を放つも、桃源天女が魔法を遮断する障壁を構築して減衰、障壁を破った魔法も溶岩巨人に受け止められる。

前線ではドゴスガラや竜騎兵が負傷するも、ユリンが即座に治療し、戦線に復帰する。

ドゴスガラの断竜剣が、パワードマシンの装甲を切り裂く。カーインが放った魔法がダークネスアイを丸焼きにし、その隣では溶岩巨人が、剛腕でダークネスアイの巨大な目玉を撃ち抜いた。

優勢となったドゴスガラ達だが、これは数の有利だけではない。大きな働きをなしているのが、ユリンと桃源天女だった。

特にクラスⅧの電撃を防いだ銀の紗幕は、防御系クラスⅨに属する『銀嶺絶界幕《シャリティア》』の魔法だ。あらゆる魔法をはじくとされる絶対防御が、ダークネスアイの攻撃をことごとく防いでいる。さらにドゴスガラ達の負傷を癒し、竜騎兵を魔法で強化していた。

天女に指示を出すユリンの采配は水際だっており、的確に相手の行動を先読みしていた。ドゴスガラ達は最適な援護を受け、攻撃に専念することができているのだ。ユリンにこのような強さがあるとは、グランドエイトの誰も知らなかっただろう。

「お前で最後だ！」

ドゴスガラの断竜剣ギルゲレンが、最後に残ったパワードマシンを切り伏せる。火花を散らしてマシーン兵が倒れた。

周囲にはパワードマシンの残骸や、霧散していくダークネスアイの死骸が転がっている。

ドゴスガラ達は竜騎兵が一体倒され、溶岩巨人は片腕を失っていた。しかしもはやマダラメを守るモンスターはいない。マダラメ自身も戦う力を持っていないため、抵抗はできない。

さらに外からは幾つもの足音が連なって向かってくる。評議会場の扉を蹴破り中に入ってきたのは、鎧を着込んだ人型のモンスター達だ。その数は三十体以上。ジューダが手で指示をすると、マダラメを逃さぬように包囲し、さらにドゴスガラ達の背後に整列して備える。

命令を下しているところを見ると、ジューダが外に待機させていたモンスター達だろう。駄目押しの増援が到着し、完全にマダラメの逃げ場を塞ぐ。

「さて、いろいろ悪あがきをされたが、これで詰みだ」

ドゴスガラが断竜剣ギルゲレンをマダラメに突きつける。マダラメの表情は変わらないが、誰がどう見てもやせ我慢のはずだ。

「本音を言えば、お前の命乞いと悲鳴を聞きたいところだ。しかしお前に時間を与えると、ろくなことがない気がする。さっさと終わらせよう」

ドゴスガラが大剣を手にマダラメに歩み寄る。ジューダが周囲を取り囲むモンスターに指示すると、マダラメの背後から、剣を持つ二体のモンスターが歩み寄りその肩を掴んだ。

「お前を八つ裂きにした後、体に停滞の楔を打ち込む。俺はお前の最後を見る前に、ダンジョンが攻略されるだろう。だがそのあとは……」

ドゴスガラが首だけを返し、シルヴァーナとメグワイヤを見る。メグワイヤが頷き返した。

停滞の楔を打ち込まれたマダラメは、自分で動くことができなくなる。その後はメグワイヤが動けぬマダラメを監禁し続ける。そうなればダンジョンの管理ができず、いずれダンジョンは攻略される。冒険者が最下層に到達すれば、強制帰還が発動してダンジョンに戻れるだろう。しかし体をバラバラにされているため、すぐには動けない。その間に冒険者がダンジョンを攻略するはずだ。

ドゴスガラが断竜剣ギルゲレンを大上段に構える。

マダラメの最後に、シルヴァーナは息を呑んだ。隣に居るメグワイヤも唾を呑み込む。対するマダラメの表情は、それでも変わらない。この土壇場で大したタマだ。

ドゴスガラが勢いよく大剣を振り下ろす。苦しみの声と共に、鮮血が宙を舞った。

「ぐぅぅぅっ！　な、何故だ！」

痛みに悶《もだ》えながら、声を上げたのはドゴスガラだった。右腕を抱えながら後ろに倒れる。見れば右腕から鮮血が零れ落ち、腕が切断されていた。

遅れて断竜剣ギルゲレンが床に突き刺さる。その柄には黒い鱗に覆われた、ドゴスガラの右手がついていた。

シルヴァーナはわけがわからなかった。ドゴスガラが大剣を振り下ろした直後だった。マダラメを捕らえていたジューダのモンスターが動き、ドゴスガラの腕を切り裂いたのだ。

誰もが驚き硬直した瞬間、シルヴァーナの周囲では肉に刃を突きさす音が幾つも起きた。目を向ければ評議会場を包囲していたジューダのモンスターが動き、ドゴスガラやユリン、カーインのモンスターを攻撃していた。背後からの攻撃を受け、竜騎兵や溶岩巨人、桃源天女はなすすべもなく殺されていく。

「わ、我が主、お、お逃げを……」

背中から切りつけられたラグナが、血を吐いて倒れる。

突然の凶行にシルヴァーナは反射的に腰の剣に手を伸ばす。しかし剣を抜く前に、三本の刃が突きつけられる。周囲を包囲していたモンスターは、シルヴァーナの背後にも迫っていたのだ。攻撃こそされないが、抵抗の動きを見せればすぐに攻撃してくるだろう。

シルヴァーナはメグワイヤ達に目を向けるが、メグワイヤ、エンミ、ソジュも同様に刃を向けられ動きを封じられていた。さらにドゴスガラ、ユリン、カーインも刃を突きつけられる。この評議会場で刃を向けられていないのは、ジューダとマダラメだけであった。

ジューダがコツコツと足音を響かせて、マダラメの前まで行くと振り返り並び立った。

裏切り。ジューダはマダラメの側についていたのだ。

「な、何故だ！　ジューダ！」

「どうして、どうして裏切ったの！」

ドゴスガラとユリンが非難の目を向ける。カーインも信じられないと目を丸くしていた。

「何故？　何故だって？　決まっているだろう、その理由は……」

ジューダは右手を顎の付け根に向けると、皮を掴み力任せに引っ張った。ジューダの顔が異様に伸び、徐々にめくれ上がっていく。

シルヴァーナが呼吸も忘れて見入っていると、ジューダの顔の下からマダラメの顔が現れた。

「こういうことさ」

ジューダの顔を投げ捨てたマダラメが笑う。シルヴァーナがもう一人のマダラメに目を向けた。

するとマダラメがシルヴァーナの視線に気づいたように、もう一人の自分を見る。

「ああ、これは遠隔操舵《えんかくそうだ》しているパペットだ」

ジューダの振りをしていたマダラメが、右手を伸ばし人差し指でもう一人の自分の顔をはじく。

すると糸が切れた人形のように、その場に崩れ落ちた。

倒れたマダラメを見て、誰もが息を呑む。ずっとマダラメと戦っていたつもりだが、本体ではなかったのだ。だがまだわからないことがある。

「ジュ、ジューダは！　本物のジューダをどうした⁉」

右腕から血を流すドゴスガラが、それでも床につき立つ断竜剣の柄を掴んで吠える。

「ああ、あいつは油断しすぎだった。少し前に軍門に降りたいと言う打診を受けて、話し合いをすることになったんだが、あいつ交渉の場にのこのこ本体でやってきた。俺にモンスターを買う余裕がないと思ってのことだろうが、馬鹿な奴だ」

マダラメは喉を鳴らして笑う。だがその頃にはマダラメは、ロンデミオやガルガンチュと交渉して多額のポイントを借り入れていた。

「そのあとは奴を捕らえて、入れ替わっていた。ただもう捕まえてはいない。自分のダンジョンに強制的に帰っていったよ。というかお前ら、いい加減に気づいてやれ」

マダラメは評議会場の窓に目を向け、空に浮かぶランキング盤を見る。シルヴァーナもダンジョ

ンマスターの名が記される石柱を見ると、上から順にグランドエイトの名が書かれている。だがそこにジューダの名前はない。

「ああ……嘘よ、そんな……」

ユリンが悲痛な声を上げた。ランキング盤は全てのダンジョンマスターの名が記されている。ここから名前が消えると言うことは、ダンジョンマスターが死んだということだ。

「この戦いが始まる前に、ジューダの名前は消えていた。お前達にいつ気づかれるかと焦ったよ」

マダラメが息を吐く。シルヴァーナは歯を噛みしめた。シルヴァーナは何度もランキング盤を見ていた。しかしマダラメの名前は確認しても、ジューダやほかのグランドエイトの名前は調べなかった。グランドエイトが落ちるなど想像もしなかったし、ジューダのことは頭からなかった。

「おのれ、よくも！　殺してやる！　絶対にお前を殺してやる！」

ドゴスガラの声は慟哭《どうこく》となっていた。しかしマダラメは冷たい目で返す。

「お前達にそんな時間があると思っているのか？　お前達は俺を誘い出したつもりだろうが、実際は逆だ。俺がお前達を誘い出した。何のために俺が、この勝負にのったと思う？」

マダラメの指摘に、再度シルヴァーナは息を呑んだ。ドゴスガラの襲撃を知っていたマダラメは、自分のダンジョンに引き籠っていてもよかったのだ。あえてドゴスガラの襲撃にのったのは、ドゴスガラ達のポイントを浪費させて、ダンジョンから遠ざけるためだ。つまり……。

「うわ、こ、これは！」

悲鳴のような声を上げたのはカーインだった。炎のローブを纏うダンジョンマスターの体は、青白い光に包まれていた。以前見た強制帰還の光だ。

「ユ、ユリン！　助け……」

最後の言葉を言い切る前に、カーインの体は消え去った。

ユリンは扇を落とし、目に大粒の涙を見せる。

マダラメとやりあっている間にも、冒険者達はダンジョンに挑み、攻略の手を伸ばしていたのだ。

シルヴァーナは帰還させられたカーインの無事を願った。しかしカーインはこの戦いのために、転移の呪文書を購入してポイントを浪費していた。また主力となる溶岩巨人も二体失っている。なけなしのポイントとモンスターを失っていては、ダンジョンを守るに守れないだろう。

シルヴァーナが目を伏せていると、青白い光が今度はドゴスガラの体を包み込んだ。

「クソ、俺もか！」

断竜剣にもたれかかるドゴスガラが顔を歪める。

「ああ、ドゴスガラ様！」

ユリンが駆け寄り、涙を流しながらドゴスガラの体を抱きしめる。

「ユリン……」

ドゴスガラの残った左手が、涙を流すユリンの頬にやさしく触れる。そしてドゴスガラの口が動く。その声は小さく、シルヴァーナには何を言ったのか聞こえなかった。聞こえたのはユリンだけだろう。ドゴスガラは全てを言い終えると、優しく微笑みを浮かべ、そして消えていった。

残されたユリンはその場に崩れ落ち、大声で泣いた。身を引き裂かれたような声に、シルヴァーナは目を閉じて唸る。

ドゴスガラの無事を願いたいが、ポイントだけでなく片腕と副官モンスターを失っている。ダンジョンの防衛は不可能だろう。同じグランドエイトの、避けられぬ死を悼んでいると、ユリンの泣き声が突如止まった。そして顔を上げたかと思うと、白い喉をのけぞらせて天を仰ぐ。揺れる喉から吐き出されたのは哄笑《こうしょう》だった。

評議会場の高い天井を、ユリンの笑い声が反響する。

「見事、見事よ、マダラメ」

笑うユリンが顔を降ろしてマダラメを見る。

ユリンの顔は化粧が涙で崩れ、鬼のごとき形相となっていた。

「貴方一人のために、グランドエイトは総崩れよ！　実に見事な手並みだったわ！」

マダラメを讃えるユリンだが、その顔はいやらしく歪む。

「でもいい気にならないことね。いつかお前を倒す者が現れる。最後の一人はお前だ！」

ユリンが細く白い指をマダラメに突きつけた。だが呪いの言葉を吐くユリンもまた、青白い光に取り囲まれる。ユリンのダンジョンも最下層に冒険者が到達し、強制帰還させられるのだ。

ダンジョンに戻れば、ユリンの死は確実である。しかしユリンはうっとりと目を細めた。

「ドゴスガラ様……すぐにお側に参ります」

小さな呟きを残し、ユリンの体は消え去っていった。

ユリンの最後の呪詛を受けたマダラメが、眉をひそめ小さく息を吐く。

「最後の一人はお前……か。そんなこと、言われずともわかっているさ……」

マダラメの口から呟きが落ちて消える。

「だが、それは今ではない」

力強い声と共に、マダラメがメグワイヤを見る。

新参者の視線をうけ、メグワイヤが体を震わせる。エンミとソジュも硬直したように動けない。

「さてメグワイヤ様。このような仕儀となりましたが、この後はどうされるおつもりで？　違約ポイントを支払ってもらっても構いませんし、支払わなくても構いません」

マダラメが口元をゆがませる。メグワイヤの額からは、一筋の汗が流れ落ちた。

「は……、払おう。違約ポイントを払わせてもらう」

メグワイヤは喉から声を絞り出した。

「そうですか。まぁお好きになさって下さい」

マダラメの瞳が、今度はシルヴァーナに向けられる。シルヴァーナはぎゅっと右手を握り締めた。

「さて、シルヴァーナ様。貴方はどうされますか？　俺と戦いますか？」

マダラメの視線はシルヴァーナの周囲に向けられていた。そこは一見何もないところであった。

だが視線の意味に、シルヴァーナは気づいた。

誰にも秘密にしていることだが、シルヴァーナはかねてより八柱の館に自分のモンスターを持ち込んでいた。

透明化のスキルを持ち、さらに透明な武器で武装している。ことがあればグランドエイトを抹殺するための暗殺部隊だ。もちろんこの場にも配備し、いつでも戦う準備はできていた。だが誰も知らぬはずの暗殺部隊の存在を、マダラメは気づいている。

情報が漏れたとは考えにくい。おそらく自分ならばそうするだろうと、予想してのことだろう。

シルヴァーナは拳を握り締めた。暗殺部隊は指先一つの指示で攻撃が可能だ。その気になればマダラメの首を一瞬で落とすこともできる。しかし……。

「お前はジューダと入れ替わっていたが、そのお前が本体であるという保証はない」

シルヴァーナは握った拳から力を抜いた。

「さすが、わかっているな」

マダラメは正解だと言わんばかりに笑った。そして窓に目を向けて、外のランキング盤を見る。

ランキング盤の一番下には、赤い文字でマダラメの名が記されていた。しかしその名が、見る見るうちに赤から黒へと変わっていく。シルヴァーナには意味が分からない。ランキング盤に細工などできないはずだ。

「スライムの一種だ。透明、黒、赤に体色を変えることができる。スライムを俺の名前に張り付かせ、色を変えて誤魔化した」

マダラメの種明かしを聞き、シルヴァーナは鼻の頭に皺を寄せた。

「イカサマ師め」

「そうだな、こんな単純な仕掛けに、気づかないほうがどうかしている」

笑うマダラメに、シルヴァーナは歯噛みするしかない。

「では、さようなら」

一声言い残すと、マダラメの体がその場に崩れ落ちる。ジューダに入れ替わっていたマダラメもまたパペットだったのだ。


ジェイクとなった俺は、カジノダンジョンの酒場へと来ていた。

俺の周囲にはエイリクやキルドネ、ストレガと言った飲み仲間が集い、陽気に杯《さかずき》を傾けている。周りで呑む皆の機嫌はいい。ジェイクが久しぶりに酒場に顔を出して酒を奢ったからだ。輪の中心で呑む俺も機嫌がよかった。

グランドエイトとの戦いに勝利し、メグワイヤ達からは三億の違約ポイントが振り込まれることになった。これで俺の総ポイントは一気に膨れ上がり、ダンジョンランキングでもシルヴァーナを抜いて一位となるだろう。

厳しい戦いだったが、俺はダンジョンマスターの頂点に立つことができたのだ。

勝算の低い戦いだった。相手は一億以上の総ポイントを持つ相手だ。グランドエイトが用心深く強固なダンジョンを築いていれば、この結果にはならなかった。またランキング九位のロンデミオと十位のガルガンチュがポイントを貸してくれなければ、やはりそこで終わっていた。

評議会場の戦いでも、ジューダの名前がランキング盤から消えていることに気付かれていたら、やはり俺は詰んでいた。全てが俺の思い通りとはいかず、賭けの部分も多かったし、相手のミスにも救われた。しかし色々あったが圧倒的な格上に対して、勝ち切れたことに俺は満足していた。

勝利の酒は格別にうまく感じる。

笑みを浮かべながら杯を傾けていると、エイリク達が、誰が一番強い冒険者かという話でまたもめていた。剣豪シグルドに暗殺者の夜霧。灰塵《かいじん》の魔女アルタイルに救済教会の聖女クリスタニア。人類の代表ともいえる強者の名前が次々に上がる。四人は八大ダンジョンに挑んでおり、彼ら彼女達ならば、八大ダンジョンの攻略も不可能ではないだろうと話が進む。そして誰が最初に八大ダンジョンを攻略するかという話でまたもめる。

俺はこの話が少しおかしく、盛り上がる連中を肴にちびちびと酒をやっていた。すると酒場に、一人の冒険者が駆け込んでくる。額には汗を流し、顔には驚きが張り付いている。

「おっ、おい！　大変だ！　八大ダンジョンが攻略されたぞ！」

血相を変えた男の言葉に、酒場にいた男達も騒然とする。

「本当か？　どのダンジョンだ、誰が攻略したんだ⁉」

エイリクが席を立って問いただす。だが俺は聞かずとも答えを知っていた。

ジューダが主をしていた凶刃のダンジョンが、すでに落ちているのだ。ようやくダンジョンを攻略した冒険者が、地上に戻ってきたようだった。

「それが、一つじゃねぇんだ。四つだ、八大ダンジョンのうち、四つのダンジョンが同時に落ちた！　剣豪シグルド、暗殺者の夜霧、灰塵の魔女アルタイル、聖女クリスタニア。それぞれが八大ダンジョンを、今日攻略したんだ！」

続く冒険者の言葉には、俺も驚いた。ドゴスガラ達が失墜するように、俺は様々な手を打った。しかしグランドエイトは長きにわたりソサエティに君臨し、力を蓄えていた。いつかは落ちると思っていたが、まさか今日、四つが同時に落ちるとは思わなかった。

酒場はにわかに騒然となる。冒険者として、誰もが血が湧き興奮していた。

「新たな英雄の誕生だな」

俺は腕を組み呟いた。シグルドや夜霧、アルタイルやクリスタニアが強いとは聞いていた。しかしこんなに速く八大ダンジョンを攻略してのけるとは思わなかった。

どうやら俺は四人を過小評価していたらしい。英雄と呼ぶにふさわしい者達だったのだ。

「四人の英雄。四英雄か……」

俺の言葉を、側にいたキルドネが聞いて反芻《はんすう》した。

「ジェイクの言うとおりだ。四英雄！　四英雄の誕生だ！」

冒険者達が次々に、四英雄と讃え始めた。ただの思い付きの言葉だったが、このままではこの呼び名が定着するかもしれない。しかし今更止めようがなかった。

四英雄の唱和を聞きながら、俺は諦めの息を吐いた。

脳裏によぎるのは、グランドエイトであるユリンが残した呪詛の言葉だった。

最後の一人はお前だ。

旧き支配者であるグランドエイト達は倒され、俺はダンジョンマスターの頂点となった。

だが新たな支配者は、また別の強者に倒されるのが定めである。

俺を倒す英雄が生まれたのかもしれなかった。

エピローグ

天を衝く峻険《しゅんけん》な山には解けることを忘れた雪が積もり、王冠のように彩られていた。灰色の岩肌を見せる山の麓には、巨大な門が設けられている。

竜の紋章が彫刻された門は、空を仰ぐほど高い。開け放たれた扉の奥は、奈落へと続いているかのような長い階段が伸びていた。

黒竜のダンジョン。

世界に名だたる八大ダンジョン、その堂々たる門構えである。

門の前では百人ほどの人間が集まっていた。全員が武器や鎧、杖を持ち武装している。

一目見て冒険者とわかる彼らは、ダンジョンに挑むことなく門の前でとどまっていた。

冒険者の一人が門を指差す。指の先には、黒竜のダンジョンから出てきた一組の冒険者の姿があった。六人の誰もが使い込まれた武具や防具で身を固め、歴戦の風格を漂わせている。

六人の男女を、集まった冒険者達は拍手と歓声で迎えた。特に居並ぶ冒険者達の尊敬を一身に受けるのは、先頭を歩く一人の剣士だった。

獅子のごとき双眸を持ち、歩く姿には王者の気配すら感じさせる。剣士は二本の大剣を背負っていた。そのうちの一本はひときわ大きく、血のように赤い。

断竜剣ギルゲレン。

黒竜のダンジョンの主、ドゴスガラの剣であった。この六人の男女は、黒竜のダンジョンを攻略したパーティーなのだ。

世界に名だたるダンジョンを攻略した者達を、誰もが褒めたたえた。

同業者の歓声を受け、五人の男女は照れ笑いを浮かべながらも手を振り返す。その顔は全てをやり終えた達成感と満足に緩んでいた。しかしただ一人だけ、笑うことなく顔を引き締める男がいた。

断竜剣を背負う剣士は、獅子のごとき双眸を光らせている。

その目はすでに、次なる獲物を捉えていた。

「カジノダンジョンか……」

剣士の呟きは風に乗り流れていく。風は空を駆け、地を走る。

風は深い幽谷《ゆうこく》に、火を吹く火山の麓に、密林の奥地にも届く。

霧が立ち込める幽谷には、ぼんやりとした火を灯す石灯籠が山裾の門へと続いていた。朱に塗られた門が開かれ、六人の男女が出てくる。

石畳の道を最初に歩くのは、聖女のごとき神秘的な気配を漂わせた女性だった。

救済教会の円十字を首から下げるその女性は、肩に光り輝く羽衣を帯びていた。

風が幽谷の霧を晴らし、黒煙を上げる火山へと向かう。

火を吹く山の麓では、空を駆ける溶岩が空を赤く彩る。

昂る火山を背景に、六人の男女が山の洞窟から姿を現す。その最後尾を歩くのは、炎のごとき女性であった。波打つ髪は赤く、身に着けているローブは炎が揺らめいていた。そしてその顔には、太陽のごとき赤い瞳が輝いていた。

風が炎をたぎらせてなお空を飛び、密林が覆い茂る奥地にも吹く。

怪鳥が鳴き大蛇がとぐろを巻く樹海には、大きな石が階段状に積み上げられていた。

石が積み上げられた巨大な四角錘の建造物から、仮面を被った六人が姿を現す。

六人の歩みに足音はない。影のごとき者達を率いるのは、二本の刃を手にする男だった。

漆黒の衣に身を包み、燃える鬼火のような眼光を仮面の下から光らせている。

彼ら、彼女達は、八大ダンジョンを攻略したパーティーだった。ダンジョンマスターが鍛えた戦利品を手にし、英雄と呼ばれるほどの名声を得ていた。しかしそのまなざしは、すでに次なる目標を見定めている。

英雄達は風を感じながら、カジノダンジョンの名を呟いた。

風は英雄の声を乗せ、大聖堂を臨む霊峰にまで届いた。

天を衝く尖塔《せんとう》を幾本も連ねているのは、救済教会の総本山、エルピタ・エソの威容である。

世界最大の教会が守護する山の頂には、一振りの剣が突き立てられていた。

風雪に嵐、時には稲妻にすら晒されているはずだが、刀身は光り輝き、錆びるどころか曇ることすらない。

神が作ったとされる神剣ミーオンであった。

神が認めた勇者にしか抜けぬとされており、これまであまたの力自慢や高名な剣士が神剣を手にしようと挑んだ。しかし誰一人抜くことは叶わず、今も山の頂に鎮座している。

不抜不動《ふばつふどう》の宝剣に一人の青年が歩み寄った。

華奢《きゃしゃ》である。背丈は人並みほどだが手足は細く、鍛えていないことは誰の目にも明らかだった。

しかし黒い髪の下には、不敵と傲慢の笑みを湛えている。

タコ一つない手が神剣の柄に触れた。すると誰にも抜くことができなかった剣が、音もなく抜き放たれた。

掲げられた剣は、陽の光を受けて強く輝く。

笑みを浮かべた青年が、戯れに剣を振りぬく。銀光が煌めき空気を切り裂く。だが斬られたのは空気だけではなかった。一拍遅れて、地面から石が割れた音が響く。直後、山の頂が崩れていく。

岩塊が地響きを立てて落下し、落石が落石を呼び山の形すら変わっていく。

山体崩壊《さんたいほうかい》の原因となった頂を見れば、岩肌の断面は鏡のように滑らかに切り裂かれていた。

一振りで山を崩した青年は、口元をいやらしく歪める。

「待っていろ、班目隆。今度こそお前を殺してやる」

青年の声が風に消えた。

書き下ろし番外編

マリアの指先と包帯の微熱

カジノダンジョンの最下層に、薄暗い部屋があった。

部屋の内部には丸テーブルが一つに椅子が二脚、壁には衣装箪笥に棚が置かれていた。また三面鏡のついた化粧台に大きな姿見、シャワールームも付いている。そして部屋の隅には寝台があった。

寝台には青い髪の女性が静かに横たわっていた。しかし横たわる女性の寝姿は、あまりにも静かすぎた。体にかけられた布には皺もなく、身じろぎすらしない。豊かに膨らんだ胸も上下せず、横たわる女性は呼吸を一切していなかった。

彼女の名はマリアと言う。その整った顔は青ざめ、生命の持つ温かみは消え失せていた。

死体である。あらゆる医学的見地からしても、マリアの生命活動は停止していた。だが死んでいるはずのマリアの瞼《まぶた》が動き、大きく開かれた。

死体が動いたが、これは驚くに値しない。なぜならばマリアは、ダンジョンコアから生み出された『動く死体』、いわゆるゾンビと呼ばれる種族のモンスターだからだ。

目を開けたマリアはすぐに上半身を起こした。掛布が落ちて純白の寝間着が露《あら》わとなる。マリアは素足を床に置き、寝台の横に立ち上がった。

一連の動きに、寝起き特有の緩慢さは一切ない。当然である。ゾンビに睡眠の必要はなく、先ほどまでは、ただ目を瞑り寝台に横たわっていたにすぎない。何故そんなことをしていたかというと、マリアを作ったダンジョンマスターであるマダラメが、休むように命じたからだ。

全く意味のない命令であったが、無駄は他にもあった。マリアがいる部屋そのものが、無駄の産物であった。ゾンビに所有欲はない。当然個室が欲しいとも思わないし、家具や調度品も不要であった。しかしマダラメはマリアに部屋を与え家具を揃え、そして一日の半分を休む様に命じた。意味がない命令ではあるが、命令されれば従うのがゾンビの質である。そのためマリアは休む時間となれば寝間着に着替えて寝台に横たわり、そして時間が来るまでじっとしていた。

マリアの日課は他にもあった。マリアは寝台の前で無造作に寝間着を脱いだ。血の通わぬ青白い肌が顕わとなる。華奢な肩の下に浮かび上がる鎖骨、さらに降ると双丘《そうきゅう》が緩やかな曲線を描く。腹部に贅肉のたるみはなく、張りのあるお尻が動くたびに揺れる。太ももの付け根には黒い茂みがのぞき、スラリと長い脚は見事な曲線美を描いていた。

一糸まとわぬ姿となったマリアは、体を隠そうともしなかった。部屋に誰もいない以上に、ゾンビに羞恥心はないからだ。そして素足のまま部屋を横切り、シャワールームに入る。

お湯が出る魔道具と、髪と頭を洗う石鹸が用意されたシャワールームに入り、マリアは自分の体を丹念に洗った。石鹸をお湯で泡立て、腕や肩、胸やお腹、お尻や太ももを丹念に洗っていく。

お湯を被って体を洗うと、冷たい肌がお湯に温められてほんのりと熱を帯びる。最後にしっかりと泡を落としてシャワーを終えた。昨日のうちに用意しておいたバスタオルを手にして体を拭き、そして裸のまま部屋に戻った。

マリアが洋服箪笥に歩み寄って扉を開けると、そこには色とりどりのドレスが掛かっていた。

ゾンビに洋服。だがこれは無駄とは言えなかった。なぜならばマリアは、カジノダンジョンに並べる化粧品や洋服を作るために生み出されたからだ。

自分が作った化粧品や洋服を試し、使用感や動きやすさを確かめるのは重要な仕事と言えた。

マリアは屈み、洋服箪笥の下にある引き出しを開けた。すると中には色とりどりの、ショーツやブラジャーといった下着類が詰まっていた。

光沢のある白いブラには緑の糸で花の絵柄がいくつも刺繍《ししゅう》され、胸元には青いリボンがカップの淵を彩っている。隣に目を向ければそこにはレースで編まれた真っ赤なショーツが置かれていた。布地と呼べる部分は少なく、素肌がほとんど見えてしまうだろう。特にお尻の部分は細く、これを穿《は》いて後ろから見れば、下着をつけていないように見えるかもしれない。ほかにも様々な種類の下着が引き出しに収められていた。中には布の部分がほとんどなく、紐とすら言えるものがある。

マリアはしばし考えた後、白いショーツとブラジャーを手に取った。

ショーツを足の間に通し、前屈みとなってブラのカップを胸に当てる。さらに太ももまであるストッキングを履き、ガーターベルトを腰に装着してストッキングが落ちないように止めた。

下着を身に着けたところで、マリアは姿見で自分の服を確認した。白を基調とした下着にはふんだんにフリルとレースがあしらわれ、上品さと美しさを合せもっていた。

下着を身に着けたマリアは、襟の大きなブラウスを身に着ける。そして洋服箪笥から黒いドレスを選びとった。袖は手首まで伸び、スカートもくるぶしを覆う。肌の露出はほぼ顔と手だけとなる。マリアはその上にエプロンを身に着け、腰の後ろでしっかりと結んだ。最後にエナメルの光沢をもつ靴を履いてすべての準備が整う。

マリアは姿見で自分の姿を確認し、乱れがないことを確かめる。そして静かに部屋を出た。

部屋を出ると細長い廊下がある、廊下にはほかに二つの扉が連なっている。妹達の部屋だ。しかし妹達は職場である景品開発部にいるはず。マリアは自分の職場に向かった。

マリアが景品開発部に入ると、二人の女性がいた。顔も服装も全く同じだが、髪の色と髪型が違う。黄色い髪にセミロングが次女のメリア、緑の髪にロングヘアが三女のアリアだ。

メリアはすり鉢で染料をすりつぶし、アリアは机に広げた布を裁断していた。二人共マリアの顔を見ようともしない。またマリアも妹達に挨拶せず、壁にかかった予定表を確認する。互いに嫌っているわけではない。ただゾンビに挨拶はないからだ。

予定表に目を走らせたマリアは、夜番の仕事が監察業務であることを知り、景品開発部を出てモニタールームへと向かった。

最下層の一本だけある廊下を歩きモニタールームに入ると、そこには壁一面が大きなモニターとなっていた。モニターはいくつもの区分けがなされ、カジノダンジョンのあらゆる場面が映し出されていた。室内には三体のスケルトンが椅子に座り、モニターを監視している。

部屋に入ったマリアは、中央に置かれた机を一瞥した。ダンジョンの主であるマダラメの席だ。しかし主の姿はなく不在。マリアは左端に座るスケルトンに歩み寄り、席を変わってもらった。

スケルトン達が座る机の手元には、小さなモニターがある。画面に触れると映る映像を切り替えることができた。マリアは青白い指先でモニターを操作し、次々に切り替えていく。すると湯気が漂う女性用の浴場や、ホテルに宿泊する女性冒険者の姿が映し出される。

モニタールームでは、ダンジョンのあらゆる光景を映し出すことができる。しかし女性のプライベートを考えて、浴場やホテルの内部などは基本映し出さないことになっていた。だが完全に見ないわけにもいかなかった。何故ならばカジノの景品の多くが、化粧品や洋服と言った女性向けの物が多いからだ。景品がどのように使用されているのか、より良い景品を作り出すため調査は絶対に必要だった。そのため女性であるマリア達が、女性達の観察を行《おこな》っているのだ。

マリアがモニターの画面を操り調査対象の女性を探すと、ホテルの私室で化粧をしている女性を見つけた。鏡の前には、いくつもの化粧品が並んでいる。女性は煌びやかな青いドレスに身を包み、ネックレスやイヤリング、指輪をはめて自分を飾り立てていた。どれもマリア達が作った物だ。

マリアの目から見ても、女性は化粧やドレスが似合っていた。女性冒険者は総じて体が引き締まり、スタイルがいい。また健康的で肌艶も良いため、化粧がよく乗っており色も映えていた。

ただ日に焼けている人が多い。日焼け止めクリームを作れば好まれるかもしれない。また肩幅が大きな女性が多いため、肩の大きさを隠すデザインを提案してみよう。

マリアはポケットからペンと手帳を取り出し、気づいた点を書きまとめた。すると画面の中で動きがあった。誰かが来訪したのか、部屋の扉がノックされ女性が扉を開ける。そこには着飾った男性が立っていた。手には赤い花束が握られている。

男性を見た女性はわずかに目が見開かれ、少し頬が赤くなり顔に笑みが浮かぶ。変化は繊細であったが、劇的でもあった。マリアの目には女性が光り輝く様に美しくなったのが見えた。幾つもの化粧品、輝くドレスや装飾品も、女性が発揮した美しさの引き立て役にしかなっていなかった。

美しい女性を見て男性が花を差し出す。女性は喜び顔を紅潮させて花を受け取る。男性が手を広げて抱擁の姿勢を示すと、女性もこれを拒まず男性の背中に手を回した。

二人は顔を寄せ合い、口づけをした。

その一部始終を目撃したマリアは、自分の手が手帳を強く握りしめていることに気が付いた。

ゾンビであるマリアにも、女性が着飾っていたのは男性と会うためであることが理解できた。何故ならばマリアも、毎日同じことをしているからだ。

マリア達はカジノに並べる景品を作るために、ダンジョンマスターであるマダラメに生み出された。だがマリア達よりも先に生み出された副官モンスターであるケラマに、ある指示を与えられていた。『もしかしたらマダラメ様はお前達の体をお求めになるかもしれない。その時は抵抗せずに身をゆだねるように』と……。

マリアはその時が来ることに備え、毎日体を洗い下着を変えていた。しかし生み出されてより今まで、マダラメがマリアを求めたことはなかった。妹達も呼ばれた様子はない。

やはり生きていないからだろうかと、マリアは自分が求められない理由を考える。

もし自分が動く死体ではなく生きていれば、部屋に呼ばれただろうか？

青ざめた冷たい体ではなく、熱い血潮が流れていれば、抱きしめてもらえただろうか？

胸打つ心臓があれば、接吻《せっぷん》を受けることができたのだろうか？

自分が愛されていないのだと考えると、マリアの四肢が石のように重くなった。体は言うことを聞かず、胸の中の臓器が無くなったような気がする。

もちろんそんなことはありえない、ゾンビに体調不良はないからだ。

マリアは立ち上がり、モニタールームを後にした。景品開発部までの廊下は短い。しかし足取りはいつもより重く、廊下は長く感じられた。マリアがのろのろと歩いていると、不意に物音がした。音は食堂から聞こえていた。

カジノダンジョンの最下層において、食堂に用がある者は少ない。食事をとる必要があるのはダンジョンの主であるマダラメと、副官のケラマだけだからだ。それ以外はすべてスケルトンとマリア達ゾンビである。そしてケラマは体が小さく、あまり食料を必要としない。つまり……。

マリアが食堂を覗くと、黒髪に長身の男性がいた。黒いジャケットを羽織るその人こそ、カジノダンジョンを支配する者、ダンジョンマスターマダラメであった。

マダラメはマリアの存在に気付くと驚き振り返った。その手には酒瓶とグラスが握られている。どうやら寝る前に一杯やろうとしていたらしい。

「なんだ、マリアか。ケラマかと思った……」

マリアの顔を見たマダラメは、強張らせていた顔を緩めた。

「この前飲み過ぎだって怒られたばっかりでな。これは内緒にしてくれ」

マダラメは頭を下げながら、口元に人差し指を立てる。そして棚の中に目を向けた。

「ところで、何かツマミってないかな？」

言いながら棚をあさるが、丁度いいのがなかったのか顔を顰める。

「仕方ない、ダンジョンコアで作るか」

マダラメはダンジョンコアに向かおうとした。あらゆるものを生み出せるダンジョンコアならば、ツマミを作るぐらい簡単なことだった。しかし酒瓶を手に食堂を出ていこうとするマダラメの手を、マリアは止めた。疑問符を浮かべるマダラメに対し、マリアは食堂の奥にあるキッチンに向かった。キッチンに併設されている食糧庫には、食材が十分にそろっている。

「作ってくれるのか？」

マリアが頷くと、マダラメはなら腸詰《ちょうづめ》を炒めた奴にしてくれと、子供のような顔をして頼んだ。

「できたら部屋に持ってきてくれるか？　ここで飲んでいたら、ケラマに見つかる。頼むな」

マダラメは片手を掲げて食堂から出ていく。残されたマリアはしばし呆然とした。そしてツマミを作るべく、食糧庫からソーセージを取り出す。そしてフライパンに油を塗りキッチンにある魔具のコンロにかけた。熱を出すコンロに置かれたフライパンは徐々に熱せられていく。その間、マリアは自分の青白い右手を見つめた。

マダラメに部屋に来るように命じられた。もちろんこれは額面通りの意味であり、料理を運べばそれで終わりだろう。自分が主に求められることはない。何故なら生きていないのだから。

手の奥には、熱せられて油煙を上げるフライパンが見えた。

マリアは指先をフライパンの縁に押し付けた。水分が蒸発する音とともに指が焼ける。だがゾンビに痛覚はない。指を離すと火傷痕が水膨れとなっていくが、それだけだ。火傷を負うほどの熱を受けても、冷たい手には温もりが宿ることはない。

マリアはわずかに目を伏せた後、火傷を負った指でソーセージを炒めた。酒のツマミは簡単に作られ一品が完成する。マリアは皿に盛り付け、盆に載せてマダラメの部屋にまで運ぶ。部屋に入ると、マダラメは長椅子に腰かけグラスの中の酒をゆっくりと回していた。

料理を置いたらすぐに部屋を出ようと、マリアは座る主に歩み寄る。そして長椅子の前に置かれた膝丈のテーブルに持ってきた料理を右手で置く。

手を引っ込めてすぐに去ろうとしたその時だった。

マダラメの手が伸ばされ、マリアの右手首を掴んだ。触れられたことに驚き、マリアは身を固くする。だが手を取ったマダラメの顔は、さらに強張っていた。眉間に皺が寄せられた視線は、マリアの右手に注がれている。

「おい！　この怪我はどうした⁉　火傷したのか？」

マダラメはマリアの指先にできた火傷を見ていた。痛みがないため、自分自身も忘れていた。

「手当をしないと、たしかこのあたりに救急箱が……」

マダラメはマリアを長椅子に座らせ、薬や包帯が入った箱をとろうとする。しかし慌てていて右足を膝丈のテーブルにぶつける。

マダラメは痛みに顔を歪めて息を詰まらせるも、マリアには座っていろと指示し、右足をかばいながら救急箱をとる。そして箱から薬や包帯をとると、マリアの青い手を取り、治療を始める。

治療の間、マリアはされるがままとなり、マダラメに身をゆだねた。ゾンビならばこの程度の傷はすぐに治るし、そもそも痛覚がない。主の手を煩わせることもないのだが、マリアは不要であることを指摘せず、自分の手を取るマダラメを見た。

真剣な顔で治療するマダラメを見ていると、マリアの冷たい指先に白い包帯が巻かれた。

治療を終えてマダラメが息をついていると、部屋の扉がノックされた。扉の向こうから聞こえる

のは、ケラマだった。どうやら慌てるマダラメの声を聞きつけ、様子を見に来たらしい。

「やべ、どうしよう」

マダラメは頭を抱えた。部屋にある酒を見られれば、また小言を言われることが明白だからだ。

「マリア、火傷をしたことは内緒にしてくれるか?」

マダラメは頭を下げて頼み込んだ。マリアが頷くと、マダラメはケラマを入室させた。

スケルトンの肩に乗って部屋に入ってきたケラマは、マダラメとマリアを見た後、テーブルに置かれた酒瓶を見つけて眉をひそめる。そしてまたお酒ですかと小言を開始した。

うなだれるマダラメを尻目に、マリアは退出しようとした。その時マダラメと視線が合った。マダラメは苦笑いを浮かべながら片目をつぶる。マリアはスカートの裾をつまんで軽く持ち上げ、お辞儀をしたのち退出した。

廊下を歩くマリアの足取りは軽かった。

マリアの肌は青白く、心臓は鼓動を打たない。しかし冷え切っているはずの体は、わずかに熱を帯びているように思えた。

指先に巻かれた包帯のぶんだけ。

あとがき

初めまして、そうでない方はお久しぶりです。有山リョウです。

今回は『ダンジョンマスター班目～普通にやっても無理そうだからカジノ作ることにした～』をご購入いただき、ありがとうございます。


本作はタイトルにもあるとおり、ダンジョン造りを題材にしたものです。

ダンジョンを攻略する某有名ゲームが大好きで、同じくダンジョンを造るこの手の話も大好きでした。作家として何か書いてやりたいなとは思っていたのですが、これまで幾つも同系統の作品は作られており、執筆にあたって、何か独自性が欲しいなと頭を捻りました。

とは言え独自性と言われて、すぐに思いつくなら他の人も考えています。なかなかいいアイデアが思いつかず、悩みに悩みぬいたその時『そうだ！　ダンジョンじゃなくて、別のものを攻略してもらえばいいんじゃねぇ？』と閃きました。

ダンジョンものとして間違っている気もしましたが、その違和感には目を瞑ることにしました。世の中、都合の悪いことから目を背けることも大事です。嘘です。駄目な大人の行動です。読者の皆様はどうか真実から目を背けず、清く正しく生きてください。

さて、清くも正しくも生きられない私は、矛盾を抱えつつ書き始めました。ただ、都合の悪いことから目を背けてばかりでもいけないので、書くにあたって一つのルールを設けることにしました。それは主人公であるマダラメを、弱いままにしようと言うことでした。

地球人のマダラメは、現地の人間から見れば弱いと言う状況でした。それならばいっそのこと、最弱のままで通そうと思いました。ですのでマダラメはレベルアップもしないし、チート能力も持ちません。でも無双はします。というかしました。

どんなふうに無双したかは、本書をご覧になってください。

最後に謝辞を。

本作を見出してくれた担当編集の服部様。ありがとうございました。おかげでマダラメが日の目を見ることができました。

そして素晴らしい絵を付けてくれた、イラストレーターのＧｅｎｙａｋｙ様。ありがとうございます。またマダラメに携わっていただいた多くの方々にお礼申し上げます。

ありがとうございました。

それではまたどこかでお会いしましょう。

有山リョウ

お前はどこまで
俺を楽しませてくれる？
ダンジョンへ…
DUNGEON MASTER MADARAME
ダンジョンマスター班目
普通にやっても無理そうだからカジノ作ることにした 2
2025年発売予定！
有山リョウ
ILLUST. Genyaky

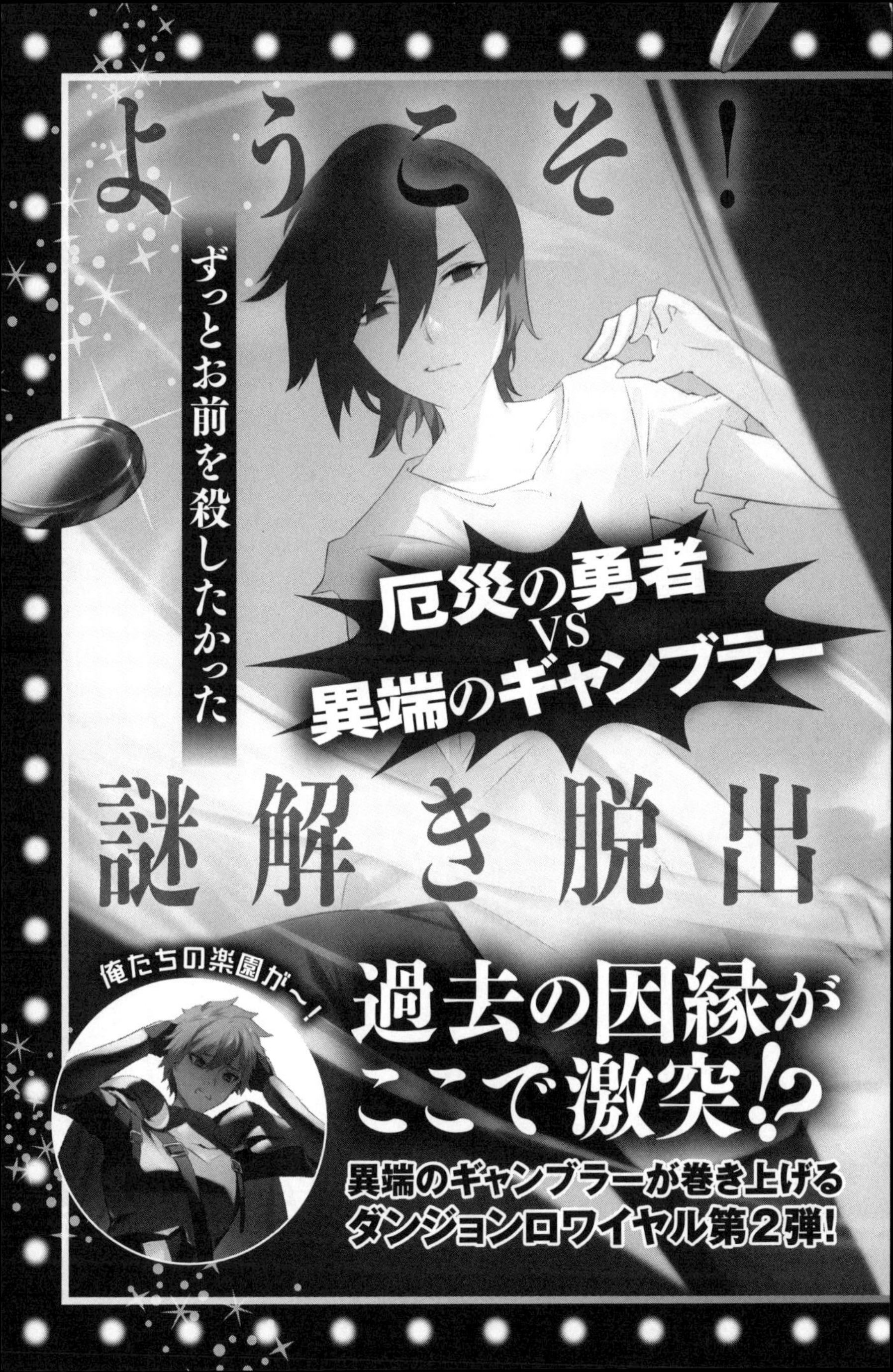
ようこそ!
ずっとお前を殺したかった
厄災の勇者
VS
異端のギャンブラー
謎解き脱出
俺たちの楽園が〜!
過去の因縁がここで激突!?
異端のギャンブラーが巻き上げる
ダンジョンロワイヤル第2弾!

2025年1月から
テレ東・BSフジほかにて
TVアニメ放送開始!!
U-NEXT・アニメ放題で最速配信決定!
没落予定の貴族だけど、
暇だったから魔法を極めてみた
©三木なずな・TOブックス／没落貴族製作委員会

ダンジョンマスター班目
～普通にやっても無理そうだからカジノ作ることにした～

2024年12月1日　第1刷発行

著　者　有山リョウ

発行者　本田武市

発行所　TOブックス
〒150-0002
東京都渋谷区渋谷三丁目1番1号　PMO渋谷Ⅱ　11階
TEL 0120-933-772（営業フリーダイヤル）
FAX 050-3156-0508

印刷・製本　中央精版印刷株式会社

ISBN978-4-86794-352-6

COMICS

［漫画］秋咲りお

最新話はコチラ！➡

コミックス❾巻
今冬発売予定！

NOVEL

［イラスト］かぼちゃ

原作小説❾巻
好評発売中！

SPIN-OFF

［漫画］戸瀬大輝

最新話はコチラ！➡

「クリスはご主人様が大好き！」
コミックス
今冬発売予定！

ANIMATION

STAFF

原作：三木なずな『没落予定の貴族だけど、暇だったから魔法を極めてみた』（TOブックス刊）
原作イラスト：かぼちゃ
漫画：秋咲りお
監督：石倉賢一
シリーズ構成：髙橋龍也
キャラクターデザイン：大塚美登理
音楽：桶狭間ありさ
アニメーション制作：スタジオディーン×マーヴィージャック

CAST

リアム：村瀬 歩
ラードーン：杉田智和
アスナ：戸松 遥
ジョディ：早見沙織
スカーレット：伊藤 静
レイモンド：子安武人
謎の少女：釘宮理恵

詳しくはアニメ公式HPへ！
botsurakukizoku-anime.com

シリーズ累計 80万部突破!!（紙＋電子）